Una nueva vida

Lucia Berlin

Una nueva vida

Edición de Jeff Berlin, prólogo de Sara Mesa,
traducción del inglés de Eugenia Vázquez Nacarino

Papel certificado por el Forest Stewardship Council®

MIXTO
Papel | Apoyando la
silvicultura responsable
FSC® C117695

Penguin
Random House
Grupo Editorial

Título original: *A New Life*
Primera edición en castellano: octubre de 2023

© 2023, Literary Estate of Lucia Berlin LP
© 2023, Penguin Random House Grupo Editorial, S. A. U.
Travessera de Gràcia, 47-49. 08021 Barcelona
© 2023, Sara Mesa, por el prólogo
© 2023, Eugenia Vázquez Nacarino, por la traducción
© cita de la página 167 extraída de «El tío Vania», en *La gaviota. El tío Vania. Las tres hermanas.
El jardín de los cerezos,* Antón Chéjov, ed. y trad. de Isabel Vicente, Madrid, Cátedra, 1994
(19.ª ed., 2022), pág. 210.
© cita de la página 217 extraída de *Cartas a Louise Colet,* Gustave Flaubert, traducción de Ignacio
Malaxecheverría, Siruela, 2003.

© Diseño: Penguin Random House Grupo Editorial, inspirado en un diseño original de Enric Satué

Printed in Spain – Impreso en España

ISBN: 978-84-204-7033-7
Depósito legal: B-14794-2023

Compuesto en MT Color & Diseño, S. L.
Impreso en Unigraf, Móstoles (Madrid)

AL70337

Índice

Vida de Lucia

Luchia, Lusha, Lu-siii-a, Lucía, Luchíí-a. «Soy todos esos nombres», escribió Lucia Berlin en una carta, lo que, sin duda alguna, también quería decir «soy todas esas vidas». Una suma de experiencias singulares, en muchos casos extremas, de diferentes paisajes, ambientes, gentes y lenguas, narradas con hondura, vitalismo y exuberancia: así es la escritura de Lucia Berlin, siempre sorprendente, siempre inagotable. Si su biografía nos fascina no es solo por los hechos que la forman, de los que ya se ha hablado sobradamente, sino por el modo en que se sirve de esa materia prima para la construcción de un universo literario único. Leer estos textos inéditos es descubrir cómo se gesta este proceso, asistir a la transustanciación de la vida en ficción. Pegar los ojos al entramado del relato y encontrar rasgos nuevos. La cara B de algunas de sus más famosas historias, la prenda del revés o el ángulo contrario. Un privilegio.

«Vida de Elsa» (1995), uno de los cuentos incluido en este volumen, nos ofrece un ejemplo inmejorable de cómo, a partir de cualquier anécdota, la escritura de Berlin se expande y se llena de resonancias. Elsa, protagonista involuntaria del relato, es una mujer cuya historia, por desgracia, no da mucho de sí. Su vida, dura y marcada por la pobreza, ha sido rutinaria, sin aventuras. Limpiar, cuidar, trabajar, ver la televisión, enfermar, guardar cama. Nació en El Salvador, emigró de niña a Estados Unidos, no aprendió inglés porque se pasaba los días escurriendo sábanas en una lavandería, jamás viajó, ni siquiera ha salido nunca de su barrio. Ahora forma parte de un proyecto artístico estatal para ancianos, donde la han derivado al taller literario de Clarissa —trasunto de la propia Lucia Berlin—. Pero Clarissa no sabe cómo ayudarla. Entre lo que Elsa le va revelando, hay asuntos secretos y dolorosos que de ninguna manera quiere que queden por escrito. La única nota que Clarissa es capaz de tomar es «siempre me gustaron las naranjas», con lo demás ¿qué puede hacer? Quizá sea preferible que Elsa se apunte a otra cosa. Que escuche boleros, por ejemplo. Pero Elsa, a punto de morir, espera que le hagan el relato de su vida. Y Clarissa finalmente lo hace. Lo teje, con los hilos que va entresacando aquí y allá. Con lo que añade, sugiere, inventa. Hablando de pájaros, comidas, flores, música. Rodeando de carne, de sentido, el seco hueso de la historia. Quizá Elsa no se reconozca en esas páginas, pero así es como escribe Clarissa, no puede escribir de otra forma. «Vida de Elsa» no es solo un brillante ejercicio metaliterario, sino una poética en toda regla. ¿Qué se hace con el material de la vida, cuando el material de la vida supura soledad y dolor?

Prácticamente todo lo que escribió Lucia Berlin surge de sus propias vivencias, muchísimo más vertiginosas que las de Elsa, al menos en lo referido a la movilidad y el cambio. Luchia, Lusha, Lu-siii-a, Lucía, Luchíí-a: esta variedad de las vidas vividas, tanto para arriba (viajó, amó, fue amada, conoció la riqueza) como para abajo (su infancia fue solitaria y difícil, padeció la violencia, fue alcohólica, vivió rachas de pobreza), amplía su comprensión y compasión: rara vez hay juicios morales en sus historias, la cercanía con que narra es la de una amiga que hace confidencias. Su capacidad perceptiva es asombrosa: sus palabras se ven, se tocan, se huelen, se escuchan. En sus primeros recuerdos infantiles, recogidos en *Bienvenida a casa*, nos habla del olor de las flores de manzano y los jacintos en Idaho, cuando era poco más que un bebé. Sus sentidos están abiertos a todo: crujidos, risas, humo, «la cascada de las fichas de póquer y las maracas de cubitos de hielo». Una atención curiosa y sofisticada hacia todo lo que la rodea. Nada escapa a sus ojos: ropas, arquitectura, comportamientos, plantas, animales. A menudo hace retratos de la gente con la que se cruza. Gente anónima como el chófer Severino, pero también conocida como Richard Brautigan o Allen Ginsberg.

Berlin toma el pulso a la vida, a la suya pero también a la nuestra, que más que leer sus historias las experimentamos como propias. La magia está en la sinapsis del lenguaje, en las inesperadas conexiones y reverberaciones: es así como verdad y ficción se fusionan. En «Diseñar la literatura: El autor como tipógrafo», otro de los textos publicados en este libro, nos dice: «La imagen debe conectar irremediablemente con una experiencia concreta e intensa…, debe producirse una mínima alteración de la realidad. Una transformación, no una distorsión de la verdad. El relato mismo deviene en verdad». No es casualidad que este pequeño ensayo comience con una cita de Flaubert sobre el estilo, «rítmico y con ondulaciones».

Aquí hay versiones iniciales o alternativas de cuentos futuros, temas que asoman y que más adelante se desarrollarán por completo, apuntes que se propagan en varias direcciones como las ondas en el agua donde se arroja la piedra. Flecos que quedaron sueltos en otros textos y que ahora se retoman, nuevos recodos por explorar. Los cuentos «Fuego» o «Del gozo al pozo», por ejemplo, en torno a los últimos días de su hermana en México, se unen a una serie compacta de otros ya publicados. El dolor por la muerte del joven amante en «Suicidio» late de fondo en el canónico «Manual para mujeres de la limpieza». También hay ejercicios literarios (versiones de Thomas Hardy, de Anton Chéjov) de épocas en las que quizá afrontar la propia vida resultaba demasiado doloroso para ella. La mayoría de estos textos no son borradores, el material es de una calidad asombrosa. Fijémonos en «Manzanas», su primer cuento, escrito con veintiún años, donde ya aflora una escritora tocada por la gracia: la sensorialidad, el sentido de la narración, las potentes imágenes visuales (el fuego anticipado en los zapatos de color rojo, la cabeza del anciano «arrugada como un albaricoque»). En «Las aves del templo» utiliza una anécdota real de su primer matrimonio para crear un asfixiante relato sobre la soledad y el abandono. «Centralita» es un registro oral de las conversaciones de las teleoperadoras de un hospital, trabajo que la propia Berlin desempeñó, sus historias y sus problemas, los conflictos que surgen entre ellas: no pasa nada y, al mismo tiempo, pasa todo. Su capacidad para encontrar belleza hasta en el dolor más hondo es milagrosa. En «El foso», una versión inicial de «Su primera desintoxicación» (publicado en *Manual para mujeres de la limpieza*), la mujer que sufre por el *delirium tremens* se tumba en el suelo «como si fuera un estanque de mercurio azul, donde su cuerpo poco a poco absorbía el azul plomizo». Es un mundo violento, lleno de una amenazante masculinidad, pero también de solidaridad. La única luz para los adictos surge del combate de boxeo que están viendo en la televisión, una lucha que adquiere una dimensión simbólica.

Los fieles lectores de Berlin, pero también los interesados en conocer los procesos de creación literaria, disfrutarán también de los breves textos ensayísticos donde se recogen pequeñas historias, reflexiones formales, recuerdos. En «Bloqueada» se nos ofrece la intrahistoria del cuento «*Sombra*» (publicado en *Una noche en el paraíso*), una puerta directa al taller mental de Lucia Berlin, que nos hace entender que, cuando un cuento parece que habla de una cosa, en realidad está hablando de otra.

En los fragmentos de diarios, escritos en estancias en París, Yelapa, Boulder, Cancún y Berkeley en distintas etapas entre 1987 y 1991, nos encontramos quizá con la versión más vulnerable de una Berlin ya madura. Por un lado, pervive el entusiasmo por la vida y la glotonería de los sentidos. Acompañamos a la viajera que visita museos, compra en tiendas y prueba platos típicos, que se gasta impulsivamente el dinero en dos días y luego tiene que apañarse sin nada. Pero, por otro, asoma la honda sensación de fracaso y de culpa, una tristeza que lo empapa todo cuando aparece, y los esfuerzos de la escritora por sobrevivir. Son un documento excepcional que, cotejados con sus relatos de ficción, conforman una narración coherente de lo que significó la escritura para quien la entendía como herramienta de supervivencia. Reflexiones amargas de una mujer que envejece. El dolor de una madre y una autocrítica feroz hacia su propia obra. «*Turismo*. Posible título. Eso es lo que he hecho toda mi vida. Ni siquiera "ahí" he estado nunca del todo, el único lugar donde viajo de verdad son los libros, dentro de un libro. Muy de vez en cuando consigo crear una emoción genuina sobre la página y solo entonces podría decirse que existo».

Luchia, Lusha, Lu-siii-a, Lucía, Luchíí-a. «¿No ha leído todo el mundo a Dostoievski? A veces soy Dimitri, a veces Misha». En sus historias, Lucia Berlin reivindica la complejidad de la existencia, afronta con valentía las heridas, no oculta sus contradicciones, nunca se rinde. Pero también late el deseo de abrir nuevas puertas, o al menos de intentarlo. En «Una nueva vida», cuento de 1994 que da título a esta recopilación de inéditos, Berlin parte de una idea de Chéjov en *El tío Vania* para fabular una huida imposible, ese deseo tan humano de empezar de nuevo, libres de todo pasado. Pero no se puede escapar de quienes somos o, mejor dicho, de quienes fuimos; lo mejor es volver a casa con alegría, si es que hay una casa a la que volver.

Lucia Berlin tuvo muchas casas, en muchos sitios distintos. Alaska, Montana, Idaho, Texas, Arizona, Santiago de Chile, Nuevo México, Nueva York, California... Pero también construyó otras muchas en territorios propios, para que los demás las habitáramos. Casas coloridas y exóticas, repletas de estancias y rincones por explorar, ventanas, terrazas, sótanos, patios. Pasadizos y trampantojos. Casas hechas de narración y música, con exquisito cuidado pero también con todos los desconchones y averías de la vida. Con toda su belleza.

SARA MESA
Sevilla, mayo de 2023

CUENTOS

Manzanas

Cuando acabó de limpiar la casa, sacó la basura. Echó los desperdicios en un cubo con tapadera y metió la bolsa de los papeles en un bidón metálico. Acercó una cerilla al papel y, una vez que prendió, volvió a entrar.

Se sentó junto a la ventana, mirando los manzanos a través de la neblina acuosa que ondeaba encima del bidón. No quedaba nada más por hacer hasta que llegara su marido, por la noche. A veces leía o planchaba o iba a ver a la casera, que vivía al otro lado del jardín.

Y sobre todo le gustaba contemplar los árboles. Cada día pensaba en su marido, hablaba con él mientras observaba los árboles, y a veces incluso se reía con él. Se sentaba junto a la ventana y aguardaba a oír las manzanas que caían en el tejado y rodaban hasta el suelo.

Una mañana vio al padre de la casera en el porche de atrás, de pie, con la cabeza arrugada como un albaricoque seco inclinada hacia el sol. Era el señor Hanraty, un hombre muy viejo, de noventa y ocho años, que había pasado todo el verano enfermo. Justo cuando ella iba a retirarse de la ventana, se fijó en sus zapatos y le entró la risa. Eran unos zapatos de bolera de un rojo vivo.

Se quedó observándolo mientras bajaba del porche, deteniéndose a cada pasito que daba, como una criatura que aprende a andar. Se paró al pie de las escaleras, tambaleándose un poco, y parecía que estaba cantando. Caminó por la hierba con sus zapatos rojos, guiándose con una vara que también temblequeaba, porque aún estaba verde y con las hojas. El viejo llegó a la mesa de pícnic que había en medio del jardín. Dejó la vara encima de la mesa y descansó, meciendo la cabeza suavemente. Sin quitarle ojo, ella pudo oír que canturreaba.

El viejo empezó a izarse sobre la mesa, boqueando en busca de aire, tomando impulso, pataleando. Tanteó y se retorció hasta que por fin consiguió sentarse encima. Sonrió. Balanceaba las piernas, con los zapatos rojos, como un crío encaramado a un taburete. Murmuraba por lo bajo, golpeteando con la vara en la mesa y agitándola en el aire. A veces echaba atrás la cabeza y se reía a carcajadas.

Bajó de nuevo. Ella lo oyó canturrear mientras cruzaba el jardín con paso renqueante hasta un manzano. Se detuvo y, girando en redondo con la ayuda de la vara, empujó todas las manzanas que alcanzaba y las juntó en un montoncito. Hizo tres montoncitos más, moviéndose despacio alrededor del pie del árbol. Y continuó haciendo lo mismo debajo de cada árbol hasta que el jardín pareció un cementerio; pero iba despacio, las manzanas seguían saltando del tejado y cayendo con un ruido sordo de los árboles. Así que tuvo que volver a empezar, desde el principio. Mucho más tarde, subió jadeando las escaleras y entró en la casa.

Desde entonces cada mañana esperaba al señor Hanraty. Deseaba que no apareciera, pero cada día aguardaba hasta verlo cruzar el jardín, tembloroso, con sus zapatos rojos, empujando las manzanas con la vara.

Una mañana, mientras estaba quemando una pila de papel, muy temprano, el señor Hanraty gritó desde el porche. Cruzó el jardín y se acercó. Venía riendo por lo bajo, blandiendo la vara, cargado con algunos periódicos. Se los dio, y ella señaló una cesta llena de hojarasca seca. El hombre se sentó en la mesa mientras ella acarreaba la caja hasta el bidón. Echó el papel al fuego, y cuando prendió, vació la hojarasca encima. El señor Hanraty gritó, aulló, y se le saltaban las lágrimas de la risa. Se mecía atrás y adelante encima de la mesa, pataleando.

Ella volvió adentro y observó cómo gritaba y daba golpes con la vara y se reía. Cuando se apagó el fuego, se bajó de la mesa. Empezó a cruzar el jardín, pero estaba cansado y no llegó hasta el final.

A la mañana siguiente, en cuanto se marchó su marido, vio al señor Hanraty ya sentado en la mesa. Corrió a la cocina y recopiló cosas para quemar. Hizo dos viajes hasta el bidón, con los brazos llenos de papeles; el viejo no se movió. La observaba en silencio, con la boca abierta, mientras ella llenaba de papel el bidón. Encendió una cerilla y la acercó a los cartones de la leche y el celofán. Como guinda final, vació un tarro de palomitas de maíz rancias que crepitaron en las paredes del bidón.

—¡Granizo! —gritó el hombre—. ¡Ha echado granizo al fuego!

Daba alaridos de risa cuando ella entró. Mientras limpiaba la casa, lo oía canturrear una y otra vez: «¡Granizo al fuego! ¡Granizo al fuego, al fueeego!».

Llamaron a la puerta. Encontró al señor Hanraty encorvado en la entrada; estaba pálido y tembloroso. Ella pensó que le había pasado algo y trató de ayudarlo a pasar.

—No, no —gimoteó el viejo.

Lloraba, tirándole desesperadamente de la manga. Lo siguió fuera. El hombre se detuvo al llegar al bidón, se recostó sobre su hombro, y los dos se echaron a reír.

Había palomitas por todas partes. ¡Pim, pam, pum!, reventaban contra la lata y estallaban como pétalos en la humareda, que flotaba entre los árboles arrastrada por el viento hasta los montones de manzanas. Las palomitas les explotaban en la cara y les aterrizaban con suavidad en el pelo. Se reían, dando gritos, hombro con hombro, hasta que todo acabó de repente.

Ayudó al viejo a subirse a la mesa y se sentó a su lado mientras él seguía riéndose por lo bajo, moviendo la cabeza. Las manzanas caían al suelo con un golpe sordo.

El señor Hanraty bajó de la mesa y cruzó el jardín hasta el primer árbol. Ella bajó también y buscó una vara. Empezó por el árbol del extremo opuesto del jardín. Trabajaron en silencio un buen rato. Entonces ella volvió corriendo hasta la otra punta, sorteando las manzanas. Él le sonrió, tenía las mejillas sonrosadas.

—Hagamos un único montón grande —le propuso ella.

El viejo asintió.

—Sí —susurró. Y, mientras trabajaban, siguió canturreando—: Sí, oh sí, sí, sí...

En 1957, el primer marido de Lucia, Paul Suttman, recibió una beca para estudiar escultura en la Academia de Cranbrook, Míchigan, durante el semestre de otoño, así que decidieron que Paul iría con antelación y Lucia y su hijo Mark (de nueve meses) lo seguirían en diciembre, cuando Lucia acabara el semestre en la Universidad de Nuevo México. Paul se marchó a principios de verano, y en su ausencia Lucia hizo un curso de escritura creativa para el que escribió este relato. Ni a la profesora ni a ninguno de los amigos a quienes se lo mostró les parecía muy bueno, pero a ella le encantaba, le encantó escribirlo y tenía fe en él. Fue su primera experiencia a la hora de construir un poso entrañable a partir de una experiencia traumática. No mucho antes, el vecino de Lucia, un viejecito que le caía simpático, se había desplomado muerto en el jardín de su casa. «Manzanas» es el primer cuento que escribió Lucia Berlin, en 1957, con veinte años. (Inédito). (Todas las anotaciones que siguen a los relatos son de Jeff Berlin).

Las aves del templo

Colgaron los pájaros entre las plantas tropicales del salón. «Son un regalo para la vista», comentó él. Era lo que siempre decía cuando algo le parecía de buen gusto. «Son muy bonitos», reconoció la mujer. Aunque los pájaros no le entusiasmaban demasiado, aquellos eran preciosos, negros y grises y con un pico rosa caracola.

Y después el marido se olvidó de los pájaros, a pesar de que había puesto mucho empeño en arreglarles la jaula. Andaba muy ajetreado.

Y la mujer se olvidó de los pájaros. No por falta de tiempo; ella nunca iba ajetreada, ni mucho menos.

Era porque los pájaros no cantaban. No hacían el menor ruido, ni siquiera el batir susurrante de las alas. La mujer no reparaba en su presencia y no se acordaba de darles de comer.

Una noche estaba con su marido sentada en el salón. «¡Los pájaros!», exclamó.

Fue corriendo y les llenó el platito de alpiste y les puso un cuenco con agua. Un poco más tarde volvió a la jaula. Los pájaros seguían posados frente a frente y al principio creyó que no habían comido nada de alpiste, pero sí, faltaba un poco. «Apenas lo han tocado —dijo—, prácticamente nada. —Y se sentó al lado de su marido—. A esos pájaros locos no les gusta comer, así que da lo mismo».

Pero se sentía culpable por el descuido, y al día siguiente les compró alpiste, un alpiste especial, con sésamo, cilantro, pipas de girasol y anís. Abrió la bolsa y olió las semillas. «Ah, sí, estas les gustarán», se dijo.

Qué va: los pájaros, ni caso. Fue a comprobar el platito varias veces, pero ni se habían acercado. Esparció un poco de alpiste por el suelo de la jaula. «Mirad, bobos, regaliz». Ni se movieron. «Maldita sea», farfulló, y esparció el resto.

Aquella noche se lo contó a su marido, y él le dijo que debería haber llevado el alpiste a la tienda para devolverlo.

Tardó casi una semana en dar de comer a los pájaros. Una noche se despertó de madrugada y zarandeó a su marido. «Qué pasa», preguntó él. «Creo que los pájaros están muertos». «Dios», dijo el marido, y se dio la vuelta. Ella se levantó y se puso un albornoz, aunque no hacía frío. Entró en el salón. No, por supuesto que los pájaros no estaban muertos. Les llenó el plato de alpiste y les puso agua y se quedó un rato junto a la jaula, pero nunca comían mientras estaba cerca, así que volvió a la cama.

Cuando fue de nuevo a echarles comida, no quedaba alpiste. Les puso un trozo de pan de centeno en el plato. Volvió al cabo de poco y los pájaros estaban acurrucados delante del comedero, picoteando el pan en silencio. «Oh», exclamó, y se asustaron, así que se apartó hacia un lado.

Se sentó en una silla y sonrió. Cuando llegó su marido, se lo contó. «Les ha gustado —dijo—, lo sé porque estaban los dos comiendo a la vez. ¿A que es una buena señal? Es la primera vez que han reaccionado, ¿verdad?». «Sí, supongo», contestó el marido, y le dijo que tenía que volver al trabajo y no le daba tiempo a cenar.

Ella se despertó cuando él llegó a casa y le preguntó cómo le había ido. «Bien», contestó él, y se desvistió rápido y se hundió en la cama. «Estoy cansado —dijo—. Buenas noches», y le pasó el brazo a su mujer por encima del hombro.

Al cabo de un rato ella se echó a reír y se puso a hablar con él. «Pensaba conseguir un espejo, ¿sabes? Dicen que los pájaros cantan si tienen un espejo, pero se me acaba de ocurrir que a los pájaros que no están solos les daría igual». Él estaba dormido.

Durante un tiempo los dos se olvidaron de los pájaros.

Hasta que un día uno de los pájaros se cayó de la percha y no podía volver a posarse encima. Se quedó en el suelo de la jaula aleteando desesperadamente hasta que al final consiguió volver a subir. Al pájaro le pasaba algo en las patas, en las garras.

Las garras del pájaro habían crecido por debajo de la pata y se retorcían hacia arriba otra vez, formando una ese escamada de color beis. «Es que les han crecido las uñas —dijo el marido—, porque no andan ni escarban para buscar comida. Córtaselas, da grima».

«¿Es cierto que a la gente le siguen creciendo las uñas después de morir?», preguntó ella. Pero no la oyó. Le preguntó si podía ayudarla a cortarles las uñas. «No», contestó él.

Las uñas se pusieron mucho peor. Se enganchaban y se enredaban unas con otras, y los pájaros estaban grotescos y torpes, y pronto apenas pudieron moverse en la percha para alcanzar la comida. La mujer fue a ver a la señora Dawson, la anciana que vivía al otro lado de la calle. La señora Dawson sujetó a los pájaros mientras ella les cortaba las uñas. Intentaba no tocarlos, le daba asco, porque tenían las patas descamadas, secas y frías. A la señora Dawson se le saltaban las lágrimas. «¿Cómo has podido, querida? ¿Cómo has podido dejar que llegaran a este punto estas pobres criaturas?». La mujer se sintió avergonzada, y se excusó diciendo que creía que era natural, como la muda.

Fue un alivio. Veía a los pájaros más contentos, aunque siguieran sin moverse salvo para comer. A medida que los días eran más cálidos también se pusieron más bonitos, con los ojos brillantes y el plumaje suave y lustroso.

Quería ser su amiga: cada día les silbaba, llamaba su atención, los arrullaba y metía el dedo en la jaula...

El segundo relato de Lucia, escrito en 1957 para el mismo curso de escritura creativa, se inspira en sucesos vividos durante su primer matrimonio. Escribió este cuento con la esperanza de que su marido comprendiera sus sentimientos encontrados, pero él nunca llegó a leerlo, y, aunque no sabemos cómo acababa la historia en un principio, probablemente tuviese un final feliz. En la vida real, contaba que lo primero que hizo el día que Paul se marchó a la escuela de posgrado (para nunca volver) fue soltar a los pájaros. Años después, en sus memorias *Bienvenida a casa*, menciona que regaló los pájaros a una anciana que vivía al otro lado de la calle. (También inédito).

Mamá y Papá

Las mujeres, cuando se juntaban, hablaban de sus casas recias estucadas, y de las casas donde vivían antes de mudarse a Enid.

Esther era la única que hablaba de su marido. «Papá», lo llamaba, y su marido a ella la llamaba «Mamá», a pesar de que no tenían hijos. Él tenía setenta y nueve años, ahora estaba prácticamente impedido por el asma y las úlceras. Antes de ponerse enfermo era vendedor de coches. Tenían a una chica de color dos veces por semana y muebles de Duncan Phyfe en el comedor.

—Papá era una estampa de hombre —recalcaba Esther a menudo, y a las otras mujeres les daba apuro.

Ella no era como las otras tres, con la permanente pajiza y el calendario en la sala de estar. Ella se pintaba los labios y se teñía el pelo, se hacía vestidos de paño de colores vivos en invierno, de cambray en tonos pastel en verano. Cada año rehacía, pintaba y cosía fundas y visillos.

—Me gusta tener las manos ocupadas —solía decir—. Así no pienso en mí misma.

Evelyn y Vera, que eran viudas, siempre se miraban poniendo caras cuando decía eso.

—Bastante se pavonea ya —comentaba Vera.

Nellie era la única que la apreciaba de verdad. Nellie respetaba el trabajo, el empeño. Owen y ella habían trabajado en la gasolinera que tenían en propiedad cada día desde que se casaron... «No me extrañaría que estiremos la pata cuando nos retiremos».

Y Owen había muerto, en primavera, de neumonía. Vera y Evelyn fueron después del funeral a ver si podían ayudar en algo. Nellie estaba viendo la televisión, como si nada hubiera pasado. En la pausa de los anuncios, Vera se inclinó hacia ella.

—Quizá te sentirías mejor si lo hablaras, Nellie. A mí me fue bien.

—No tiene sentido hablar. Sabíamos que pasaría.

—En fin, es un golpe, por más que se sepa —dijo Evelyn.

Vera y ella se levantaron.

—Va a ser muy duro para ti... —Vera suspiró—. Sé que cuando mi Edwin...

Nellie encendió un cigarrillo, y la llama del fósforo iluminó la robusta osamenta de su cara.

—No va a ser duro. No cambió nada de lo que pasó antes, y supongo que tampoco cambiará lo que venga ahora.

Esther llegó cuando las otras dos se marchaban. Prácticamente ni la saludaron.

—Te he traído café recién hecho, Nellie. Imagino que no dormirás mucho de todos modos.

Vera y Evelyn se despidieron en la acera.

—Habrase visto...

—Vera, ya conoces a Nellie, no es de las que muestran sus sentimientos.

—Podría mostrar un poco de respeto, como mínimo.

Cierto. Se dieron las buenas noches.

Esther y Nellie vieron a Ed Sullivan y *El show del Chevy*. Esther, por no hacer algo de mal gusto, no decía nada, y Nellie no le hablaba.

—Bueno, Papá se estará preguntando dónde me he metido —dijo Esther, al tiempo que se ponía de pie.

Nellie no se levantó de la silla.

—¿Quieres la cafetera?

—No hay prisa. Por las mañanas hago café instantáneo.

—Creo que me tomaré otra taza. Ha sido una buena idea, Esther.

—Ya te conozco, a ti con el café...

Esther lloró de camino a casa, por Nellie.

Los narcisos florecieron.

—¡Que me aspen! —exclamó Papá.

Olvidó que había plantado los bulbos. Se puso tan contento, quiso plantar más flores, zinnias y caracolillos y ásteres. Había salido al jardín con algunas semillas cuando se cayó, retorciéndose de dolor.

Esther fue junto a él en la ambulancia hasta el hospital del condado. Le había dado una embolia y tenía un coágulo en la pierna. El médico le dijo a Esther que no se preocupara.

Cuando llegó a casa, Evelyn y Vera se presentaron con un pastel de carne y una hornada de galletas con pepitas de chocolate. Nellie se acercó y preparó café instantáneo, para animarla.

—No sé cómo agradecéroslo —dijo Esther.

Al día siguiente las llamó a las tres por teléfono y las invitó a tomar café el sábado a las diez.

—Nos podría haber avisado a gritos desde la puerta.

—Se reía Nellie, pero estaban encantadas.

Llegaron a la vez al porche de Esther. Nellie llamó al timbre.

—¡Vaya, hola, chicas! ¡Adelante!

Esther iba vestida de dorado, del mismo color que el mantel.

—¡Y mirad la forsitia!

—¡Ay, Esther, parece una estampa!

Había un bizcocho de plátano y una tatín de piña.

—Me encanta el amarillo —dijo Esther.

Las mujeres se sentaron en la sala de estar; tímidas, incómodas, sujetando las tazas y las servilletitas. Sonreían tapándose la dentadura postiza con las manos llenas de manchas de la edad.

Esther no las dejó moverse mientras retiraba los platos a la cocina. Puso otra cafetera y vieron el concurso *Dough Re Mi* y *Una novia por Navidad*. Estaban ya muy cansadas. En la puerta volvieron a decirle a Esther que tenía la casa preciosa y que la tarta estaba riquísima.

Vera las invitó a café unas semanas más tarde, y luego Evelyn, y luego Nellie.

Fue idea de Esther quedar para tomar café el primer sábado del mes, que cada una eligiera tres meses determinados. «Así podemos planearlo con tiempo». Ella eligió octubre y abril, por las flores, y diciembre, para adornar el arbolito navideño plateado.

Vera eligió febrero, junio y julio; los otros meses tenía una congestión nasal de espanto. A Nellie le daba igual, salvo por noviembre, porque hacía unas tartas de calabaza muy ricas. Evelyn aseguró que lo que decidieran las demás le iba bien.

Los meses siguientes, marcados por esos sábados, las mujeres empezaron a comprar revistas con ideas para decorar la mesa y recetas; se rizaban el pelo y se empolvaban la cara. Eructaban delante de las demás ahora, se provocaban y discutían, y se echaban a reír.

Papá pasó cinco meses en el hospital de veteranos de guerra. Ya estaba bien de la pierna, pero muy débil; el asma y las úlceras habían empeorado mucho. Le habían hecho infinidad de pruebas. Al principio Esther iba a visitarlo dos veces por semana, pero estaba tan lejos, dos autobuses y una caminata... Reconocía que no le gustaba ir, no le apetecía oír sus quejas por la comida, por la digestión. Detestaba entrar en aquel pabellón que olía a desinfectante y a orina y a pelo sucio, pasar por delante de hileras de viejos demacrados tendidos boca arriba, mirando el techo. Detestaba oír el roce de sábanas, los vómitos detrás de los biombos, ver a hombres enfermos desdentados sonriendo a parientes sofocados de calor, que no sabían qué decir.

Uno de los médicos habló con Esther de darle el alta a Papá. No es que estuviera bien, dijo, pero estaba deprimido y se aburría y quería irse a casa. Esther tendría que ser muy paciente, tendría que ayudarlo mucho.

—Sí, aunque cuidar de él no es fácil, estando sola y demás, yo...

El médico iba con prisas.

—No será mucho tiempo —dijo.

Molesta, Esther cogió el bolígrafo que él le tendía y firmó los papeles para que Papá volviera a casa.

Un médico en prácticas lo levantó en brazos para meterlo en el taxi. Papá no podía aguantar la cabeza erguida. Se le veía escuálido, al lado de Esther en el coche. Cuando ella le tendió la mano, lloró.

Al cabo de unos días, las chicas pasaron a llevarle galletas y pastelitos, aunque Papá no podía comer esas cosas. Cualquiera diría que no reparaban en él. Hablaban a voces, y Nellie fumaba. Papá empezó a toser, se levantó de la silla dando traspiés. Cojeando, jadeante y con arcadas, fue hacia su habitación.

—Pobre Esther..., qué duro es todo esto para ti —dijo Evelyn.

Se quedaron en silencio mientras Papá gemía en su cama chirriante, hablando solo.

Cada mañana, Papá desayunaba un huevo y un vaso de leche. Lavaba su plato, el tenedor y el vaso.

Después preparaba gelatina de sobre, apoyando el peso de su cuerpo en la encimera. Mientras la gelatina espesaba, se sentaba en un taburete al lado del frigorífico e iba abriendo la puerta de vez en cuando para echarle una ojeada. Justo cuando empezaba a cuajar, le ponía trozos de pera en almíbar y un poco de requesón. Cada día hacía la gelatina de un color distinto. A veces le añadía malvaviscos.

Esther lo ayudaba a salir al porche. Se quedaba sentado allí el resto de la mañana, observando la calle con la mirada empañada y brillante, como cuando miras el fuego. Tomaba la gelatina con pan tostado para almorzar, y una taza de té. Dormía toda la tarde y luego cenaba huevos o pollo hervido, gelatina y té en una bandeja delante del televisor.

Era el turno de Esther de invitar a café, la primera semana de octubre. Iba a preparar merengues. El día antes limpió las ventanas, pasó la aspiradora, lustró la plata y los muebles. Se despertó temprano aquella mañana y volvió a aspirar. Puso un espléndido mantel naranja e hizo un centro de mesa con velas a juego y hojas y pastos secos del otoño. Sintió alegría al contemplar la mesa.

Papá se despertó justo entonces. Lo lavó y cambió la media elástica de la pierna amoratada, le cambió las vendas de las manos, los brazos y el cuello donde tenía las llagas, y mientras lo cuidaba él tarareaba una melodía. Lo vistió con un pantalón habano y una camisa nueva. Él se enfadó. Quería quedarse en bata.

—Shhh, no te alteres. —Le puso los zapatos—. Bueno, ya estás listo.

Pero se quedó recostado, exhausto, sobre la funda manchada del almohadón, su respiración aullando débilmente desde el fondo del pecho, el sonido de sirenas distantes.

—Te traeré aquí el desayuno —le dijo Esther.

—No. —Se incorporó en la cama de golpe.

—Quédate aquí. De todos modos, solo me estorbarás. Estoy preparando merengues.

Él cerró los ojos. Mechones de su pelo canoso y apelmazado se desparramaron por la almohada. La dentadura se le cayó del cielo de la boca.

—¿Ves? No estás en condiciones de levantarte.

Esther estaba untando queso en crema con pimiento en unos emparedados cuando él entró en la cocina.

—A ver, Papá, no estás en condiciones de levantarte. Ya lavaré yo esos cacharros.

No le hizo caso. Sostuvo los platos debajo del grifo y los colocó en el escurridor.

—Gelatina —susurró.

Ella alargó el brazo para alcanzar una caja de gelatina de limón del armario y se la pasó por la encimera. Sacó un cuenco, abrió una lata de peras en almíbar y un tarro de requesón.

—¿Sabes lo que me apetece? —dijo él—. Costillas de cerdo con chucrut. Y nueces con caramelo.

Se giró sonriendo, pero ella no lo había oído. Quería que se fuera, que no entrara en la cocina mientras lo preparaba todo. Quería que estuviera todo perfecto. Él se sentó en el taburete junto al frigorífico, esperando a que cuajara la gelatina.

Esther puso el café y fue a vestirse. Jersey marrón, barra de labios Tierra Coral.

El café estaba hirviendo.

—¿No lo has visto?

—No.

—Anda, anda, fuera, ahora mismo. Llegarán enseguida.

Esperaron en el porche a que Esther saliera a abrir. Papá las saludó con la cabeza desde la silla.

—Los pájaros se están comiendo las bayas de tu piracanta —le dijo Nellie.

—Siempre se las comen, Nellie.

—¿Cómo te encuentras, Papá?

Se sonrojó, complacido, iba a contestarle, pero Esther había abierto la puerta.

—¡Vaya, hola, chicas! ¡Adelante!

—¡Qué preciosa mesa otoñal!

—Esther, nunca he visto a nadie con tanta mano para el color... ¡Qué estampa!

¡Merengues! Ninguna había probado nunca los merengues.

—¿Los has hecho de cero?

—¡Huy, no! Es una mezcla preparada —mintió, para que no pareciera tanto esfuerzo.

Comieron en silencio. El merengue crujía como la nieve. Al otro lado de la ventana, Papá tosía y escupía, respirando con dificultad. Fue un alivio cuando llegó la hora de *Dough Re Mi*. El maestro de ceremonias saludó desde la pantalla.

—Me gusta más en el otro programa, donde le da las buenas noches a su hijito. —Vera siempre decía lo mismo.

Se oyó un golpe sordo contra el vidrio. Papá dio un grito; arrastró la silla por el cemento. Abrió la puerta.

Se reía entre dientes. Con las manos vendadas sujetaba a un gorrión muerto.

—Ha visto el cielo reflejado. ¡Pensó que era el cielo! Caray, nunca había oído nada igual. Se ha lanzado directamente contra la ventana.

Las mujeres se apartaron del pájaro aún tibio, de las llagas en las manos de Papá. Apartaron la vista del anciano que se tambaleaba en la puerta, de la mancha oscura que le calaba el pantalón y chorreaba sobre el cemento.

—¿Qué habrá pensado? ¡El final del cielo! —suspiró Papá con voz ahogada.

Jadeando, se hundió en el sofá junto a Nellie. Varias plumas flotaron y se posaron en la alfombra.

—¡Sácalo de aquí! —le dijo Esther.

—Papá, anda, deja que me lleve al pobre bicho.

Nellie sacó el pájaro, corrió a echarlo en la cesta de la hojarasca de su patio.

—Ven a tu habitación, Papá.

Esther se había quedado pálida, con el pintalabios corrido en pequeñas líneas alrededor de la boca, como puntadas en una muñeca de trapo.

Sus lágrimas cayeron en la pierna de Papá cuando se agachó a quitarle los zapatos.

—¡Mi preciosa fiesta! Te pedí que no nos molestaras. ¡Y mira que orinarte en los pantalones!

Papá se quedó quieto mientras le quitaba la ropa mojada.

—¡Pensó que había llegado al final del cielo! —susurró.

Esther recogió las prendas y las dejó en el rincón. Más tarde las sacaría. Papá se había dormido, con la boca abierta. Lo tapó.

Las chicas habían llevado los platos a la cocina. Nellie estaba fregando, y Evelyn y Vera secaban. Esther sintió que le daba un vahído.

—No teníais que hacer eso —dijo con voz seca.

—Esther, tú ya tienes bastante... —dijo Evelyn.

—Hemos pensado recoger esto, tomar un pelín más de café y quedarnos un rato más de visita —dijo Nellie.

—Pues fuera, entonces. Id a sentaros y dejadme servirlo como es debido.

Esther pasó con el café.

—Se nos ha aguado un poco la fiesta —murmuró.

—Va, Esther, va...

Evelyn dijo que era la hora de echar la siesta. Todas estaban cansadas, fueron pesadamente hacia la puerta.

—¡La mesa era una preciosidad!

—¡... y los merengues!

—¿A quién le toca el mes que viene?

—A mí —dijo Nellie—. Solo que voy a fingir que aún es octubre y haré una linterna de calabaza.

Las demás menearon la cabeza. Esa Nellie.

Esther iba a poner un mantel azul oscuro para el café de Navidad, con ramas de abeto y velas blancas, pastelitos blancos y caramelos. Decoraría su árbol plateado, en la ventana, con bolas azules y plateadas. El día antes de la cita, al ir a sacar el arbolito del armario, le dio un ataque al corazón.

No fue severo, pero el médico le recetó pastillas y la hizo guardar cama.

—Agotamiento —sentenció, y le pidió a Papá que buscara a alguien que los ayudara en casa.

En cuanto el médico se fue, Esther se levantó de la cama y fue al armario a por el albornoz. Estaba muy débil, se desmayó. Sollozando, Papá intentó levantarla, arrastrarla, pero pesaba demasiado.

Se estiró a su lado en la alfombra verde de algodón. La abrazó. Sintió el calor que emanaba, persistente, como la masa de un pan blanco; el vientre subía y bajaba suavemente con la respiración. Recostó la cabeza sobre su cuello, apretó la boca contra la piel húmeda, que siempre había olido a loción Jergen.

Nellie pasó a verlos. Hizo sopa de pollo con fideos y natillas. Papá no entró en la habitación cuando Esther se despertó. Preparó gelatina de naranja. Estaba sentado junto al frigorífico cuando Nellie vino a traer la bandeja de Esther.

—Está dormida..., esa será la mejor cura.

—Nellie...

—No te preocupes, Papá. Nada va a poder con ella. —Nellie recogió la lata de las peras—. Huy, sería una lástima desperdiciar este almíbar..., úsalo en lugar del agua.

—¡Que me aspen! Nunca se me había ocurrido.

—Anda, ahora no te preocupes, Papá. Vete a la cama.

Papá se fue a la habitación, se sentó en el borde de la cama. No podía quitarse los zapatos. La oyó recoger los platos, cerrar las puertas de los armarios. El escurridor chocaba con la estantería.

Nellie se acercó al pasillo entre los dos dormitorios y aguardó en silencio, escuchando.

—Me voy ya a mi casa —dijo.

Después de que cerrara la puerta, Papá se levantó y fue a la habitación de Esther. Estaba dormida. No la había visto sin maquillaje desde que eran muy jóvenes. Y ahora parecía joven, su cara arrugada suave y llena. Se sentó en la banqueta junto a la cómoda, mirándola.

Durmió hasta última hora de la tarde. Al despertar, sin percatarse de que él estaba allí, volvió la cara hacia la pared con un suspiro. Papá salió de puntillas de la habitación.

—Mamá.

Esther se sobresaltó, se volvió hacia él sin levantarse de la cama.

—Mira, Mamá, te he traído gelatina con tostadas.

Lo miró aterrorizada, mientras él levantaba el plato de la bandeja y lo ponía en la mesita de noche. Le sonrió, sujetando la bandeja con manos temblorosas.

—He puesto agua para el té —dijo.

Al volver la encontró incorporada, los pliegues de su piel como la ropa de la colada cuando hiela, rígida, desfigurada con aquel camisón blanco arrugado.

—He pensado que también tomaré un poco, contigo.

Tembleaqueando, dejó las tazas rebosantes junto al plato de gelatina intacto. Se agachó y le colocó los almohadones en la espalda.

Esther cogió la taza que le ofrecía.

—Anda, bébetelo, Mamá.

<hr>

Este fue el sexto relato que escribió Lucia, y el primero que terminó después de mudarse a Nueva York. Libremente inspirado en los padres de su primer marido, se publicó en la revista de Saul Bellow, *The Noble Savage* (octubre de 1961). También se incluyó en su primer libro de relatos, *Angel's Laundromat* (Turtle Island, 1981), y en la primera colección de relatos que publicó con la editorial Black Sparrow, *Homesick* (1990).

La doncella
(En la estela de *Tess, la de los d'Urberville,*
de Thomas Hardy)

Juan Delayo bajaba andando por la carretera de tierra desde el Tijuana, el bar de Vivian, hacia su casa en la aldea de Corrales. Al pasar la iglesia se santiguó, y con la borrachera se saltó la frente y el pecho, trazando con la mano un trapezoide por encima del torso.

El padre Ramírez estaba regando los árboles delante de la rectoría, aunque llevaban un tiempo muertos. Las mujeres del bingo de los viernes los habían comprado y plantado, y él los había bendecido. Eran melocotoneros.

—*¡Buenas, padre!** —lo saludó Juan.

—*Buenas tardes, don Juan.*

Juan pasó de largo, pero entonces titubeó y volvió andando hacia el cura.

—¿A qué viene eso de llamarme «don»?

—Perdón..., me ha salido así.

—¿Se está burlando de mí?

—Ni mucho menos. He estado trabajando con la gente de la concesión de tierras de Atrisco, revisando viejos registros... Hay hallazgos de lo más fascinante. He descubierto que es usted el único descendiente legítimo del general De la Osa, que antaño era el propietario de todo este valle de Corrales.

—¿Todo?

—Sí.

—*¿Y? ¿Qué pasó, pues?*

—Se fue vendiendo, poco a poco. Para 1870 ya pertenecía a los Armijo, los Sandoval y los Perea.

---

* Se mantiene la cursiva original de las expresiones y de los diálogos en español, rasgo característico de los relatos de Lucia Berlin. *(N. de la T.)*

—¿Y se llamaba De la Osa? ¿Un general?

—Sí, y noble. La tierra se la cedió el rey de España.

—*¡Híjole!* ¡El rey! —Juan, atónito, sonrió y se rascó la cabeza—. *Padre*, repítamelo..., ¿mis antepasados eran los dueños del rancho de Gus?

—Sí, de ese y de más.

—*¡Fíjese! Y ese chingado* nos tiene a Tesa y a mí trabajando por setenta y cinco centavos la hora.

—Cierto. Pero aún más irónico, amigo mío, es que el hogar de sus ancestros sea ahora el bar Territorial.

—¡El Territorial! Puf..., ahí ya ni me dejan entrar.

—Bueno, tampoco puede decirse que usted honre a los dueños, pasados o presentes. Juan, he visto a Tesa trabajando en el campo a las seis de la mañana. ¿Usted ha ido hoy a trabajar?

—¿Trabajar? —Juan se quedó pensando, y entonces se acordó—. No, trabajo esta noche, cargando miel para Moisés. Puf, en mi propia casa no me venden una cerveza...

—Dios mío, ¿cómo se me ocurre? —El padre Ramírez enrolló la última vuelta de la manguera para parar el agua—. He dicho que fue de su familia en otros tiempos. Nada más. Disculpe, ahora debo volver adentro.

—Hasta luego, padre —dijo Juan, y después añadió desde lejos—: Eh, esos árboles están muertos, hombre...

Pero el cura no lo oyó.

Juan vaciló al volver a la carretera: no se acordaba de si iba o venía del bar de Vivian. De todos modos, hacía mucho calor y estaba demasiado exaltado para pensar. Se echó a descansar en el chilicote silvestre a la vera del camino, alargando la vista a través del maizal de Gus hasta las cumbres azuladas de la sierra de Sandía.

¿Y Tesa? No entendía por qué ella y los demás no estaban en el galpón, empacando. Tampoco se oía el tractor de Gus, tan solo le llegaba el rumor otoñal de las hojas del álamo, un avión surcando el cielo, una motocicleta.

Era Napoleón Suárez. Juan le gritó.

46

—*Oye*, Napie, ve a buscar a Mauricio. Estará en lo de Vivian, o abajo en el Saguaro. Dile que traiga vino Gallo y que se acerque a recogerme.

—¡Ve tú, *viejo desgraciado*!

—A mí me llamas «don Juan». *Ándale.* —Y con indiferencia le dio a Napie un billete de dólar—. *Oye...*, ¿dónde está todo el mundo? ¿No cosechan hoy?

—Sí, pero solo por la mañana. Ya sabes, Gus siempre da una fiesta el primer día de cosecha. Están haciendo un gran asado abajo, en la huerta. Juan, ¿para qué me das este dólar, hombre?

—Por las molestias. Y llámame «don Juan», por favor.

—*Bueno.* Don Juan. *Allí te guacho.*

Después de que se alejara la motocicleta, Juan oyó a los mariachis tocando en la huerta. Se tumbó de nuevo en la parcela de calabazas a escuchar la música.

Corrales es una aldea de campesinos en el valle del río Grande, situada en la otra orilla de Albuquerque, una ciudad en expansión, árida y polvorienta, donde la gente viene a trabajar en las fábricas de bombas o en el ejército y no se queda más tiempo.

Muchas de las familias de Corrales llevan ahí desde que llegaron los españoles. También viven gringos ricos, en casas caras de adobe con piscinas y caballos. Los artistas viven ahí porque es tranquilo y bonito, y además hay sureños nómadas que viven en caravanas, con gallinas en el patio.

La gente que viene a Corrales para alejarse de todo acaba metida de lleno en el lugar y el paso de las estaciones, en los debates que se montan en la tienda de Earl; en la primavera, con los sauces verde lima y los braseros, cuando cada año los árboles frutales se hielan, o no. Nadie para demasiado tiempo ahí sin sentir mucho más de un «qué bien, está lloviendo» cuando por fin llueve, sin sentir un respeto reverencial al pasar por la granja de Vince y ver a aquel hombre tan viejo plantando manzanos de un palmo.

Siempre sorprende el verdor. Desde Albuquerque llegas por el sur. La calle Cuarta, con las míseras tiendas de segunda mano, las gasolineras desiertas. Desde el oeste, la ruta 6, y hacia el norte solo hay desierto y dunas y despeñaderos de roca negra volcánica... deslumbrantes por el calor. Hacia el este la frontera es el propio río, y más allá las estribaciones y los cerros escarpados de la sierra de Sandía.

Gus Otero contemplaba la sierra desde su galpón. Gus es español, pero en su familia son Santos de los Últimos Días desde hace cuatro generaciones. Los mexicanos católicos jamás trabajarían con tanto ahínco, ni serían tan ricos y serios. A pesar de que en Corrales la mayoría de los ranchitos pertenecen a los españoles, las quintas grandes son propiedad de los italianos y de Gus. Los campesinos, en cambio, son españoles; se hacen llamar «españoles», no «latinos» ni «chicanos», orgullosos de su historia en el valle.

Gus suele trabajar en el campo con sus peones. Hoy permanece distante; es el día de San Isidro. Da la fiesta de la cosecha, igual que hacía su padre, y sus abuelos antes que él, pero está resentido con la Iglesia católica, con el patrón de los labradores. También se ha quedado aparte porque sus peones son mujeres y niños; antaño eran hombres fuertes.

Los muchachos se marcharon primero, a alistarse en el ejército o a trabajar en la ciudad, y los mayores se hicieron demasiado viejos, y entonces poco a poco el pueblo empezó a vivir de los subsidios. Las mujeres y los niños se encargan de desbrozar, escardar y empacar. Para las cosechas grandes contrata a indios de San Felipe, y para la lechuga, a filipinos a un dólar con cincuenta la hora, que no la magullan y despejan media hectárea en dos horas.

Las mujeres estaban llegando ahora de la huerta, no vestidas de blanco como antes era costumbre, sino con coloridos trajes de fiesta, peinadas con esmero y laca en el pelo. Algunas de las chicas más jóvenes llevaban los rulos puestos, después de decidir que el sábado por la noche era más importante que el día de San Isidro. Era un retablo exótico: vestidos de colores vivos, rulos como los de los peinados japoneses, danzarinas de kabuki flotando a través de los altos pastos verdes de la huerta.

Tesa Delayo caminaba un poco apartada de las demás, parecía estar aparte de ellas como siempre, en su serenidad. El pelo claro le caía suelto por los hombros, el vestido blanco vaporoso era demasiado largo para estar de moda.

—*Ay, pobrecita* —murmuró Gus, mirándola. No podía explicar por qué la veía como a una «pobrecita». No era porque trabajase como una mula ni tuviera una vida difícil, sino porque era hermosa y buena.

Las mujeres traían algunas de las primeras hortalizas de la cosecha. Las mayores estaban cantando, un poco achispadas, y divirtiéndose de lo lindo; las más jóvenes, menos entusiastas, acunaban los pepinos y *ristras* de chiles, y varias alternaban las hortalizas con cigarrillos y lingotazos de cerveza, pero todas seguían la procesión que cruzaba la carretera hacia la iglesia. Se arrodillaron de dos en dos al pie de la estatua de san Isidro con su azada.

Gus se quedó en el galpón. Alcanzaba a oír a su esposa y sus hermanas hablando en la casa nueva de estuco, mientras veían la televisión en color que le había comprado a Arlene por su cumpleaños. Miró a las otras mujeres, sus empleadas, que se levantaron y se santiguaron cuando el padre Ramírez salió con una sotana morada de satén a bendecir la cosecha.

A Gus le complació verlas así. Tesa, con su pelo dorado inclinando la cabeza como la Piedad sobre el maíz. Aquella primavera, Tesa había llegado pronto al campo el día en que germinó, y fue corriendo hacia él por el surco. «¡Ha brotado, Gus!». Se abrazaron y rieron, mirando la tierra oscura donde apenas despuntaban los tallos nuevos.

Después de la bendición, las mujeres cruzaron la carretera hasta el galpón con el techo de hojalata. Los mariachis se habían ido, pero seguían sonando discos y había un barril de cerveza. Normalmente en la familia de Gus no se permitían el baile y la bebida. Las mujeres se quedaron paradas, incómodas. Cuando Arlene y las hermanas de Gus salieron con las bandejas de la comida, nadie tenía hambre. Acababan de comer. Arlene colocó las bandejas en una gran mesa y Arminda, la hermana de Gus, ahuyentaba las moscas con un folletín titulado *Amor auténtico*.

Empezaron a llegar coches a la explanada de grava. Viejos Pontiac y Chevrolet —rojos, blancos, negros— con imágenes de la Virgen en el salpicadero. Los coches estaban llenos de muchachos jóvenes que se quedaron dentro escuchando la KQEO, bebiendo Hamm y fumando *mota*, sin quitar ojo a las chicas. Los muchachos llevaban pantalones negros ceñidos y camisetas blancas, y el pelo largo negro, mojado.

Solo después de que las mujeres mayores empezaran a bailar unas con otras los hombres se bajaron de los coches, caminando con aire furtivo al ritmo del pachuco hacia el barril de cerveza y la comida, ignorando al colorido grupo de las chicas.

Un sedán blanco Mercedes se detuvo al otro lado de la carretera. Las puertas se cerraron de golpe y tres hombres altos, bien vestidos, cruzaron la carretera hacia el galpón.

—¿Podemos pasar? —le preguntó a Gus el más joven. Le tendió la mano, se presentó. Ángel García. Sus hermanos se llamaban Tino y Joe.

—*Es su casa* —dijo Gus, y les ofreció cerveza y comida.

Varios de los jóvenes de Corrales se acercaron estrechando el círculo, con actitud un tanto amenazante.

—Vamos, Ángel, a estos gamberros no les caemos muy bien.

Pero Ángel no le hizo caso a Tino, se quedó allí comiendo tamales, mirando a las mujeres bailar.

Tino y Joe eran vendedores de pólizas. Seguros agrícolas. Ángel, el más joven, trabajaba para la Oficina de Oportunidades Económicas. La Guerra contra la Pobreza. Habían venido a visitar la comunidad deprimida de Corrales.

—Bah, hombre, vamos al Drink Inc. —dijo Joe.

—Id vosotros. A mí esto me parece genial. ¡Dios, mirad aquella belleza! Allí, al lado de la bomba de agua.

Los hermanos miraron a Tesa, que estaba de pie al sol, mirándolos también.

—Preciosa. Lánzate, Ángel. —Se rio Joe.

—Una lolita —dijo Tino—. Necesito un martini. Te esperamos allá tomando algo.

Justo cuando se marchaban, Raquel invitó a Ángel a bailar. Los muchachos de Corrales empezaron a sacar a las chicas a la pista de tierra.

Nadie sacó a Tesa a bailar. No porque fuese altiva o fría..., imponía por la misma razón por la que los jóvenes no se atrevían a lanzarle piropos u obscenidades cuando pasaba por delante de la tienda de Earl. Se sentó en el tonel junto a la bomba, mirando a las parejas que bailaban, levantando polvo con los pies, las montañas azuladas de fondo. Observó al joven forastero. Ángel. Había oído que el otro lo llamaba así. Se fijó en sus zapatos y sus manos bonitas con las uñas limpias, en su pañuelo blanco cuando se secó la frente, en su sonrisa fácil. Se lo veía a gusto, hablando con Gus, con los hijos de Gus, flirteando y riendo con las mujeres y las chicas que se peleaban juguetonamente por bailar con él. Estaba cómodo con los muchachos huraños, bebiendo con ellos del barril de cerveza. Tesa intuyó que sería capaz de hablar con él, de hacerle confidencias. Cuando consultó el reloj, asomó el puño de la manga: llevaba gemelos de turquesa. Ella nunca antes había visto unos iguales. «Por favor, sácame a bailar, por favor», deseó, pero el joven ya se iba, estaba despidiéndose. Arlene le llenó los brazos de maíz y calabacines, de chiles rojos.

Ángel se acordó de la chica después de cruzar la carretera. Cuando se volvió a mirar seguía aún junto a la bomba roja, mirándolo con reproche. Tenía los brazos ocupados, así que no pudo saludarla con la mano, pero le sonrió, y ella le devolvió la sonrisa. Se detuvo, estuvo a punto de acercarse a ella, pero no, le estaban esperando, así que se fue al Drink Inc. a buscar a sus hermanos. Pero, «Dios, eres una preciosidad», dijo en voz alta.

Tesa suspiró mientras apoyaba la cabeza en la bomba de agua, y de pronto se sobresaltó al oír un claxon y unas voces desde la carretera. La maltrecha ranchera de Mauricio; su padre asomado por la ventanilla agitando las manos.

—¡*Oye, Gus, pinche jodido!* ¡Podría comprarte y venderte!

Mauricio arrancó de nuevo y todo el mundo se echó a reír. No solo por lo que había dicho Juan..., sino porque solía ser un borracho de los que rezongaban para sus adentros.

Tesa se sintió avergonzada e inquieta. Con un apresurado «gracias, Gus», desapareció por la alambrada de espino y cruzó el campo de alfalfa hacia su casa, una choza de adobe con dos habitaciones estribada sobre un jazmín de Virginia.

Su padre no había llegado. Todo estaba como de costumbre. Sus cinco hermanitos y hermanitas en las dos camas dobles viendo la televisión, el bebé en la cuna, su madre trajinando con la lavadora. En el catre donde dormía Tesa se apilaban pañales que había que doblar. Hacía un calor sofocante en el cuarto, los frijoles aún seguían cociendo con las brasas de la estufa de leña. Las moscas zumbaban casi tan fuerte como la televisión y el tambor de la lavadora. Su madre estaba metiendo la ropa en la escurridora, cantando con el programa de éxitos latinos de Valentino de la O. «Tú, solo tú...».

—*Quiubo, mamá.* —Tesa le dio un beso y fue a ponerse unos vaqueros detrás de la puerta del armario.

—¿Ha estado bien la fiesta?

—Sí. ¿Dónde está papá?

Su madre se rio.

—¡Ese personaje! El padre Ramírez le ha dicho que nuestra familia antiguamente era la dueña de todo Corrales. Deberías oírlo, no para... *Fíjate: Tesa de la Osa.* ¿No es lindo? ¡Te queda bien!

Tesa vio entonces que su madre se había maquillado, estaba vestida para salir. Tenía la chaqueta vaquera con flecos a punto, colgada en el respaldo de una silla.

—*Ay, mamá...*, ¿tú también te vas?

—He quedado con él en el bar de Vivian. Solo a tomar unas cervezas. Para celebrar.

—¿Celebrar? ¿Acaso hemos heredado un millón de dólares?

Su madre le puso encima una mano jabonosa.

—Sé comprensiva, Tesa. No es más que una idea bonita. Una fantasía que le ha hecho feliz. *¿Entiendes?*

—No. Pero es una nueva excusa para largarse de borrachera otra vez. No irá a trabajar esta noche, y me va a tocar a mí trabajar por él mañana.

La colada estaba lista. Su madre sacó la manguera al jardín, empezó a desaguar la lavadora.

—*Bueno, me voy* —dijo, poniéndose la chaqueta.

Era como si Tesa adoptara el papel de adulta severa.

—*Ándale, pues* —dijo, y se encogió de hombros.

Pero su madre se quedó esperando, cambiando el peso de sus piernas gordas en unos zapatos de charol demasiado apretados.

—*Válgame Dios...* —Tesa fue al sofá, sacó su monedero de debajo del cojín—. *Toma.* —Le dio a su madre tres dólares—. Anda, ten. Uno más.

Con un destello de los dientes de oro, su madre dio media vuelta y se fue.

Tesa salió a tender la colada, recogió la que ya estaba seca. Inhaló el dulce olor de la ropa oreada al sol. Dentro, echó a los críos de una de las camas para tener un sitio donde doblarla.

—*Tengo hambre* —dijo Paquito.

—Yo también.

Les dio de comer maíz en mazorca, burritos con frijoles y no, no quedaba carne, frijoles con chile. No había espacio para una mesa; se llevaron los platos de nuevo a la cama y a ver la televisión. El show de Mary Tyler Moore acababa de terminar. Estaba empezando *Los patrulleros*. Tesa cambió a Juanito, el bebé, y lo trajo al sofá, le dio de comer papilla de avena y compota de manzana.

Pensó en el apuesto joven, Ángel. Lo imaginó durante la cena, en una casa en la sierra. La madre con un delantal encima de un precioso vestido, sirviendo cuencos de verdura. Uno de los hermanos dice: «Pásame la sal, por favor». El padre sonríe a Ángel y le pregunta: «¿Qué tal te ha ido hoy, hijo?».

Tesa soñaba despierta, meciendo a Juanito hasta que se quedó dormido. Lo acostó de nuevo en la cuna, lo arropó. Los niños se reían con el anuncio del gato Morris. Era la primera vez que reaccionaban a algo de lo que estaban viendo. Tesa se sentó a doblar ropa, una pila de pañales y luego otras ocho pilas para todos los demás.

Un anuncio de perfume Charlie llenó la pantalla. Un hombre y una mujer con trajes de noche en un coche caro, bajo la lluvia. Se miraron a los ojos con caras de rabia y la boca abierta. La mujer salió del coche y dio un portazo; el hombre salió y dio otro. Aquel portazo majestuoso le recordó a Tesa al coche de Ángel.

Tesa ensayó la mirada de la mujer del anuncio, con la boca abierta, los ojos centelleantes. Su hermano pequeño, Tony, interceptó su mirada y la imitó, con una risita. Pronto todos los niños estaban haciéndole muecas sensuales, afectadas, riéndose. Tesa también se reía.

—Ay, Señor, estoy tan loca como mi papá...

Se levantó a preparar un Kool-Aid de frambuesa y llevó vasos para todos. Malvaviscos de postre. Luego siguió doblando ropa.

«Pero es verdad —suspiró—, una fantasía puede hacerte feliz».

———————————

Esbozado a principios de 1969 como un ejercicio de escritura, se trata de una reelaboración personal de la primera parte de la novela de Thomas Hardy, *Tess, la de los d'Urberville* (1892), trasladada al pueblo de Corrales, Nuevo México, donde Lucia vivió de 1966 a 1969. Este relato más tarde apareció en *Homesick* (Black Sparrow, 1990). Reimaginar y reinterpretar sus historias clásicas predilectas le servía tanto de ejercicio literario como para dar un empujón a su proceso de escritura, y *Tess, la de los d'Urberville* era uno de sus libros favoritos. Se veía reflejada en Tess, la chica inocente marcada para siempre por un hombre mayor que la seduce y la viola. Se embarcó en este ejercicio con la idea de escribir algún día un romance gótico a partir de su propia historia, pues con catorce años también a ella la sedujo y la violó un socio de su padre. Pese a que el relato se perdió en un incendio, lo reescribiría en 1983 para incluirlo en su segunda colección de cuentos, *Phantom Pain* (Tombouctou Books, 1984).

Centralita

Estaba oscuro. Phyllis, la Operadora Cinco, esperaba el autobús de las 6.32. Hacía veintitrés años que esperaba ese autobús y nunca se le había ocurrido pensar que la oscuridad era tan peligrosa por la mañana como por la noche. Nunca salía después de que anocheciera, salvo en taxi, y con un bote de laca para defenderse de un posible ataque. ¿Ataque de quién? De esos hombres de color... «Hermanos», se llamaban unos a otros en el autobús. Negros. Se le cerraba la garganta con la palabra «negro», aunque sabía que ahora supuestamente debías llamarlos así. Hasta la palabra era demasiado oscura.

Jesús, María y José. Se le escapó en voz alta. Aún no se lo podía creer: una supervisora de color en la centralita. En el Hospital Hamilton Memorial de Oakland. Todas las operadoras se quedaron de piedra con la decisión. Ya sabían que Phoebe se retiraba después de cuarenta años, pero habían dado por hecho que elegirían a una de ellas para sustituirla. Menos Mae, la Operadora Dos, porque solo le gustaba trabajar en el turno de noche, todas las demás operadoras de mañanas se habían presentado al puesto. La mayoría llevaban allí más de veinte años.

Thelma (Uno) se había echado a reír cuando se enteró.

—¡Bueno, chicas, somos todas demasiado mayores!

Pero las demás se escribieron entre ellas notas como «¡se avecina tormenta!» y «¡la venganza de Phoebe!».

Eso tenía sentido para Cinco. Después de cuarenta años en un trabajo ingrato, Phoebe iba y contrataba a una jovencita insolente de color, solo para que todo se desmoronase cuando ella se fuera.

En el cambio de turno, Laura, de Admisiones, había bajado con rosas y champán para Elaine, la nueva supervisora. Las operadoras de tardes habían llegado pronto, con rosas también, y charlaban tan contentas. Vaya, natural. Todas hablando alegremente mientras las operadoras de mañanas iban con las piernas agarrotadas por el pasillo a fichar antes de salir.

—¡Bárbaro! —acababa de decir Elaine, riéndose con aquella risa gutural característica de la gente de color.

No hablaba la típica jerga, en cambio. Como decía Cuatro, sonaba igual que Jackie Onassis.

Cinco en realidad pensaba en los negros como verdes. Desde que empezó el programa asistencial de Medi-Cal, las operadoras tenían que anotar en verde a todos los pacientes con ese seguro. Los pacientes de Medi-Cal no podían hacer llamadas de larga distancia, solo a cobro revertido o a cuenta. A diario, Cinco hacía su propio recuento de cuántas verdes habían pasado por la sala de obstetricia y no habían parido. «Sabes que todo son abortos». Recibían llamadas todo el día y la mayoría tenían varios nombres. «Déjeme hablar con Marie Loutre, o quizá consta como Marie White».

—No todos los verdes por fuerza son negros, Cinco —le intentaba explicar Tres—. Solo son pobres.

—Solo intentan sobrevivir —decía Thelma.

Thelma era la Operadora Uno, pero la llamaban por su nombre, aunque por teléfono ella decía: «Le atiende la Operadora Uno».

Tres se había burlado de Cinco cuando empezó a parecer que todas las operadoras que contrataban en el turno de tarde eran negras.

—¡Deberías estar contenta, tratan de no vivir de ayudas y ahorrar dinero de tus impuestos!

—A ver, chicas —decía Thelma—. Son unas jovencitas con chispa, un cielo. Vosotras también fuisteis novatas alguna vez.

Thelma siempre era así, siempre tenía una palabra agradable. Un trozo de pan, la verdad. No se enfadaba ni con el doctor Strand. ¿Quién lo soportaba? Era un mal bicho, decía cosas como «¿qué pasa en esa centralita, contratan a las retrasadas?».

—Gracias, señor —decía Thelma, y lo desconectaba de una llamada a Londres.

Thelma era la única conectada cuando Cinco llegó al sótano. Las otras estaban todas de pie alrededor del reloj de fichar, como si hubiera habido un accidente. Cinco supo que estaban hablando de Elaine o de las de tardes. Mae (Dos), la operadora del turno de noche, todavía estaba allí. Estaba tremendamente gorda, deformada desde que le habían quitado los dos pechos. No por cáncer, solo porque pesaban muchísimo, casi siete kilos cada uno. Tres y Cuatro estaban casi igual de gordas y, como ella, no se habían casado nunca. BOM, las llamaba Cinco en secreto, Brujas con Obesidad Mórbida. Thelma y ella habían comentado por qué había tantas operadoras muy gordas en las centralitas telefónicas. Probablemente porque nadie las contrataría si la gente pudiera verlas. Thelma decía que todas tenían una voz encantadora. Y manos preciosas. La mayoría de la gente fornida tenía unas manos preciosas. ¿Fornida? Jesús, María y José.

Ocuparon sus puestos en la centralita, encasquetándose los auriculares y los micrófonos, conectándose. Thelma y Tres manejaban el sistema de megafonía. Dentro del cubículo ya hacía calor, olía a poliéster sudado, a desodorante, a la empalagosa Jean Naté de Cuatro. Apenas quedaba espacio para las centralitas y el escritorio de Elaine. El conducto de ventilación estaba abierto, pero como el aire entraba desde el aparcamiento, pronto tendrían que cerrarlo cuando empezara a haber mucho humo de los coches que iban y venían.

Las primeras horas de la mañana eran agradables, la centralita estaba relativamente tranquila. Las mujeres archivaban las fichas en las carpetas que apilaban encima, a medida que admitían y daban altas, cambiaban habitaciones, trasladaban pacientes de la UCI a planta, anotándolos en verde. Cuando los pacientes morían, rodeaban el nombre con un círculo rojo y adjuntaban el papel al listado de defunciones en cada puesto. No comunicaban a quienes llamaban que el paciente había fallecido, sino que decían: «Un momento, por favor» y pasaban la llamada a la supervisora de enfermeras. A Thelma le gustaba pensar que cuando muriera sus últimas palabras serían «¡un momento, por favor!». Cinco decía que las suyas iban a ser «Dios, manténgase en espera, por favor».

Las operadoras de mañanas se conocían desde hacía muchos años, pero nunca se veían fuera de aquel cuartito. Se tomaban los descansos por separado y se despedían al fichar a la salida. Excepto Thelma, que no se callaba nada, compartían pocas intimidades. La conversación entre ellas giraba en torno a la centralita, la televisión, la comida y los médicos. Seguían la vida de los doctores en las páginas de sociedad y en el boletín del hospital. Hablaban de ellos como si los conocieran, los «conocían» desde hacía la tira de años, cuando muchos eran aún residentes e internos.

—El doctor Hanson y el doctor Angeli volaban con sus esposas a Miami esta mañana, y luego harán un crucero por el Caribe.

—Ca*ri*be —murmuró Cinco, matizando la pronunciación.

Tres suspiró.

—Eso es lo que yo quiero..., ¡un crucero del amor!

Cuatro le dio un codazo a Cinco.

—Tendrían que darle un bote salvavidas para ella sola, en lugar de un chaleco.

«¡Mira quién fue a hablar!», le escribió Cinco a Thelma.

Se pasaban el día hablando, a pesar del ajetreo constante. Entre llamada y llamada soltaban sus típicas muletillas como el «ahora ya lo he oído todo» de Thelma, el «¡papanatas!» de Tres y el «¡Jesús, María y José!» de Cinco. Al pasar la llamada cada una tarareaba su propia melodía favorita. La de Tres era «Old Buttermilk Sky» y Cuatro las volvía locas con «My Foolish Heart». Las distintas cadencias flotaban en el cuarto a medida que, como las lecheras arrullando a su vaca favorita, cada operadora se inclinaba hacia su panel.

Viéndolas desde atrás mientras trabajaban —a menos que tuvieras un oído tan fino como Elaine— era difícil saber cuándo estaban en una llamada, o quién chismorreaba con quién.

Operadora uno

Buenos días. Hospital Hamilton. Operadora Uno, ¿en qué puedo ayudarle? DOCTOR SCHMITZ, POR FAVOR, DOCTOR SCHMITZ. TERAPIA RESPIRATORIA 202. ¿Habitación 3021? Le paso. Demasiado calor para esta faja. Estoy bien, doctor Miller, gracias. ¿Quiere su servicio de llamadas, señor? Qué encanto de hombre. A simple vista nadie lo diría. Los mejores cirujanos, los más ocupados, son los más pacientes por teléfono. Buenos días. Hospital Hamilton. DOCTOR ANDERSON. DOCTOR ANDERSON, POR FAVOR. ¿Doctor Wilson? Le necesitan en Urgencias, señor. SEÑORA SCOTT, POR FAVOR, SEÑORA SCOTT. Dime que avise por megafonía, no lo escribas sin más.

Operadora cinco

Apuesto a que no vendrá antes de las nueve. Un momento, por favor. No tenemos ninguna habitación 100. El apellido, por favor. Panda de ignorantes. Buenos días, Hospital Hamilton. Gracias. Perdón, los bebés están en las habitaciones. Jesús, María y José. ¿Cómo hicieron los bebés, para empezar? Se pasan todo el santo día hablando. ¿Habéis visto al marido? Un momento, señor. ¿Quién pregunta por el doctor Winthrop? ¿Dices que es blando? Tal vez, si la... Hospital Hamilton. ¿Blanco? Estás de broma. ¿Llamaste a la señora Scott por megafonía? Operadora Cinco, ¿en qué puedo ayudarle?

OPERADORA TRES

Buenos días, Hospital Hamilton. Sé lo que significa Tanda M, pero ¿qué será Banda D? Operadora Tres. Sí, cómo no, querida. SEÑORITA ALBRIGHT, POR FAVOR, SEÑORITA ALBRIGHT. ¿Albright ha llegado ya? Perdón, no contesta a la llamada. Hospital Hamilton. Y a las tres estará fuera, ya lo verás. Operadora Tres, ¿qué número, por favor? Yo no lo he visto nunca, pero Dos sí y dice que es blanco. La línea está ocupada. Vuelva a llamar, por favor. DOCTOR MILLER, A QUIRÓFANO, DOCTOR MILLER. No blando. Blanco. ¿Señora Scott? Sí, una llamada de defunción. ¿Doctor Miller? Le necesitan en quirófano. Hospital Hamilton, ¿en qué puedo ayudarle?

OPERADORA CUATRO

Sabe Dios. Tampoco me acuerdo de lo que significa PBX... *the night... is like a lovely tune... beware, my foolish heart...* No ha habido defunciones hoy, es curioso cómo vienen de tres en tres. Buenos días, Hospital Hamilton. Perdone, ese usuario no puede recibir llamadas. Operadora Cuatro, gracias. Doctor Miller, le necesitan en quirófano inmediatamente... *There's a line between love and fascination that's hard to see on an evening such as this, and they both have the very same sensation when you're locked in the magic of a kiss. His lips are much too close to mine. Beware, my foolish heart.*

—Buenos días.
Era la chica nueva, la Operadora Nueve. (El nueve era el número de Mickey; murió el año pasado). Con el revuelo del

ascenso de Elaine, a las operadoras aún no les había dado tiempo a reaccionar ante la llegada de Nueve. Que de chica tenía poco, ya, con treinta y tantos años y cuatro hijos a cuestas.

—No deberías entrar tan pronto. Nunca más de cinco minutos de antelación.

—No intentaba hacer horas extras, es que no me apetecía quedarme ahí de brazos cruzados.

—No les gusta que fiches antes de la hora.

—Vale.

—En una llamada nunca uses «vale» —dijo Cinco.

—Yo le daré las instrucciones, cielo. —Thelma sonrió—. Además, es muy educada en las llamadas. ¿Cómo estás hoy, cariño? ¿Cansada?

—¡Ayer sí! Me fui a la cama a las ocho. ¿Debería escucharte o atender las llamadas, Thelma?

—Es hora de empezar los descansos. Cuatro puede ocuparse de la megafonía. Tú siéntate en la centralita hasta que yo vuelva. Cuatro, échale un ojo a Nueve ahora.

Thelma desconectó, se enderezó la peluca caoba y se fue andando despacio por el pasillo hacia el ascensor.

—Ya no es tan fuerte como era.

—Bueno, con la centralita no podría ser más rápida.

—A eso de la una está que ya no puede con su alma.

—¡Igual que yo!

—Es ideal que seamos cinco. Mira, todos los paneles están llenos. Es demasiado difícil tomarse descansos con solo cuatro.

Y, mientras hablaban, sus dedos volaban a contestar las luces, tiraban de las clavijas para cortar.

—Comprueba las llamadas antes de cortar —Cinco le siseó a Nueve.

—¿Esas no son las de desconexión? —Nueve sabía que las otras cortaban sin más, pero le dijo que sí.

—Lo estás haciendo estupendamente —le dijo Cuatro.

Nueve aprendía rápido, atendía con cortesía las llamadas, no era insolente o seductora como las del turno de tarde, pero seguro que sería igual cuando empezara a trabajar con ellas…, bromeando con los usuarios, haciendo llamadas personales. Cinco le cogió tirria a Nueve desde el primer momento. Cuatro sabía el motivo. Cinco le había preguntado por qué decidió trabajar de operadora.

—Es el único trabajo que pude conseguir —dijo Nueve.

Elaine se echó a reír:

—¡Cómo te entiendo!

Ninguna de las dos se dio cuenta de cómo se sintieron las operadoras del turno de mañana. Como imbéciles, ni más ni menos. Habían dedicado su vida a ser buenas en aquel oficio.

Thelma le habló a Nueve de sus tiempos de juventud, cuando trabajar en una centralita era una de las pocas profesiones dignas.

—Yo me sentía orgullosa a más no poder de ser operadora telefónica. Hay quien dice que es un trabajo ingrato, especialmente en un hospital. Tenemos un papel importante. Recuerda también que la gente está bajo una tensión espantosa…, ¡a veces a vida o muerte! Cuando se enfadan, no es nada personal. Hay días que parece que todo el mundo estuviera enfadado contigo. Pero también te dan las gracias a cada momento, por ayudar con las llamadas o encontrar a alguien, o simplemente por ser amable. Tú ten presente que es un trabajo limpio y honesto, cielo. —Thelma le dio una palmada en el brazo—. Vas a ser una operadora estupenda, lo sé.

Su primer día, cuando Elaine le dijo que era la hora del almuerzo, Nueve empezó a tirar de todos los cables. Las demás operadoras se pusieron a chillar y a gritar.

—¡Estás desconectando todas las llamadas!

—¡Tonta del bote! ¡Jesús, María y José!

Nueve se sintió avergonzada.

—Lo siento. No sé qué arrebato me ha dado… Supongo que quería dejar el tablero ordenado antes de ir a comer. Menuda bobada.

Elaine y Thelma fueron las únicas a quienes les pareció gracioso.

—Ese es el espíritu, Nueve. ¡Hora de comer, gente!

—De todos modos, hablan demasiado —dijo Thelma—. Ha sido un fallo natural, cariño.

Cinco había garabateado: «Naturalmente boba», y Cuatro escribió: «No es tan lista como se cree».

Elaine siguió a Nueve hasta el ascensor, todavía riéndose.

—Nueve, dime una cosa...

—¿Si mentí con la experiencia previa? Sí, nunca había visto una centralita. Deja que me quede, por favor. Aprenderé.

—Lo estás haciendo genial. No te preocupes por eso. Recuerda que también es mi primer día. Y me odian.

Hicieron cola para el café y los bocadillos, se sentaron en una mesa junto a la ventana.

—Te va a gustar —dijo Elaine—. Es divertido, y es una buena experiencia. No podrías tener a una mejor maestra que Thelma. Tú limítate a no contarle nada a nadie y no dejes que te afecte lo que digan las demás..., son unas intolerantes mezquinas y maliciosas. Mejor que vayas para allá. No les digas que has estado conmigo. Y nunca vuelvas un minuto tarde, ni un minuto antes.

—Elaine, ya sé que he hecho el descanso, pero necesito ir al lavabo.

—Adelante, Thelma.

Cuando volvió, Elaine se acercó a su lado.

—¿Hace cuánto que trabajas aquí?

—Treinta y ocho años.

—No necesitas mi permiso para salir o entrar. Eres la número uno, en todos los sentidos. Te puedes tomar el tiempo que quieras en el almuerzo y hacer llamadas personales. En esta centralita, lo que tú digas va a misa. ¿Os queda claro a todas?

A Thelma se le saltaron las lágrimas. Asintió, ruborizándose.

—Vaya, eso sí que ha sido un gesto bonito —dijo Cuatro.

Cinco echaba humo. Qué astuta era Elaine. Sabía que Thelma nunca se tomaría descansos de más o alargaría la pausa del almuerzo. En cuanto a las llamadas, Bud la telefoneaba cada día a las dos y lo único que ella decía era «yo también te quiero», y cortaba. Pero ahora nunca se pondría en contra de Elaine.

—¿Veis todas esta tecla? ¿Justo a la derecha del clavijero?

—Siempre me he preguntado para qué era.

—Es un contador. Quiero que lo pulséis cada vez que atendáis una llamada. Interna o externa. Al principio será un incordio, pero al cabo de un tiempo os saldrá solo. Nueve, tú tienes suerte, te podrás acostumbrar desde el principio.

Elaine se quedó varios días detrás de ellas, recordándoles que pulsaran la tecla. Tres y Cuatro estaban indignadas.

—¿Pretende vigilarnos? ¿No cree que contestamos ya bastantes llamadas?

Y, siempre que Elaine salía del cuarto, las operadoras pulsaban la tecla docenas de veces. Elaine sorprendió a Cinco haciéndolo.

—A ver, señoras... Necesito un cómputo preciso para poder hacer un informe preciso. Tiráis piedras contra vuestro propio tejado, no contra el mío, pulsando la tecla más o menos de la cuenta. Que las llamadas sean demasiado pocas querrá decir que sobran operadoras. Que sean demasiadas significará que ha llegado la hora de Centrex.

—¡Centrex!

—¡Centrex!

Se quedaron en silencio. Alcanzaban a oírse los pitidos de las llamadas de los auriculares. Elaine estaba de pie, así que nadie escribió notas.

A la hora del almuerzo, Nueve le preguntó a Elaine:

—¿Qué es Centrex, la peste negra?

—Ordenadores. Muchas se irían a la calle.

—¿Y pasará?

—No hasta dentro de unos años. Solo es para que estén alerta.

Viernes. Seis y Siete se quedarán ahí hasta el lunes. Los días libres de Tres eran jueves y viernes. Los de Cuatro, viernes y sábado.

Seis se había estirado la cara y vivía en Walnut Creek. Años atrás dejó la centralita para casarse con un hombre de dinero, y tuvo que volver cuando a él le dio una embolia. Nunca permitía que las demás olvidaran que se había visto en circunstancias mejores.

A Tres le gustaba hacer comentarios del tipo:

—Ya sabéis que a la señorona no le pagan por trabajar aquí..., lo hace por caridad, viene a traernos alegría y buena voluntad a las desfavorecidas.

Seis bebía. Olía a alcohol mezclado con Clorets, y muchos días se presentaba con los ojos enrojecidos y temblorosa. Una mañana Elaine le dio un Valium, le dijo que fuera a echarse un rato. Cuando Seis se marchó, Elaine se quedó detrás para que ninguna comentara nada. Seis volvió con mejor aspecto, oliendo a jabón y Listerine.

—Gracias, Elaine. Me he pasado toda la noche en vela por mi pobre marido, solo he echado unas cabezadas.

—Dirá que ha echado unos lingotazos —susurró Cinco.

Siete era muy joven y nueva en la ciudad. Cómo había conseguido que la contrataran era un misterio para las del turno de mañana. Según Seis era porque en el hospital tenían que contratar a más personal negro. Siete decía cosas como «el doctor Miller está cirujando» o «aviaré a mi supervisora». (Seis dijo: «A mí también me gustaría aviar a la supervisora», y las chicas estuvieron durante horas con la risa floja). Pero Siete trabajaba con más empeño que todas ellas, incluso que Thelma, y nunca llegaba tarde ni faltaba. «Siete, eres perfecta, cielo», decía Thelma.

Aun así..., que la ascendieran a mañanas... Les contó que lo agradecía de verdad, que Elaine le había echado una mano porque tenía tres críos pequeños y nadie que la ayudara. Bueno, Nueve y Doce también tenían críos.

Elaine oyó el comentario.

—Y tienen amigas y familia con quien contar. ¿Estáis cuestionando mi decisión? Eso es insubordinación.

A Cinco le gustaban los viernes porque podía ser segunda en megafonía. Hacía que el día se le pasara mucho más rápido y que se sintiera importante, sabiendo que su voz retumbaba por todo el hospital, incluso en los lavabos. Phoebe le había dicho que sonaba como Katharine Hepburn. Cinco creía que hablaba clara y concisamente cuando en realidad sus mensajes por megafonía les daban vergüenza ajena a las otras operadoras, agudos y atropellados, como un disco pasado de revoluciones. Aun así, nadie le había dicho nunca nada a la cara, y era la tercera en antigüedad. (Las Cuatro y Cinco originales habían muerto, hacía mucho).

—Disculpe, señor. No era mi intención desconectarlo. ¿Quiere que lo vuelva a intentar?

—Nunca asumas un error, Nueve —le dijo Elaine—. Y nunca, jamás, te disculpes. Se enfadan más todavía. Si tienes que excusarte con algo, di: «Interferencias en la línea, señor».

—Eso es cierto. Hagas lo que hagas, de todos modos, no repliques con descaro. Desconéctalos y cuenta hasta diez.

—¿Leíste la columna de Robin Orr anoche?

—¿Sobre la fiesta del doctor Steinberg? ¿A que fue la monda? Todos los cardiocirujanos estaban allí. Muchas influencias, y él tan joven. Sin esposa, al menos no la mencionaban.

—No, ¡solo sus lebreles!

—¿Te imaginas, dar una fiesta de cumpleaños para tu perro?

—Y los invitados llevaron a sus mascotas.

—¿Dónde vive?

—No se decía.

—Y tanto que sí. Decía: «Una fresca velada en Moraga».

—¿Dermatólogo? Aún no consigo ubicarlo.

—Nunca nos llegan llamadas para él, pero él llama fuera sin parar. Desde el puesto de enfermería Dos Este.

—Es altísimo. No parece judío para nada.

—Habla como un judío auténtico.

—Es el acento neoyorkino, no necesariamente judío.

—Aún no consigo ubicarlo. ¿Come en la cafetería?

—Sí, pero con las enfermeras, no con los médicos.

—¡Ese! A mí me parece afeminado...

—Es bastante raro lo de montar una fiesta para tu perro.

—Bueno, él puede hacerlo porque es rico. Si eres pobre, estás loco. Si eres rico, eres ocurrente.

—Excéntrico.

—Es un excéntrico, desde luego —dijo Elaine desde su escritorio—. Su dormitorio tiene todo el techo forrado de espejos, y una cama redonda cubierta de visón. En las paredes hay fotos enormes de animales, mmm..., apareándose. Elefantes, cerdos, hipopótamos, jirafas...

—¿Jirafas? —Nueve estaba fascinada.

—Bueno, quizá no jirafas, pero todo lo demás.

—¿Estuviste allí, Elaine?

—¿Fuiste a la fiesta?

Las operadoras se quedaron atónitas. Tres y Cuatro garabatearon notas. Elaine estaba al teléfono y tapó el micrófono con una mano.

—Estamos en los ochenta, señoras. Nosotras también comemos en las cantinas.

Nueve se dio cuenta de que no era el color de Elaine lo que les chocaba a las operadoras, sino un tabú más arraigado en la centralita. Una testigo de verdad se recreaba con sus especulaciones. A pesar de que conocían las peculiaridades y los horarios de cada doctor y reunían todas las piezas posibles de su vida privada, nunca hablaban con los médicos «en la vida real», como la llamaba Cuatro. No le preguntaron a Elaine quién había allí, o cómo iba vestida la gente. De hecho, no hablaron más de la fiesta.

Nueve trabajaba ahora de una a nueve de la noche. Le gustaba ese turno. Tenía las mañanas libres y cuando llegaba a casa sus hijos aún estaban levantados. Así se le hacían más llevaderas las tardes, largas ahora que Terry había muerto. Terry siempre aborreció las tardes y los domingos. Nueve no hablaba de él, ni siquiera con Elaine o Doce.

La Operadora Doce llegaba a las dos, agitando el sopor de la tarde con su risa fácil italiana, historias del autobús de la línea 51, salami y chistes del bar de su padre en Alameda. Se colocó en el último puesto, pero Elaine le pidió que sustituyera a Cinco en megafonía.

—Me quedaré en megafonía hasta el cambio de turno —dijo Cinco secamente.

—Archivarás las bajas. Estás cansada.

Cinco trasladó sus cosas dando golpes y manotazos. Doce se conectó y le sonrió a Thelma.

—Oye, Uno, ¿qué sale cuando cruzas un ordenador con una prostituta? —Thelma se encogió de hombros—. Una puta sabelotodo.

—Cariño, te acabas de perder a un hombre que no paraba de interceptarme la línea. Me ha dicho: «Lo siento, operadora, sigo metiendo el dedo en el agujero equivocado. ¡La historia de mi vida!».

Elaine se rio desde su escritorio.

—Thelma, siempre sé cuándo se acercan las tres. Se te tuerce la peluca y empiezas a decir groserías.

—¡No te imaginas dónde estaba mi peluca cuando me desperté esta mañana! Le dije a Bud: «Cariño, solías erizarme el vello, ¡ahora haces que me tire de los pelos».

—Ojalá yo tuviera un marido como tu Bud —dijo Doce.

—Y yo —suspiró Nueve.

Siete empezó a tararear el «Beware, My Foolish Heart» de Cuatro y todas las operadoras se rieron. Cinco oía hablar a Doce, pero no las respuestas de Nueve, porque Elaine, Thelma y Siete parloteaban sin parar. Seis seguía siendo tan reservada como siempre. Demasiado buena para nosotras, la vieja borrachina.

La voz cálida y profunda de Doce reverberó desde los altavoces: DOCTOR FIRESTONE. DOCTOR FIRESTONE. POR FAVOR. TERAPIA RESPIRATORIA. DOS ESTE. Operadora Doce, ¿en qué puedo ayudarle? Sí, doctor Strand, hay varios mensajes. UCI, UCC y Recuperación. También llamadas externas de Linda, Becky y Samantha. Tres de Samantha... Por supuesto, el mamón pide una línea exterior. Lo primero es lo primero, ¿no? Buenas tardes, Hospital Hamilton. Gracias a usted. DOCTOR ATHERTON. DOCTOR ATHERTON. Nueve, te conté que Mario me tiró los tejos en la fiesta, pero pensé que solo estaba tonteando, por los viejos tiempos, y con la parienta allí y todo. SEÑORA CILANTRO. SEÑORA CILANTRO. Pero anoche se plantó en la puerta de mi casa. ¡Uf! Casi me muero. SEÑORA CILANTRO, SEÑORA CILANTRO, POR FAVOR. Buenas tardes, Hospital Hamilton. Un momento. Sí, señora Cilantro, la buscan en Admisiones. Operadora Doce... Lo siento, el doctor Strand está en una llamada externa... Y me besó, despacio, muy suave, pero me agarraba con fuerza, ¿sabes?, la cabeza entre las manos. Santo cielo. SEÑORA CILANTRO, SEÑORA CILANTRO. DOCTOR WILHELM, POR FAVOR. DOCTOR WILHELM. Sé que has oído el aviso de megafonía, Cilantro... La necesitan en Tres Este ahora mismo. De nada... Perra. DOCTOR STEINBERG, DOCTOR STEINBERG. ¿Leíste lo de su fiesta perruna? Nos derretimos en el sofá..., pero resultó que Luke estaba ahí durmiendo. ¿Habitación 5812? Gracias. DOCTOR OVERTON. DOCTOR OVERTON. ¿Doctor Strand? Lo necesitan en la UCI, señor, de verdad. Sí, señor..., ella dice que es consciente de ello y que le dé otra línea. Bueno, la diva. ¿Esther Fuller? Un momento, por favor. ¿Fuller es una defunción? SEÑORA SCOTT, SEÑORA SCOTT, POR FAVOR. Me susurra que va a llevar a Luke arriba y lo sube y yo me apresuro a patear cosas debajo del sofá y a rociarme con Cachet. Hola, Scotty, llamada de fuera preguntando por Esther Fuller, fallecida hoy a la una. Así que vuelve y nos besamos y empezamos a hundirnos en el sofá otra vez. Y resulta que ese condenado de Luke había mojado el sofá.

La luz roja empezó a parpadear y se disparó la alarma. Doce atendió la línea de Código Azul en cuestión de segundos. CÓDIGO AZUL, UCI CÓDIGO AZUL, UCI. CÓDIGO AZUL, UCI, CÓDIGO AZUL, UCI. Llamó a enfermería, a Urgencias y a terapia respiratoria para asegurarse de que todos habían respondido. Cinco le pasó el registro de Código Azul y ella anotó la hora y el lugar.

Apuesto a que era el paciente del doctor Strand. Yo no dejaría que me operara a corazón abierto..., estaría toqueteando a la enfermera de quirófano con una mano... Así que fue a buscar a Luke, lo trajo al sofá y me subió a la cama. Lo siento, el doctor Norris está en cirugía, ¿quiere que le dé algún recado? ¿Te puedes creer que ese niño también había mojado la cama? Lo siento. La facturación ambulatoria está cerrada. No, señor, no sé qué puede hacer con su factura. Aunque tengo algunas ideas, imbécil. Bien, Nueve, lo has captado: el suelo estaba seco. Ojalá tuviera una alfombra. Oye, Cinco, ¿qué pasa, te estoy escandalizando?

Cinco había dejado de archivar; estaba inmóvil, pálida.

—Si estoy escandalizada es porque vosotras habláis mucho e ignoráis vuestro trabajo.

—¡Hala! ¡A ver, Elaine! Mira mi panel. Un solo cable libre. Después de Thelma, soy la más rápida del Oeste. Siempre con una sonrisa, podría contarte toda la historia de mi vida sin que se me escapara una sola luz. Sí, doctor Strand. Gracias. Ahora quiere la UCI.

—Es verdad, Cinco —dijo Elaine—. Y las de mañanas habláis tanto como las de tardes.

—En realidad, no, escriben más —dijo Nueve—. Pero las de tardes reciben más llamadas y tienen una operadora menos.

—Cinco, vete a casa, te veo fatal.

—Todavía quedan quince minutos.

—Te firmaré la salida —dijo Elaine.

—Prefiero quedarme.

Cloc, cloc a las tres en punto, cuando Diez y Once ficharon en el reloj al entrar. El eco de sus carcajadas, el taconeo de los zuecos por los pasillos. Habían ido de compras; las bolsas crujieron cuando las soltaron en el mostrador. Once pasó un paquete de galletas con pepitas de chocolate, pero las de mañanas dijeron: «No, gracias». El cuartito estaba abarrotado y había un ruido escandaloso. Las operadoras se inclinaban hacia sus paneles, tapándose el oído libre con los dedos.

—Estáis monísimas con ese peinado —dijo Seis.

Cinco farfulló para sus adentros. Seis siempre piropeaba su pelo, tanto si era afro o, como ahora, trencitas con abalorios tintineantes. Por si no había ya bastante ruido allí dentro. ¿Cómo se las arreglaban para no confundir a todos los hombres con quienes se liaban? Nueve y Elaine no hablaban de su vida privada. Algo que ocultar, probablemente. Doce estaba enseñando fotos de sus hijos. Pobrecitos, mulatos de ojos verdes y pelo crespo..., y quiere darles una educación católica. Cinco sintió que se mareaba.

—Elaine, Darcy está con unas anginas terribles. ¿Te importaría que saliera antes esta noche? —preguntó Diez.

—Depende de lo que digan las de tardes..., ha sido una mañana movidita.

—Nos las arreglaremos. A las siete se calma la cosa. ¿A vosotras dos os parece bien? —preguntó Once. Claro.

Las de mañanas se miraron. Phoebe nunca lo hubiera consentido. Bajas para actividades formativas, bajas por enfermedad, cambios de días y horarios de trabajo... Tres y Cuatro no habían estado un solo día de baja en cuatro años. Apodaban a Diez «María Tifoidea», de tanto que caía enferma.

En lugar de bajar, el volumen en el cuartito subió cuando Elaine y las de mañanas se marcharon. Diez y Once tenían que contarse qué habían hecho en sus días libres, y Doce no había acabado de contar lo de Mario. ¡Desayuno en la cama! Pusieron la radio de fondo y Diez abrió la ventana para que entrara el ruido de los coches.

—¡Uf, qué ambiente tan cargado! Te juro que esas mujeres huelen como luchadoras calentorras.

Varios terapeutas respiratorios entraron, para dejar la lista de la noche y saludar. Ray, el guardia de seguridad, entró a recoger la pistola, preguntó si querían que les trajera algo de la próxima ronda. Las del turno de tarde no hacían descansos regulares, solo iban al lavabo a toda prisa y se turnaban para salir a buscar café.

—Escuchad esto: el doctor Parnell quiere que lo llamemos por el busca a las ocho y media, a las diez y a medianoche.

—Me pregunto a quién estará intentando impresionar.

—O de qué quiere escaquearse. ¿Y si tenemos que avisarlo de verdad?

—Necesitan al doctor Strand en la UCI. ¿Está por aquí?

—No, acaba de salir con el busca.

—Bárbaro. Apoquinad.

Cada operadora puso un dólar en el mostrador.

—Nueve, ¿te das cuenta de que esta idea tuya ha potenciado la eficiencia de la PBX un cien por cien?

Se apresuraron a contestar las llamadas de las luces que parpadeaban, y las atendieron en tiempo récord. Diez recibió la llamada del doctor Strand, y ganó los cuatro dólares.

—Cómo le va, doctor Strand —dijo arrastrando las palabras—. Siempre responde usted tan rápido. —Risa—. Le necesitan en la UCI… Hasta luego. Dice que «no necesariamente»… Huy, es un zorro.

—Doce, ¿viene Mario esta noche?

—No. Es el cumpleaños de su mujer.

—Esa es la pega con los hombres casados. Y los domingos.

—Y las vacaciones.

—No sé…, tiene sus puntos buenos. Una vez salí con un bombero y era genial…, tres días a tope y tres días de desconexión.

—Ya, pero ¿y si tú estás a tope y él quiere desconectar?

—La historia de mi vida.

El panel zumbaba como las chicharras. Había demasiado jaleo para poder hablar.

Oscar, el camillero filipino, salió a buscarles comida china. La trajo, con el acostumbrado beso en la frente para Once.

—Anda, mujer, ¿cuándo vas a dejar que te envuelva como un mantón de Manila?

Diez insistió en pagar la cena, porque iba a salir antes de la hora.

—Eso no tiene sentido. Somos nosotras las que nos quedamos y cobramos.

—Ya lo sé, pero me sabe fatal marcharme cuando hay tanto jaleo.

—Sí que hay jaleo. Caray.

—Y muchos códigos, también.

—¿Os habéis fijado en que esos ancianos de la UCC se pasan llamando toda la noche preguntando la hora que es?

—¿No has pensado si son los que luego mueren?

—En cambio parece que todas las ancianas piden algo, una galleta o una almohada...

—¿Qué significa PBX?

—Como si yo lo supiera.

—Precariedad, Bostezos y Exasperación.

—¿Dónde está Cilantro? Llevo horas llamándola por megafonía.

—Seguramente anda por ahí con ese celador nuevo.

—¿A que es atractivo? Ojos grandes y sabios y ese culito.

—¿Oís sirenas?

—Yo las he oído, en una llamada.

—Ese bombero, Roman, en la 3810, acaba de llamar para preguntar dónde era el fuego. Se piensan que lo sabemos todo.

—Me gusta cuando quieren estar conectados a la cama junto a la ventana.

Fumaron, compartiendo una lata de Tab como cenicero. Las llamadas iban menguando y estaban cansadas.

—Qué triste estás, Doce. Esa no es manera de meterte en una aventura amorosa.

—Bueno, pues ya estoy metida y va a ser triste. Él es católico y no dejará a la mujer o a su hijo. Y hay que asumirlo, tengo cuatro críos mulatos y nadie me pasa pensión. Sé que me voy a enamorar hasta las trancas, Nueve...

—¿Y estás segura de que...?

—Vale la pena.

Once y Nueve se encargaron de las luces. Doce miraba al vacío, mientras cantaba «Misty Blue» y hacía garabatos en rojo en la lista de defunciones.

Lunes, Elaine llamó a Nueve para almorzar con ella antes de ir a trabajar. Mira esto..., una carta de dos páginas al señor Hindeman, el administrador. Anónima, por supuesto. Una carta detallada, perversa, explicando qué mal estaba la centralita desde que había entrado una supervisora sin experiencia, sin ninguna antigüedad. Contrataban a operadoras incompetentes, solo por su raza. Malos modales, incorrecciones lingüísticas. Las llamadas no se atendían con rapidez, acababa la carta, con lo que se ponían vidas en peligro.

—¿Tan mal van las del turno de tarde, de todos modos?

—No tan mal. Claro, comen y fuman, porque no hacen descanso. Si hay absentismo es porque las jóvenes que trabajan los fines de semana y las tardes son las que tienen críos y novios. Trabajan muy bien todas juntas, de verdad, solo que a las de mañanas les parecen revoltosas. Supongo que es una de las del turno de mañana la que escribió la carta. ¿Cinco?

—Quién sabe... Tres y Cuatro son igual de malas. O Dos, o Siete, que es una resentida. Me importa un comino quién lo hizo. Me duele, simplemente.

—¿Y qué dijo Hindeman?

—No hizo ni caso. Está impresionado con cómo estoy organizando los traslados y los cambios, las cuotas. Phoebe nunca se aclaraba. No, él me apoya.

—¿Vas a dar parte?

—Ni loca.

Nadie mencionó la carta y durante días todas fueron tan agradables que Nueve empezó a preguntarse si la habría escrito una operadora. El lunes siguiente el señor

Hindeman entró en el cuarto de la PBX. Por primera vez en la historia, dijo Thelma.

—Qué rinconcito tan acogedor tenéis aquí, chicas. Hacéis un trabajo excelente, un trabajo excelente. Vengo a robaros a vuestra jefa un rato. ¿Lista para almorzar, encanto?

—¡Lista! —Elaine se despidió saludando con la mano.

«Y tan lista...», «¡su puesto no corre peligro!», «cómo triunfar en los negocios...» fueron algunas de las notas.

Elaine volvió a entrar.

—Se me olvidaba colgar el calendario del mes que viene. Hay algunos cambios. ¡Adiós!

Las de mañanas no le prestaron atención al calendario. Sus horarios y sus días no habían variado en años. Eran las del turno de tarde, con sus rotaciones y sus interminables problemas, quienes cambiaban de mes en mes.

Thelma miró el calendario cuando se levantó para ir a almorzar. Miró a Nueve con cara de circunstancias, pero no dijo nada y se marchó. En cuanto salió por la puerta, Tres se escabulló hasta el tablón de anuncios.

—Ay, Dios mío. Me han pasado los días libres a lunes y martes. No me parece justo. No me parece justo ni mucho menos. —Empezó a dar tumbos de un lado a otro delante del calendario, sudando—. Cuatro, a ti te han mantenido los días libres, pero tu horario es de diez a seis.

Tres volvió a su sitio en el panel y Cuatro fue a mirarlo.

—¡De diez a seis! No puedo ir en autobús a esa hora de la noche. ¡No llegaré a casa hasta las siete! Cinco, tú tienes el mismo, y Dos también.

—¿Y Nueve? —preguntó Cinco—. Seguro que su amiga la ha quitado de los fines de semana.

—Nueve sigue igual. Doce tiene...

—¡No me lo digas! ¿Qué está pasando? —Doce al llegar se encontró con todo el alboroto y los pitidos rabiosos del panel—. ¡Aleluya! ¡Los domingos libres! ¡Puedo tomarme el sábado por la noche de fiesta e ir a los partidos de la liga infantil de Jesse! ¡Hasta iré a misa!

Elaine volvió de almorzar justo antes del cambio de turno.

«Huele a ginebra», escribió Cuatro. «Y apesta a Arpège», añadió Cinco.

—¿Habéis visto todas el nuevo calendario?

Asintieron.

—Lo probaremos durante un mes, veremos qué tal va.

—Elaine, tuve que trabajar dieciocho años para tener los sábados libres —dijo Tres—. Y Seis necesita trabajar cuatro días, no solo los fines de semana y guardias.

—El calendario es temporal pero definitivo. ¿Os queda claro, señoras?

Tres y Cuatro se echaron a llorar. Tres desconectó y salió. Cinco se apresuró a ocupar su silla, para ponerse en megafonía. Elaine fue hacia ella y se plantó a su lado. Llevaba tacones altos y el pelo enrollado en un moño alto. Se la veía majestuosa y bella.

—No, Cinco —dijo suavemente—. Nueve se encargará de megafonía.

—Me encargaré yo hasta las tres. Llevo aquí veintitrés años y tengo la antigüedad para estar en megafonía.

—Ven a mi despacho.

Cinco se negó a sentarse, se quedó de pie, temblando, mientras Elaine ponía un casete en la grabadora portátil. Cinco se quedó perpleja, no reconocía su propia voz en la cinta, metálica y embrollada.

—¡Cinco, esa eres tú! —dijo Thelma, plácidamente.

—¿Yo?

—Suena de pena, ¿verdad? —dijo Elaine—. No vas a volver más a megafonía.

Diez y Once llegaron y se reunieron con las de mañanas alrededor del calendario. Elaine se conectó a la centralita para ayudar a Doce y Nueve. Nadie se fijó en que Cinco se iba.

—¡No me lo puedo creer! ¡De diez a seis los fines de semana! ¡Qué maravilla! Once, tú tienes...

—¡Calla! ¡Déjame ver! ¡Cielo santo! ¡Viernes y sábados libres! Elaine, eres un tesoro..., gracias.

—Eh, colegas, venid a echar una mano con las llamadas.

Cloc. ¿Quién era? Alguien había fichado en el reloj, pero estaban todas allí.

—Es Cinco —dijo Elaine—. Sale diez minutos tarde.

—¿Nuestra Cinco? ¿Tarde? ¡Jesús, María y José!

Cinco oyó sus risas mientras se cerraban las puertas del ascensor. Había perdido el autobús de las tres y cuarto.

_____

En 1975, cansada de limpiar casas ajenas, Lucia encuentra trabajo de operadora en la centralita (PBX) de un hospital cercano. Consigue el puesto porque tiene una voz bonita, habla español y hace buenas migas con la mujer que la entrevista, su nueva jefa. También porque está dispuesta a trabajar por el paupérrimo salario que cobran sus compañeras menos cualificadas, la mitad jóvenes negras a la última, y el resto una tropa de señoras blancas gruñonas y racistas. Empieza a tomar notas en un diario para un futuro cuento (este) que apareció en la revista *City Miner* (1980) y en *Rolling Stock*, n.º 2 (1981), y más tarde formó parte de *Phantom Pain* (Tombouctou, 1984) y *Homesick* (Black Sparrow, 1990). En 1986 el relato se representó en una versión teatral a cargo del Departamento de Oratoria de la Universidad Estatal de Pensilvania.

El aperitivo

¿Anfitriona estrella? Hace veinte años ya servía *crudités*. Mi *menudo* de tripa para el embajador chileno causó tanta sensación como los perritos calientes de Eleanor Roosevelt.

Acabo de venir de *La cena* de Judy Chicago. Sabe Dios lo que esperaba encontrar. ¿Canapés? Ni siquiera había sillas. Al principio pensé que todas las mujeres llegaban tarde o estaban empolvándose la nariz, pero me puse a escuchar y pronto averigüé que era una obra de arte. Un audaz «alegato» feminista. Normalmente soy rápida para captar indirectas. La verdad es que la idea de su banquete me chifla. Tiene razón: nada arruina tanto una cena como que haya comensales.

Me emociono pensando en mi propio banquete. Un aperitivo. Con mesas redondas, *entre nous*, y mucho más femeninas que un triángulo.

Nunca llegaría tan lejos como para invitar a Safo. Soy decididamente partidaria del AHORA. A María Magdalena, tal vez. Veo un aguamanil de peltre, con una fresca rodaja de limón flotando. El peltre me recuerda a los trenes, así que por supuesto Anna Karenina estaría invitada. Un juego de mesa de peltre, zumo de naranja y camareros de pelo lanudo. Para Emma Bovary, vajilla de loza, un ramo de flores primaverales en un tarro blanco de boticario. Para Tess (la de los d'Urberville) un cuenco de madera de la feminidad.

Por supuesto, voy a crear yo misma muchas piezas en cada juego de vajilla. Un plato voluptuoso y llameante con forma de clítoris para la mujer del desván de *Jane Eyre*.

Vino tinto en toda la mesa (simbólico: pasión, rabia, etcétera). Southern Comfort para Janis Joplin y un grillete con una preciosa bola modelada como un pecho. Marilyn Monroe no necesita ningún símbolo, solo un teléfono rosa princesa junto a su plato. Acabé de barnizar el arcoíris de Judy Garland, una cúpula vaginal en amarillo Nembutal, rojo Seconal, verde Dexis. Una admiradora le dijo una vez: «Nunca jamás renuncies a tu arcoíris, Judy», y ella contestó: «No se preocupe, señora, me salen arcoíris por el culo».

Pepinillos fálicos en tonos verdes para Emily Dickinson. Verde azulado, verde pepinillo. Ahogó a todos los gatitos de la familia en la tina de los encurtidos. Para Virginia Woolf, olas azules orgásmicas. Y la lista sigue y sigue... Tiene su gracia hacer un alegato de las mujeres, en la historia, en movimiento, mujeres con chispa.

Judy Chicago invitó a una mujer viva a su cena. Georgia O'Keeffe, «la madre de todas nosotras». Yo tengo que tener a Patty Hearst, la hija de todas nosotras. Pero ¿y su plato? Atún a la cazuela. «Born Free» o «Have You Seen Your Mother, Baby, Standing in the Shadow?» en el hilo musical.

Presidiendo la mesa, evidentemente, estaría Sylvia Plath. Hice una primorosa campanita de cristal para su vajilla, pero se me rompió en el horno.

Lucia escribió «El aperitivo» como una respuesta crítica a *La cena* de Judy Chicago, después de ver la pieza en el Museo de Arte Moderno de San Francisco. Más adelante se arrepentiría de no haberse ceñido a una crítica propiamente dicha a la obra de Chicago, que le parecía más bien pura pose de aficionada. Este texto se publicó por primera vez en el boletín literario *Quilt*, n.º 1 (1981).

El foso

—Echadla en la cama.

Carlotta estaba empapada, hablando sola. Tenía la camisa azul del pijama abierta, los pantalones meados se le pegaban a los muslos. Los hombres se reían, jadeando aún. Altos, todos, y negros, con el pijama también mojado pero por la lluvia. La habían estado persiguiendo por la playa de maniobras, y la atraparon justo antes de que se metiera debajo de una locomotora.

—Salid —dijo Warren.

En cuanto se fueron le inyectó Torazina. Oakdale era un centro de desintoxicación donde no se dispensaban fármacos, pero él tenía algunas reservas. Torazina, Valium, Dilantin, Narcan. Una jeringuilla que atravesaría una trenca militar. La tapó. Cada vez que ingresaba se la veía peor, olía peor.

Los hombres estaban en el foso de la televisión, riendo todavía, contándoselo a los demás. Hasta se ha parado el Amtrack que venía de Los Ángeles cargado de pasajeros. Vaya escena, cuatro tíos negros descalzos persiguiendo a una mujer blanca medio desnuda. Todos con pijamas azules. Una señora que iba en el tren ha bajado la cortina de la ventanilla.

Parecía que las blancas eran las peores borrachas. O quizá no. Solo que, si hubiera sido un hombre o una mujer negra, la habrían llevado directa a la cárcel.

La policía de Oakland la había traído desde el servicio de urgencias. Dos semanas antes la encerraron en el pabellón psiquiátrico. Sobredosis de drogas y alcohol.

—No la querían allí, dicen que no es una psicópata, solo una borracha del montón.

—Yo no soy del montón —farfulló Carlotta.

Se quedó sentada en silencio mientras Warren la registraba. Los datos eran los mismos de las otras veces, solo que ya no tenía trabajo y ahora no había nadie a quien llamar en caso de emergencia. Warren le entregó el pijama y ella fue a cambiarse. Mierda, se le había olvidado quedarse con su bolso. Evidentemente cuando por fin salió estaba aún más borracha.

—Deja que me lo quede yo. —Una petaca casi vacía, un frasco de Valium—. ¿Hay algo de dinero?

Ella negó con la cabeza. Sacó las botellas y le devolvió el bolso.

—Siéntate a hablar un rato conmigo —le dijo.

Ella se sentó allí, tambaleándose. Estaba bien hasta que llegaron los trenes.

—¿Dónde estoy?

—Esto es la playa de maniobras ferroviarias.

Parecía tan serena, eso fue lo que más lo impresionó, pero de repente había salido corriendo. Sonaba el teléfono, así que les gritó a Willie y Duke que la persiguieran.

Bueno, desde luego no va a despertarse durante mi turno. Se quedó delante de su puerta, echando una ojeada al centro de desintoxicación. Los dormitorios, la cocina y la oficina se abrían a la sala inmensa. Antiguamente se usaba como almacén, pero era oscuro y bajo, como un aparcamiento subterráneo. En medio del enorme espacio había una mesa de billar y el foso de la televisión. Una habitación, de hecho, pero las paredes tenían apenas un metro y medio de altura, para poder asomarse desde arriba. La mayoría de los internos estaban allí viendo *Las desventuras de Beaver*; los demás, en la cama.

Le sorprendió no ver a Milton, el director, en su despacho; juraría que había oído su furgoneta. Solo el nuevo voluntario, Roger, un melenudo con la camiseta de SALVAD

A LAS BALLENAS. Genial, un caballero andante. Pero se alegró de verlo.

—Gracias por venir, parece que va a ser una noche intensa. Hay un par bastante tocados y Milton llega tarde, por primera vez. Quédate cerca de los teléfonos mientras voy a comprobar una cosa...

La furgoneta de Milton estaba al final del aparcamiento, detrás de un camión. Durante cuatro años siempre la había dejado justo enfrente. Warren supo enseguida que Milton estaba bebiendo, pero trató de engañarse. A lo mejor anda con una mujer ahí dentro. A lo mejor quiere dormir ahí luego. Está más tranquilo. Llamó a la puerta de metal.

—¡Espera! —La música disco se apagó con un chirrido y Milton abrió la puerta, sonriendo. Una vaharada de Polo Ralph Lauren—. Oye, tío, perdón por llegar tarde..., un pequeño problema personal. ¿Qué pasa?

—Estás borracho, eso es lo que pasa. No puedes entrar.

—¿De qué vas, colega?

—Madre mía. Cuatro años. Mira, ve a casa de Rafiki, ¿vale? Llamaré para avisarle de que vas. Y mañana ya puedes espabilar.

—Venga, hombre. A ver, he tenido un desliz. Trabajo demasiado, nada más. Estoy bien. Nadie va a saberlo.

—Yo lo sabré. —Warren encendió un cigarrillo—. Tienes que serenarte, ¿vale? Tienes que venir a trabajar mañana. Tío, cuento contigo. He trabajado nueve días seguidos y tengo una cita. Milton, por favor, no vuelvas a irte por ahí.

—Mira, no me agobies. Ya me espabilo.

Un coche patrulla aparcó en la puerta del centro de desintoxicación, dos policías ayudaron a un hombre a bajar del asiento de atrás. Warren les hizo gestos desde lejos.

—No hay sitio, ¡estamos completos! Dos camas en el dormitorio de mujeres, pero dadme tregua.

91

A Milton le dijo:

—Mejor no conduzcas. Le pediré a Rafiki que venga a buscarte.

Milton sonrió.

—Claro. Dormiré un poco.

—Tengo que volver adentro. Dame tus llaves.

—¿Qué? Eso es un golpe bajo, colega. ¿No te fías de mí?

Roger le estaba hablando al nuevo interno de alternativas y sistemas de apoyo. A Warren le entraron ganas de pegarle, de darle una paliza. Encendió otro cigarrillo, le temblaban las manos, y rezó. Llamó a Rafiki.

—Vente. Milton ha vuelto a las andadas.

Roger estaba entusiasmado. Aquel hombre que acababa de ingresar tenía solo veinticinco años, no había tenido un trabajo en toda su vida, había pasado doce veces por un centro de desintoxicación, por cuatro programas de rehabilitación. No paraba de usar la palabra «socioeconómico».

—Te dan crédito universitario por venir aquí, ¿verdad? Bueno, necesitamos mucha ayuda. Antes éramos cuatro en cada turno. Desde la Propuesta 13 y los recortes de presupuesto solo somos dos, y Milton no va a estar esta noche. La realidad socioeconómica es que necesito ayuda con la cena para veinte personas enfermas y unas diez tandas de sábanas sucias.

—Claro, solo dime lo que quieres que haga. Lástima no coincidir con Milton. Vino a nuestra clase a hablar del alcoholismo. Un hombre fuerte.

—Sí. También habló conmigo, hace dos años. Yo tenía veintiséis, no había trabajado nunca, había ido a desintoxicarme diez veces. Me salvó la vida.

—Hala, no pareces... —Pero Warren seguía hablando.

—Aquí no intentamos arreglarlo. Somos un lugar seguro, lejos de las calles. Nada más. Quizá podemos ayudar a romper la cadena. Solo quizá.

—¡Eh! —La risa de Rafiki resonó en el pasillo.

Le estrechó la mano a Roger, abrazó a Warren y lo llevó fuera, junto a la mesa de billar.

—¿Sigue ahí? —preguntó Warren.

—Por supuesto que no.

—Perdona por hacerte venir. Pensaba que podrías hablar con él.

—No he bajado por él. Eres tú quien ha hecho la llamada.

—Gracias.

—Cuesta encajarlo, hermano. No hay héroes. Reza por él.

—Lo he hecho.

—Vale, pues reza otra vez. —Rafiki abrazó de nuevo al joven—. Pon a trabajar a ese pobre asistente social y juguemos al billar. Daos prisa, par de borrachines patéticos..., os enseñaremos lo que es dar una buena tunda cuando el palo no te tiembla.

Un silencio eléctrico inquietante, y a continuación un lamento desgarrado como el de una gata en celo. El aullido primitivo de un ataque.

—Llama a urgencias.

Warren corrió hasta el foso. Leroy sufría convulsiones violentas.

—¡Quitaos de en medio! —gritó Warren, aunque todos habían retrocedido. Warren no se anduvo con remilgos, simplemente lo tocó con cuidado, inmovilizándolo.

—Mierda, he venido aquí para descansar —dijo Bobo.

Leroy se sacudió con un último espasmo. Su cuerpo parecía dar los últimos estertores, como un motor perdiendo presión.

—Me he ensuciado los pantalones. —Le sangraba el labio.

—Tranquilo, quédate tumbado. —Warren lo abrazó, meciéndolo. Las sirenas se acercaron.

Miedo. El *delirium tremens*, las alucinaciones son una bendición porque dan cara, dan forma a esos miedos que resultan insoportables porque no se materializan. Cuando un adicto habla del dolor de la abstinencia se refiere a una agonía física potenciada por un terror implacable. Como si ves venir un todoterreno directo hacia tu coche, pero nunca se choca. Las voces no cesan, las luces no se apagan, la cuchilla no cae. La muerte se resiste.

—Mierda —dijo Bobo—. Me duele hasta el pelo y se me van a saltar los dientes. Eh, hermano, invítame a un Kool.

—Líate uno de los tuyos.

—Tiemblo demasiado para liar. Déjame que remate esa colilla.

Duke lo apagó en la pared.

—Déjame en paz.

Bobo se encogió de hombros, volvió a su habitación para acostarse. Duke no estaba en mala forma, pero, claro, era joven, tenía diecinueve años. Los demás, los que se habían estado riendo la noche antes, estaban malísimos, miraban fijamente la luz del techo, dando vueltas en las sábanas sudorosas, con arcadas.

Duke se paró en la habitación de la mujer, que jadeaba, hiperventilando.

—Buenos días, hermana, ¿necesitas algo?

—No. ¿Dónde estoy?

—En Oakdale.

Soltó un gemido. Él se echó a reír.

—¿Creíste que nunca volverías por aquí?

Ella se incorporó.

—La botella. Hay una botella en mi bolso. Ayúdame a encontrarla.

El chico abrió el cajón, le pasó el bolso. Sabía que la botella no estaba, había mirado mientras dormía, pero sí tenía cinco paquetes de Camel.

—Ha desaparecido.

No se había acordado de las pastillas. La asaltó el pánico. Sombras pasaban de largo y gente gritaba y se iba, el cuarto traqueteaba como el vestíbulo entre los vagones del tren. Duke, fascinado, la observó mientras entraba y salía de aquellas crisis de ausencia. Su cuerpo se agarrotaba, sus ojos grises se dilataban y se contraían como un cartel de neón cambiante. Empezó a temblar, pidió ayuda en susurros, ayuda para salir del tren.

—Ven, yo te sacaré.

Duke la envolvió en una manta y la condujo despacio fuera de la habitación. Tardaba una eternidad en dar un paso, entre violentos temblores. Una vez fuera, se apoyó contra la pared, mareada de alivio. Gracias.

—¿Tienes un pitillo?

—Están dentro. ¡No, no entres ahí! —Se agarrotó, paralizada de nuevo, y se hundió hasta el suelo.

Él entró y salió con un paquete de Camel antes de que se diera cuenta.

Sonó el gong del desayuno. No era un gong, alguien aporreaba una olla con una cuchara. ¿Tienes hambre? Ella negó con la cabeza. No vayas. Tengo que ir, mami, tengo hambre. Tú quédate aquí, todo irá bien.

Y fue bien. Apestaba que daba asco, pero sentía el frescor de la pared en la mejilla. Hasta que la pared empezó a derretirse, no con el traqueteo sino con salpicaduras viscosas y pisadas que se escabullían, portazos. Trenes. Cerró los ojos, pero no se le cerraron. Estaciones, caras que pasaban a toda velocidad, clic, clic, clic. Estaba tremendamente sola y no podía respirar. Entonces oyó a una criatura anciana en una mecedora. Siguió el sonido arrastrando los pies. Un viejo hecho un ovillo en la cama, balanceándose, balanceándose. Le sonrió.

—Largo de aquí.

Ella se deslizó a gatas hasta su habitación, se apoyó contra el frío armazón de hierro de la cama. Se acordó de esconder los cigarrillos en el dobladillo de las cortinas sucias. Se acordó de respirar despacio, se acordó de no pensar. Déjate ir. Se tumbó en el suelo como si fuera un estanque de mercurio azul, donde su cuerpo poco a poco absorbía el azul plomizo, a pesar de que seguía soportando el embate de las convulsiones. Se levantó y quitó las sábanas sucias de la cama. Enrolló el pijama con las sábanas, y se envolvió en una manta limpia.

Caminó hasta el despacho, agarrándose a la pared. Milton estaba allí, y el voluntario, Roger. Pidió jabón y un pijama limpio. Tardó siete horas en hacer esas cosas.

No se tenía de pie en la ducha, se puso en cuclillas debajo del agua caliente, se lavó el pelo, vomitó, escupió. Sirenas. Habían llegado a ser música para sus oídos. Rescate.

La ambulancia era para el viejo que no paraba de balancearse. Había muerto, de un infarto, probablemente. Lo sacaron en camilla.

—Tienes buen aspecto, cariño. Ven a ver la tele. Ya me conoces. Soy tu amigo, Duke. Te salvé de los trenes, dos veces. Vamos, siéntate, ¿me oyes?

Le tendió la taza para que bebiera. Ella oyó la historia de la persecución y los trenes y también se rio. No es que los borrachos no se avergüencen de lo que han hecho. No se acuerdan, no son dueños de sus actos.

Milton se acercó al borde del foso.

—¿Cuándo es el combate?

—Dentro de dos horas.

Benítez y Sugar Ray se disputaban el título mundial de peso wélter.

—Se lo llevará Sugar Ray, obvio. ¿Y qué tal tú, lady Madonna, todavía no te ha llevado por delante la botella? ¿Cómo te encuentras?

—Harta.

—Bien. Un día estarás asqueada y harta de sentirte asqueada y harta.

Mary Tyler Moore lanzó su boina al aire. Carlotta fue a echarse a su cuarto. Intentó repetir el truco del mercurio azul, pero no funcionó; trató de concentrarse en un único recuerdo agradable. No había ningún recuerdo que no desencadenara remordimiento o temor. Estaba tremendamente sola. Un roce en el hombro en el cuarto a oscuras. Era Milton, que le susurró:

—Cariño, tengo justo lo que necesitas.

Se dio la vuelta en la cama, preparada para rechazar una insinuación, pero lo vio allí de pie con una botella de Jim Beam en la mano. Duke se asomó con sigilo por detrás. Pensó que a Carlotta le había dado un ataque, pero simplemente los miraba.

—Vamos, toma un poco. Lo necesitas, ¿no?

Ella temblaba, le castañeteaban los dientes.

—No, hombre, no me hagas esto. —Se sintió perdida—. Estoy perdida —dijo en voz alta.

—Tomaré un trago —dijo Duke. Se bebió media petaca.

—Vaya, garganta profunda... —Milton recuperó la botella, se la guardó en el bolsillo—. Bueno, amigos míos, he tenido un pequeño desliz.

—Anda, macho, sal de aquí —dijo Duke. Lo siguió hasta la puerta, lo observó cruzar el pasillo hacia el despacho. Carlotta y él se miraron—. Mujer, ¿dónde escondiste los otros paquetes de Camel?

Todos los internos estaban allí, con almohadas y mantas, acurrucados juntos como párvulos a la hora de la siesta, dibujos de Henry Moore de la gente en los refugios antiaéreos. En la pantalla del televisor, Orson Welles decía: «No venderemos ningún vino hasta que esté en su punto». Bobo se echó a reír.

—¡Ya está en su punto, hermano, ya está en su punto!

—Deja de tiritar, mujer, que el televisor tiembla.

Un hombre esbelto con rastas se sentó al lado de Carlotta y le metió la mano por el muslo. Bobo lo agarró de la muñeca.

—Lárgate o te parto el brazo.

El hombre se levantó y fue a sentarse en el suelo. El viejo Sam llegó, tambaleándose, envuelto en una manta. No había calefacción y hacía un frío espantoso.

—Siéntate ahí, a los pies de la chica. Así se los mantendrás quietos.

Willie trajo el termo del café y Duke entró con palomitas. Sam se volvió y le sonrió.

—¡Una fiesta!

Ella se sintió a salvo. El mundo seguía su curso allí fuera, igual que de costumbre. Pensó que si consiguiera fingir siempre que estaba en un centro de desintoxicación, o en un barco, o en coma, podría mantenerse sobria.

Roger se asomó, muy alterado.

—Necesito ayuda —dijo. Todo el mundo se echó a reír.

—¡Y que lo digas!

—Carlotta, ¿me harías el favor de venir un momento?

—¿En qué planeta vives, blanquito? No se encuentra bien.

—Anda, ve —dijo Sam—. Te guardaré el sitio.

Roger estaba a punto de llorar.

—Es una situación horrible. Simplemente no puedo quedarme hasta más tarde. Rubén llamó para decir que no puede hacer el turno de noche. Warren no contesta. Milton está borracho, así que está liquidado. No sé qué hacer.

—¿Y? Pues vete. Nosotros no vamos a ir a ninguna parte. Además, estamos completos.

—No, hay camas vacantes para mujeres. Y otra para un hombre, por ese que ya sabes.

Duke acompañó a Roger hasta la puerta principal.

—No te preocupes por nada. Has sido de gran ayuda. Me hace sentir bien que haya personas decentes como tú, que no solo hacen las cosas de boquilla. —Le chocó la mano a Roger con un saludo enrevesado en plan colega.

Roger se puso colorado y sonrió, era todo un cumplido.

—¡Boquilla! —Sonrió Duke—. Eso me recuerda que no quiero volver a casa sin un regalo para mi nene. ¿Puedes pasarme un par de dólares?

—Claro. —Roger le dio unos billetes—. Buena suerte, Duke.

Y se marchó.

—Ven a ayudarme a sacarlo de la furgoneta.

—Espera un momento. —Duke apuró el oporto del cajón de Milton, le quitó las llaves del bolsillo.

—¿Te estás desintoxicando o qué?

Entre los dos, con el pelo revuelto y descalzos, sacaron a Milton a cuestas de la furgoneta, justo cuando el tren de Los Ángeles entraba en la playa de maniobras. La imagen subliminal de Oakland hoy eran dos individuos en pijama deshaciéndose de un cuerpo.

Volvieron corriendo adentro, echaron la llave de la puerta. Sonaban los teléfonos. Duke los descolgó y apagó la luz.

Trece por docena estaba a punto de acabar. Clifton Webb moría y Myrna Loy se graduaba en la universidad. Willie dijo que le había gustado Europa porque allí la gente blanca era fea. Carlotta no entendía a qué se refería, hasta que se dio cuenta de que ella solo veía a la gente por televisión. A las dos de la madrugada salía Jack el Destripador vendiendo coches Ford de segunda mano en la televisión local. Reventando precios. A cuchillada limpia.

La televisión era la única luz de todo el pabellón. Casi parecía que el foso fuera su propio cuadrilátero lleno de humo, y en el medio el cuadrilátero en color de la televisión. La voz del locutor era estridente. ¡El bote de hoy es de un millón de dólares! Todos los hombres habían apostado por Sugar Ray. O lo habrían hecho. Carlotta iba con Benítez. «¿Te gustan los jovencitos guapos, mujer?». Benítez era guapo, esbelto, con un bigotito pulcro. Era delicado, pesaba sesenta y cinco kilos. Había ganado su primer campeonato a los diecisiete. Leonard apenas pesaba un poco más que él, pero parecía descollar, inmóvil. Los púgiles se encontraron en el centro de la sala. No se oía una mosca. El locutor resollaba, la multitud en la tele, los internos en el foso contenían el aliento mientras los boxeadores se medían frente a frente, dando vueltas, amagando, sosteniéndose la mirada como leopardos arrogantes.

El locutor se reía con nerviosismo. «¡A esto lo llamo yo estar en vilo! Me da la sensación de que la pelea está amañada. A favor de quién, es difícil saberlo».

Los tres primeros asaltos fueron rápidas ráfagas de bravuconería hasta que un gancho veloz con la izquierda tumbó a Benítez. Se levantó en un instante, con una sonrisa avergonzada. Ha sido sin querer. A partir de ese momento los hombres en el foso empezaron a desear que ganara.

Nadie se movió, ni siquiera durante los anuncios. Sam se tiró todo el combate liando cigarrillos y pasándolos. Warren llegó, dando un portazo, pero nadie lo vio o lo oyó entrar. Fue en el sexto asalto, justo cuando Benítez se llevaba un golpe en la frente. La única herida de todo el combate.

Warren aguardó, asomado al foso. Desde detrás de la televisión, veía la sangre reflejada en los ojos de los demás, en su sudor. Entró en la pausa de la publicidad. Duke y Carlotta le hicieron un sitio para que se sentara.

—¡Pinta mal, tío!

Iba elegante, con un traje de tres piezas, camisa de seda. Olía bien y tenía las manos frescas y secas. Les dio la mano a Duke y Carlotta. Duke le contó lo que había pasado.

—¡Shhh!

—¡Silencio! Octavo asalto.

—Vamos, cariño, aguanta ahí.

—No te rindas ahora.

No pedían que Benítez ganara, solo que siguiera en pie. Y lo hizo, siguió dando la cara, reculando en el noveno asalto tras un directo, y luego un gancho con la izquierda lo puso contra las cuerdas y un derechazo le arrancó el protector de la boca.

Diez, once, doce, trece, catorce asaltos. Nadie hablaba, las lágrimas brillaban a la luz del televisor. Sam se había quedado dormido, aún sentado a los pies de Carlotta, con la cabeza en las rodillas de Warren.

La campana anunció el último asalto. El cuadrilátero estaba tan silencioso que se pudo oír el susurro de Sugar Ray: «Dios mío, sigue en pie». Quedaban seis minutos cuando la rodilla derecha de Benítez tocó la lona, apenas un instante, como un católico al persignarse. La mínima deferencia, pero el combate había terminado.

Borrador inicial e inédito de la segunda historia de desintoxicación de Lucia, esta versión se escribió en 1981, el mismo año en que se publicó «Su primera desintoxicación». En un principio, ambos relatos iban a ser capítulos de su novela abandonada, *Suicide Note*, en la que trabajó de 1974 a 1982. Este cuento, drásticamente corregido y reescrito, se publicó al fin con el título «Paso» en la revista *Volition* (1987).

La belleza está en el interior

No pude conseguir una lectura correcta del ECG en V/4, V/5 y V/6..., el último tramo de la cinta parecía uno de esos hilos caóticos tejidos por arañas drogadas con LSD. Es que a la paciente le falta un pecho. LOS HOMBRES no tienen pechos, dijo el doctor B. Confío en que midiera desde la línea media clavicular, las líneas anterior y axilar. No le conté que me daba miedo palparla porque tampoco tiene pezón. Los pechos largos y caídos son perfectos. Puedo meter el electrodo en su sitio y encender la máquina. Es cierto..., los bebés sin dientes no son graciosos. A decir verdad, sería rarísimo ver a un recién nacido luciendo una buena piñata. Yo no viviría con uno de esos hombres que no soportan verme sin la dentadura postiza.

Ha venido Mattie Moody. Una anciana misionera. Cuando entré en la consulta estaba tumbada en la camilla. Llevaba una harapienta combinación de satén hecha con un viejo traje de noche. Tenía el pelo blanco revuelto después de sacarse el vestido, la cara colorada por el esfuerzo de quitarse las medias de compresión. Yacía allí sudorosa, abandonada. Los pechos voluptuosos se desparramaban sobre el satén. Poco después volvió a transformarse en una ancianita con un bolso.

Puedes usar la crema de las hemorroides para estirarte la cara, me contó la señora Weber. Una prostituta en la sala de urgencias, por alguna complicación con los implantes mamarios que le habían hecho esa misma mañana. Una máscara..., cejas negras, sombra de ojos verde, boca roja. El pelo lustroso negro cae lacio justo por encima de sus pechos nuevos. Desde el arco de punto debajo de cada seno, unos hilillos brillantes de sangre forman un charco en la sábana blanca que le cubre el regazo. Me dormí en una tumbona de plástico, la cara me quedó marcada por cicatrices tribales. Una preciosidad. Mi exmarido me hacía dormir boca abajo, hundiendo la nariz en la almohada, porque la tenía demasiado respingona. ¿Y si tuviera la nariz encima de la cabeza? ¡Entonces iba a acabar hasta las narices!

Todas aquellas estatuas griegas y romanas de frío mármol blanco estaban pintadas en un principio. A mí lo que de verdad me gustaría son unas lentes de contacto blancas opacas para tener los ojos de Afrodita. La Venus de Milo está estupenda sin brazos, e incluso Niké es bella sin cabeza, pero me pongo mala cuando Juanita Harris se quita la pierna postiza. Tu mandíbula. Esa línea justo por debajo del oído. A la luz, mientras dormías. Me dejaba sin aliento.

Este atípico relato se escribió en respuesta a la petición de un cuento «muy breve» para la octavilla *Infolio,* y más tarde apareció en la colección de relatos *Homesick* (Black Sparrow, 1990). Por entonces, Lucia estaba trabajando de administrativa en la clínica nefrológica para el doctor Beallo, con quien mantenía una complicada relación de amor-odio y al que se refería como su «némesis». Lucia ambientaría dos relatos más en la clínica del doctor Beallo, «Hijas» (1985) y «Una aventura amorosa» (1992).

Nuestro faro

¡Ah, hola! ¡Estaba soñando! Aunque no era un sueño con imágenes. Podía oler las galletas suecas que hacía mi madre. Aquí mismo, en esta habitación. Aquí mismo.

Vivíamos en un faro, con mis siete hermanos y hermanas, en el río Sainte Marie. No hay sitio para poner las cosas en un faro, menos aún para esconderlas, pero mi madre se las ingeniaba para esconder las galletas. Yo siempre las encontraba, de todos modos. Debajo de un barreño. ¡Un pan de banana dentro de la bota de mi padre!

Los inviernos eran duros, y se volvieron penosos cuando tuvimos que mudarnos al pueblo. A una barraca de una sola habitación con una cocina de leña, todos durmiendo en el suelo. Mi padre trabajaba en la playa de maniobras ferroviarias, cuando conseguía empleo. Lo detestaba. No era bebedor, pero en invierno se ponía violento y nos pegaba a todos y a mamá, solo porque estaba agotado y encerrado, lejos del río.

No veíamos la hora de que llegara la primavera. Cada día en cuanto empezaba el deshielo bajábamos a ver las esclusas, esperando a que se rompiera el maldito hielo y pudieran pasar los barcos.

Nunca llegábamos a ver cómo se derretían los últimos restos del hielo. Un día te levantabas y se respiraba en el aire. La primavera.

Ese primer día era siempre el mejor día del año, mejor que Navidad. Preparábamos el bote y las barcas de remos. Papá fumaba en pipa y silbaba al mismo tiempo, dándonos pescozones en la cabeza para que nos diéramos prisa. Mamá se dedicaba a cargar y cargar los botes con los aparejos que tenía a punto desde hacía semanas, mientras cantaba himnos en sueco.

Nuestro faro estaba justo en mitad del río. En una losa de hormigón sobre un peñasco escarpado. A veces las olas rompían contra la puerta de hierro y teníamos que esperar para entrar. Una escalera de caracol subía hasta la torre, desde donde se veía todo el ancho mundo.

El faro no era mucho más grande que la barraca del pueblo, pero se estaba fresco y las ventanas daban al agua y los bosques de la orilla. Agua y pájaros nos rodeaban por todas partes. Cuando pasaban los troncos río abajo, olías la dulce savia de los pinos, los cedros. Es el lugar más hermoso de los Estados Unidos de América. ¿Qué estoy diciendo? Ya no lo es, después de que la gente de las minas de hierro y cobre y Union Carbide lo arrasaran. Más y más esclusas, y los rápidos han desaparecido. Los pájaros también, supongo. Caray, si ni siquiera está el faro. Circulan los barcos todo el año.

Nos creíamos especiales. Lo éramos, en nuestro faro. Incluso cosas como ir al cuarto de baño. No había aseo ni retrete, evacuábamos directamente desde un costado. Eso tenía su encanto, pasaba a formar parte del río. Era un río limpio y de agua clara, del mismo color exacto que una botella de Coca-Cola.

Mis padres trabajaban todo el día. Papá se encargaba del mantenimiento de los cinco faros, lijando, pintando, lubricando los engranajes. Mamá cocinaba y limpiaba. Todos trabajábamos, lijando, raspando los percebes, haciendo remiendos. Bueno, yo no trabajaba tanto, nunca me gustó mucho trabajar. Me largaba en un esquife al bosque y me pasaba el día tumbado en la hierba, bajo un abeto o un árbol de cicuta. Flores por todas partes. No, lo siento, no me acuerdo de los nombres de las flores. No me acuerdo de nada, maldita sea. ¡Aján silvestre, hierba de la luna, falsa dulcamara! Mamá me había hecho una bolsa de hule para que guardara mis libros dentro. No me la quitaba nunca. ¡Hasta dormía con ella! Con cada novela de los

Hardy o del Oeste que caía en mis manos. ¡Claro! ¡Claro, tráeme algunas de Zane Grey! El título más bonito jamás escrito fue *Los jinetes de la pradera roja*.

Al caer la tarde los niños salíamos con el bote de remos a encender las lámparas de los faros más pequeños, en Sugar Island, Neebish y dos puntas más. Ed, George, Will y yo siempre nos peleábamos por hacerlo. Ed era el mayor. Tenía una vena cruel. Quitaba el tapón del bote y se reía, sosteniéndolo encima del agua. Los demás teníamos que achicar como locos para no hundirnos.

Sigue teniendo esa vena cruel. Y además está casado con una vieja bruja. Capitán de uno de los barcos fluviales de Ford. George es jefe de bomberos en Sault Sainte Marie. Ah, ya sabes. Quiero decir que lo eran. Ahora están todos muertos. Llevan años muertos. Soy el único que queda. Lo que queda de mí. Noventa y cinco años y no puedo andar, ni siquiera puedo sostener la cabeza en alto.

Ojalá pudiera decir que fui mejor hijo. Siempre fui un soñador. Lector y amante. Enamorado cada año, desde el parvulario. Juro que estaba tan enamorado de Martha Sorensen cuando tenía cinco años como cuando me hice mayor. Y las mujeres, todas se enamoraban de mí. Era buen mozo. No, no fastidies, ahora solo soy un viejo caparazón. ¿Steve McQueen? Sí, ese es mi estilo..., tienes razón.

Lucille, mi esposa. Nos conocimos en Detroit. Fue amor a primera vista. Nunca hubo un amor, un idilio como el nuestro. Y sigue vivo. Ahora empieza a detestarme, me doy cuenta. No, ella tampoco tiene paciencia. Le pido un zumo de naranja y me grita: «Espera un momento. No te ahogues en un vaso de agua». Preferiría morirme hoy, ¡morirme!, antes de que deje de quererme.

Tenía doce años cuando mi padre murió. 1916. Estábamos en el pueblo. Un invierno crudo, despiadado. Él estaba trabajando como guardafrenos para la línea B&O en medio de una ventisca. La nieve y el viento aullaban tan fuerte que no vio ni oyó la locomotora. Lo arrolló. Fue terrible, terrible. Seguro que te parezco un crío, lloriqueando así. Era un hombretón. Un hombre de verdad.

Hicieron una colecta para ayudarnos después del funeral. Nos alegramos porque no teníamos qué comer. Cincuenta dólares. Ya sabes lo que se dice, bueno, el dinero daba para más en aquellos tiempos. Cincuenta dólares. No era nada, para los ocho. Nos echamos a llorar.

Ed y George dejaron la escuela y empezaron a trabajar en los barcos. Will entró como chico de los recados en la Western Union. Mis hermanas se encargaban de las tareas domésticas. Yo no dejé la escuela, pero repartía periódicos por las mañanas y por las noches. Oscuridad, frío y sitiado por la nieve. No lo soportaba.

Lo reconozco. Estaba amargado. Me compadecía de mí mismo. Echaba de menos el faro y detestaba ser tan pobre. Y sobre todo me mataba el orgullo de verme desaliñado, de llevar zapatos baratos. La cuestión es que cuando tenía quince años me escapé y me fui a Detroit. Conseguí un trabajo de lavaplatos y me junté con una mujer mayor. Gloria. Una belleza, de ojos verdes. Me enamoré de ella, aunque bebía, pero esa es otra historia.

A la que pude empecé a trabajar de barman, y eso es lo que he hecho toda la vida. Y me gustaba. No, nunca he sido bebedor. No hay excusa para ser tan intratable.

Solo volví una vez. Cuando murió mi madre. Hace treinta, cuarenta años. Como que se me rompió el corazón. Todos seguían enfadados conmigo, por huir y abandonarlos con mamá. Y tenían razón. No me quedó más remedio que tragarme el orgullo y aceptar su odio. Me lo merecía. Y a mi madre la quería. Nos parecíamos mucho. Éramos unos soñadores. Me avergonzaba no haberle escrito ni haber ido a verla antes de que muriera. En fin, era demasiado tarde.

Conseguí un bote y fui al faro. No me faltó mucho para tirarme al vacío, me sentía fatal. Me pasé todo el día llorando y toda la noche. La peor noche de mi vida.

Desde donde dormíamos, de niños, por la noche alcanzábamos a ver el arco de la luz más grande, entrecruzándose con las señales de los otros faros. Y en medio había estrellas, un millón de estrellas. Durante toda la noche pasaban los barcos. Pasaban susurrando como fantasmas, ondeando el agua.

En 1988 Lucia trabajó en el programa de Mount Zion para la tercera edad, transcribiendo testimonios orales de octogenarios y nonagenarios. Este relato se basa en la vida de Henry Petersen, que nació en Sault Sainte Marie, Míchigan, en 1904, y murió en 1989. En el diario que llevaba en esa época, Lucia escribió:

Las últimas veces que he estado allí lo he visto muy débil. Apenas come nada. Quiere morirse, y me da la impresión de que Louise, consciente o inconscientemente, está dejando que se vaya. La última vez él incluso me preguntó si podía conseguirle unas pastillas, para ayudarlo a marcharse «antes de que ella deje de quererme». Hoy no ha contestado nadie cuando he ido. He llamado esta noche: había muerto a mediodía. Estoy exageradamente triste.

El cuento se escribió en 1992 y apareció publicado en la colección *So Long* (Black Sparrow, 1993).

Vida de Elsa

Luna era un proyecto artístico financiado con fondos estatales donde pintores, músicos y escritores trabajaban con ancianos.

Los artistas se turnaban para evaluar a los nuevos participantes, decidiendo qué clase de proyecto disfrutarían más. A Clarissa, la escritora, le desilusionaba darse cuenta de que pocos ancianos querían contar o escribir historias. La pintura y la música era lo que más les gustaba.

A Clarissa le asignaron a dos personas simplemente porque podía hablar con ellas en español, pero estaba segura de que el señor Ramírez tenía una historia maravillosa. Español. Ochenta años, todavía en forma y musculoso, pelo y bigote negros, ojos castaños inquietos. Había sido marinero y había viajado por todo el mundo.

Todos los martes por la mañana, ella se presentaba a las nueve. Se sentaban delante de la ventana que daba a la bahía. Clarissa abría un mapa del mundo, les preparaba un café con leche cargado y entonces empezaban.

—¿Por dónde íbamos? —preguntaba él.

—Valparaíso.

—*Muy bien*. Cobre. Próximo puerto, Arequipa. Callao. Guayaquil. Buenaventura. Balboa. Colón.

Y así era. Semana tras semana. Los nombres de cada puerto, con una mención de vez en cuando al cargamento. Máquinas de coser, aceitunas, naranjas, cables para el telégrafo. Clarissa y el señor Ramírez ya habían dado la vuelta al mundo varias veces.

Era un hombre apuesto, pero nunca tuvo una chica en ningún puerto. Nunca bajaba a tierra. Se quedaba a bordo en Madagascar, Río, Marsella. En todos los puertos, del mundo entero. Cuando le preguntó por qué, dijo que era porque no bebía. El único romance que le contó a Clarissa fue una aventura de tres días que tuvo con una puta que saltó de un sampán en Singapur. Estaba solo en el barco, todos los demás se habían ido de permiso. Ella trepó por una cuerda hasta la cubierta y se negó a marcharse. Quería que se casara con ella y la llevara a Estados Unidos, no entendía que no era americano. No era un barco americano. La recordaba con cariño. Cocinaban, para los dos solos, en la galera. Bailaban con la música de la radio de onda corta. «Frenesí», de Artie Shaw. Por la noche dormían en un colchón en la cubierta, bajo las estrellas. Por fin, llorando, se deslizó por la cuerda hasta el sampán que aguardaba escondido en el agua. Dentro de la pequeña embarcación se hacinaba su familia, fue una decepción para todos.

Elsa vivía en el barrio de la Misión, en una casita a unas pocas calles de la estación de tren de la calle Dieciséis. Un inmueble destartalado y gris en una calle repleta de coches, eclipsado por edificios pintados con grafitis. Había rejas en las ventanas y las puertas. Inocencia, la hermana de Elsa, abría la puerta apenas una ranura para mirar por encima de la cadena del pestillo.

Hacía calor, era verano, y estaban planchando y cocinando e hirviendo la colada. Las ventanas se habían empañado. Los helechos, los bananeros y las hiedras goteaban como si estuvieran en Veracruz en la época de las lluvias. Tenían brillantes flores de plástico y plantas de verdad por todas partes. Había dos o tres jaulas de pájaros en cada habitación. Canarios, loros, pinzones, guacamayos, tortolitos. Apenas se oía a Juan Gabriel cantando «Noche de ronda» por encima de la algarabía del canto de los pájaros. Las bocinas y sirenas, los martillos neumáticos de la calle sonaban como ruidos distantes de la selva.

—*¡Aaayyy!* —se lamentaba una mujer rubia en la telenovela encima del frigorífico—. *¡Ay, Dios mío! ¡Me está matando este amor!*

—*¡Ay, ay, el dolor! ¡Me está matando el dolor!* —gritó Elsa desde el dormitorio.

Elsa era gorda y dócil, de rasgos bonitos y fuertes. Distorsionada ahora por el dolor, su rostro recordaba a las imágenes de piedra de Coatlicue dando a luz al mundo. Gritó de dolor hasta que Lola, la mujer que la cuidaba, le puso una inyección. Dejó de llorar casi en el acto, se quedó tumbada, jadeando y sudando bajo la sábana. La misma telenovela parpadeaba en un televisor en la habitación de Elsa. Siguió viéndola, con el pecho aún agitado.

Clarissa prefirió darle tiempo a Elsa para que se sintiera mejor antes de presentarse. Fue a la cocina y habló con Inocencia y Lola.

Le explicó a la hermana de Elsa el proyecto artístico y le contó las distintas posibilidades que ofrecían. A Inocencia le entusiasmó.

—Elsa está muy triste, con mucho dolor. Le irá bien ver una cara nueva.

A Elsa en cambio la idea pareció deprimirla.

—¿Qué voy a contar de mi vida? Es una historia aburrida. Dolor, soledad y sufrimiento.

—¡Sufrir! ¡Sufrir! ¡Sufrir! —dijo Lola, dándole tres pastillas y agua a cucharadas en la boca.

Elsa padecía una artritis tan dolorosa que no podía levantar la cabeza ni usar los brazos. Y por supuesto no podía andar, había que bañarla y darle la comida.

—¡Quizá esta señora consiga que te olvides un poco del sufrimiento! —dijo Lola—. Háblale de El Salvador, del océano, de las flores...

Lola peinó a Elsa con brusquedad. Elsa se encogió. Le dolía que la tocaran.

—Tú ven —le pidió Lola a Clarissa—. Anímala, dame un respiro.

Elsa sonrió débilmente a Clarissa. Lola le alisó la ropa de la cama, le refrescó la cara a Elsa con un paño húmedo. Apagó el televisor, bajó la persiana y salió de la habitación. Clarissa se sentó en la sofocante oscuridad, meciéndose en silencio mientras Elsa se dormía. También estuvo a punto de dormirse o, más bien, aunque seguía despierta, entró en un mundo de ensueño en medio del calor tropical con el siseo de la comida friéndose en manteca en la cocina y los *murmullos* de las mujeres, un sonido hipnótico. Elsa se sumió en un sueño plácido, salvo por algún gemido de vez en cuando. Sonaba música de tango y el loro no paraba de chillar: «¡*Vente, mijo!* ¡*Vente!*». Adónde vagó exactamente Clarissa en sus ensoñaciones no está claro, pero parecía un lugar apacible e indoloro.

Cuando volvió a visitarla, Clarissa se llevó un cuaderno. No escribió mucho. Elsa hablaba muy despacio. Parecía disfrutar describiendo la casita a las afueras de San Salvador donde vivían, al final de las vías del tranvía. Su padre había muerto en un accidente en el aserradero cuando Iván tenía ocho años y las demás eran más pequeñas.

—Qué horror. ¿Y qué hizo tu madre entonces?

—Bueno..., verás, la mujer a la que llamamos nuestra madre en realidad era nuestra tía. Era una santa, una bendita.

Mientras Elsa hablaba, sus manos se crispaban como garras, su cuerpo se arqueaba de dolor.

—Cuando nuestro padre murió. Cuando. Cuando murió, nuestra madre nos abandonó. Cuando. Un día se fue. La esperamos. Mucho tiempo. Nuestra tía, nuestra verdadera madre, venía y nos daba de comer. Entonces era nuestra madre. Cuando.

»La ayudábamos a cocinar comida para vender en la calle. Mi hermano, Iván. Él. Yo hacía refrescos de piña, mango y pepino. Ah, sí, con el pepino se hace un refresco buenísimo. —Elsa llamó al timbre—. Tráenos a Clarissa y a mí un *agua* de pepino.

La vida que describía era difícil. Por las mañanas iban a una escuela del barrio. Trabajaban el resto del día, hasta bien entrada la noche. Elsa y su familia no eran católicos, pero la religión era una de las cosas que le dolía mencionar, le dolía literalmente. Se le encogían las manos y se retorcía en la cama como una cría de dragón.

Clarissa apenas tomaba notas. Se le hacía difícil relatar la monotonía de trabajo, trabajo, trabajo. Le preguntó a Elsa si había visto alguna vez a su verdadera madre. Elsa guardó silencio y asintió.

—Pero no la menciones. No formaba parte de mi vida.

La madre había llegado una noche y se había llevado a sus tres hijas. Tenía las cejas finas y olía a perfume y a ropa de tintorería. Se marcharon en un tren. Lejos. Hacía calor, a mediodía, cuando llegaron al pueblo donde ella vivía. Mientras Elsa lo describía empezó a retorcerse de dolor y a llorar.

—Déjalo, por favor. No importa —dijo Clarissa, aunque sí le importaba—. No te quedaste allí, ¿no?

—No, Marta se quedó. Ella quería quedarse. Era un sitio malo, muy malo. Ella. Inocencia y yo nos escapamos por la noche. Caminamos siguiendo las vías del tren toda la noche. No había luna. Solo las traviesas y el brillo de la vía. Por la mañana caí rendida. Estaba muy enferma. Tifus. Me quedé dormida en la hierba. Hierba fresca. Una mujer me metió en un cobertizo, al lado de su casa. Inocencia siguió caminando y caminando día y noche hasta que encontró nuestra casa en San Salvador. Un día vino mi madre, mi tía-madre, con un hombre de la iglesia. Me llevaron a casa en coche.

»Mi hermano, Iván. Él. Era muy malo. Nos pegaba. Nos lastimaba. Él. Dejamos de ir a la escuela porque no había dinero. Cocinábamos la comida desde muy temprano y la llevábamos en el tranvía a vender en la puerta de las fábricas. No, Iván no trabajaba. Él.

»Cuando tenía quince años, mi madre me mandó aquí a vivir con una tía y un tío. Inocencia se quedó. Ella vino mucho más tarde. ¿Iván? No. Él.

Clarissa vio que Elsa tenía un dolor terrible. Tocó el timbre para que Lola viniera a ponerle una inyección.

—Vamos a escuchar la radio un rato —dijo Clarissa—. Cuando te duermas me iré.

Para Clarissa era fácil suponer que los recuerdos dolorosos exacerbaban el dolor físico de Elsa, tremendamente real, pero las historias que contaba sobre sus difíciles primeros años en Estados Unidos no parecían alterarla ni causarle ningún malestar físico, por terribles que fueran. Dormía en un catre en la cocina del apartamento de su pariente. Era difícil dormir porque allí vivía mucha gente y los hombres se pasaban casi toda la noche bebiendo. Elsa trabajaba en una lavandería del barrio de la Misión, en el rodillo, escurriendo sábanas por tres dólares la hora, diez horas al día. Después del trabajo volvía a casa, comía y se acostaba, año tras año durante cinco años. No aprendió inglés ni salió a ningún sitio, nunca había estado en el parque Golden Gate ni en el puerto, ni siquiera en el cine del barrio.

—No, nunca iba a ningún sitio después del trabajo. Yo no era guapa. Yo era. Yo.

No es que dejara las frases en suspenso sino simplemente como si fuese todo lo que podía soportar decir.

—Un día cerré los ojos porque me mareé. Mi jefe me zarandeó. Luego él.

Otro día estaba tan cansada que se durmió de pie y se quemó la mano con el rodillo. Estuvo semanas sin poder ir a trabajar, pero no le dieron ninguna baja. Cuando se le curó la mano no le devolvieron el puesto. Olivia, una mujer de la Misión, le consiguió otro trabajo planchando batas en otra lavandería, donde se quedó cuatro años, pero entonces empezó a ir más despacio por la artritis que tenía en el cuello y las manos. Le dolían las rodillas de pasarse tantas horas de pie. La despidieron por no planchar suficientes batas al día. Sin embargo, esta vez Olivia la ayudó a conseguir un subsidio por discapacidad. La enseñó a solicitar el seguro médico y vales de comida, la llevó a los sitios correspondientes. En todos aquellos años Elsa nunca se había subido a un autobús, vivía en la Misión como se vive en un pueblo aislado en la montaña. Cuando Inocencia decidió irse a vivir a Estados Unidos, Olivia las ayudó a las dos a encontrar esa casita, que al principio compartían con un anciano viudo para quien cocinaban y limpiaban, y que al morir les dejó la casa.

Olivia les encontró un trabajo maravilloso en la lavandería del hotel Mark Hopkins, planchando sábanas. ¡Qué felices habían sido! Su jefe, el señor Whipple, era amable con ellas, siempre se tomaba una molestia especial en hablar con ellas. A Elsa le decía que era su canario, porque cantaba tan dulcemente... Algunas veces, cuando en la lavandería andaban cortos de personal, les permitía entregar las toallas o la ropa en las habitaciones a los clientes del hotel. Subir en el precioso ascensor y llamar a las puertas. Oler las habitaciones. Una vez un hombre les dio un billete de veinte dólares. Se rio cuando volvieron, les dijo que no, que no había sido un error.

Elsa empezaba ya a estar muy enferma. Inocencia se afanaba por trabajar aún más. Ponía sábanas planchadas en la pila de Elsa para que no la despidieran. El señor Whipple se dio cuenta. Las hermanas se echaron a llorar, pensando que las despedirían a las dos. Pero era un buen hombre. Era un santo.

—Incluso enferma como estás, Elsa, trabajas con más ahínco que la mayoría de las chicas que he tenido aquí. No quiero que Inociencia acabe exhausta y caiga enferma también, ¿entendido? Vosotras haced lo que podáis. Mientras sigáis cantando, no me quejaré de vuestro trabajo.

Elsa dijo que aquel había sido el día más feliz de su vida. Después del trabajo, las hermanas cogieron el autobús para volver a casa. Hacían la compra en el barrio.

Nunca salían, pero veían la televisión latina en casa. Todas las noches, antes de irse a dormir, hablaban de su madre, la recordaban y rezaban por ella.

—Y entonces nuestra madre murió. Ella. Yo. ¡Ay, ay! —gritó Elsa, sacudida por el dolor, encogiéndose bajo la sábana húmeda.

Lola e Inocencia entraron. Lola le puso una inyección. Clarissa les contó que Elsa había estado hablando de la muerte de su madre.

—Cuando murió mamá, Iván nos llamó desde El Salvador. En cuanto se enteró, Elsa se quedó paralizada. Tuvimos que llamar a la ambulancia. Pasó varios meses en el hospital. De eso hace ya tres años. Desde entonces no ha sido capaz de volver a andar.

—¿La parálisis es real, física?

—Desde luego que sí. Las radiografías muestran el deterioro, una enorme hinchazón en todas las articulaciones. Es muy real. Creo que el dolor siempre está ahí, pero que solo a veces, para castigarse, se permite sentirlo.

Clarissa miró a Elsa, dormida en la cama por la morfina. Las lágrimas saladas se habían secado como minúsculas flores impresas sobre sus mejillas.

Inocencia invitó a Clarissa a acompañarlas a ella y a Lola a la mesa. Comieron sopa y un buen pan caliente. A Clarissa le encantaba estar allí, escuchando a los pájaros. Le costó decirles que se iba.

—Hablar del pasado se le hace demasiado duro. Justo lo contrario que pretendemos con nuestro programa. Voy a pedirle a Angela que venga mañana con la guitarra. Ya veréis como eso la hará feliz, os hará felices a todas, incluso a los pájaros.

De camino a casa, a Oakland, en el tren, Clarissa decidió pedirle a Angela que también fuera a ver al señor Ramírez. Los dos iban a disfrutar mucho más de la música.

Mientras el tren retumbaba bajo la bahía, Clarissa hojeó el cuaderno titulado «Elsa». Apenas había nada escrito.

Una página estaba en blanco, excepto por la frase «siempre me gustaron las naranjas». Era tan lamentable que cuando llegó a su estación tiró el cuaderno a la basura.

Varios meses más tarde, el personal se reunió para ponerse al día. Clarissa se alegró de oír lo bien que se llevaba Angela con Elsa y el señor Ramírez. Con Elsa cantaban boleros la hora entera de la visita. Todas las semanas, el señor Ramírez tocaba el acordeón para Angela.

Poco después, Clarissa dejó el programa y se fue a trabajar a jornada completa al este de la bahía. Iba ajetreada y apenas pensaba en los ancianos, excepto en el señor Ramírez cada vez que veía un mapa.

Había pasado más de un año cuando Clarissa recibió una llamada de Will Marks, el director de Luna. Le contó que Elsa estaba en el Hospital General de San Francisco, que se estaba muriendo. Clarissa le dijo que lo sentía mucho, que iría a visitarla.

—Bueno, no —dijo Will—. En realidad, no quiere visitas. Hasta el más mínimo movimiento o esfuerzo se le hace insoportable por el dolor. Pero no deja de darle vueltas a una cosa, obsesivamente: dice que prometiste escribir la historia de su vida. Y la quiere antes de morir. Tal vez le quede una semana más, según el médico. Me sorprendió, debo confesar. No es propio de ti prometer algo y no cumplirlo.

—Oh —dijo Clarissa.

—Es de vital importancia para ella. Siente que así dejará algo cuando muera. Cada vez que habla del tema, se pone muy mal.

—Oh.

Clarissa ahogó una risa, tapando el auricular con la mano. «Hablo como ella», pensó. Él. Cuando. Oh.

—Will, el primer día mencioné que iba a escribir la historia de su vida. Pero conseguir material era dificilísimo. Durante los últimos treinta años no hizo nada más que ir a trabajar y volver a casa. Hay muy poco a lo que agarrarse.

O sea, nada, se acordaba. A pesar de todo, dijo:

—Te llevaré su historia en cuanto pueda. En español para ella, porque así es como la contaba. Y otra en inglés, para ti. Pero de todos modos quiero ir a verla.

Clarissa llamó al trabajo al día siguiente para decir que estaba enferma, y al siguiente también.

Abrió un archivo en el ordenador llamado «Vida de Elsa». Maldita sea, no queda otra. *Tabula rasa.* Y para colmo había olvidado detalles como qué santos celebraban, qué comidas cocinaba la madre para venderlas en la calle.

Lo que Clarissa recordaba eran solo conjeturas. Todo el poso que llevaba consigo, todo el «material», era su propia ficción. Lo que imaginaba sobre la madre real de las cejas depiladas. Lo que sospechaba del hermano Iván.

Las anécdotas que a Clarissa se le habían quedado grabadas en la memoria, las niñas caminando por las vías del tren a la luz de la luna, los hombres peleándose en la cocina en su primera noche en Estados Unidos, eran precisamente las que Elsa no quería que aparecieran en la historia, incluso le había dicho: «¡No escribas eso!».

Fue a la biblioteca, buscó en atlas y libros de viajes nombres de árboles y pájaros. El nombre de la playa donde debieron de ir las hermanas. Dos veces. Consultó el santoral. Llamó al consulado salvadoreño. Compró libros de cocina internacional y visitó las tiendas de discos del barrio de la Misión. Fue al hotel Mark Hopkins y preguntó por el gerente. Le dijo que era escritora de novelas de misterio y le pidió permiso para ver la lavandería.

Llamó al trabajo otro día y aún otro más avisando de que seguía indispuesta, mientras trabajaba desesperadamente en la primera página, y luego en la segunda. La tercera y la cuarta eran las Navidades en El Salvador. Cinco, seis y siete eran la madre de Elsa. Las expresiones que utilizaba. Cómo les hacía la trenza de raíz cada mañana. Los platos, con sus ingredientes, que les había enseñado a cocinar; cómo las hacía arrodillarse por la noche para rezar. La página ocho era la playa y lo que veían desde el tranvía. La nueve y la diez eran las fiestas del barrio y la noche de Fin de Año, con detalles que Clarissa sonsacó interrogando a camareras y mozos en restaurantes salvadoreños.

La historia de la vida de Elsa por fin quedó terminada. Veintidós páginas, tanto como pudo alargarla. La última página hablaba de los pájaros, con sus nombres, en la casita de la Misión. De cómo su canto expresaba el amor de Inocencia por su hermana Elsa, que cantaba como un canario.

Clarissa fue un domingo por la mañana a llevarle la historia a Elsa. Llegó temprano al hospital, pero ya había muchas ambulancias y coches de policía, multitudes en la sala de urgencias. Sintió los latidos del corazón y la boca seca mientras subía en los ascensores y recorría el laberinto hasta la habitación de Elsa. Inocencia estaba sentada junto a la cama, descansando. Elsa dormía, delgada e insignificante en la cama. Era una cama especial, con un colchón de arena, que causaba menos dolor a sus pobres huesos.

Clarissa abrazó a Inocencia y besó a Elsa con suavidad en la frente. Elsa sonrió, pero no dijo nada.

—¿Le has traído su historia? —susurró Inocencia.

Clarissa asintió, asustada.

—Léela, por favor —le pidió Inocencia.

—Puede que algunas cosas no estén del todo bien... Dímelo y las cambiaré enseguida.

—No te preocupes. Por favor, lee —dijo Inocencia.

Elsa no apartó sus ojos castaños de Clarissa. Solo una vez gritó de dolor, cuando Clarissa mencionó la muerte de su madre.

Inocencia lloró suavemente durante toda la lectura.

—*Qué bonito* —dijo sobre las fiestas y los viajes a la playa. Le gustaron sobre todo las partes sobre la lavandería y el señor Whipple, que la llamaba «Inociencia».

Cuando por fin Clarissa terminó de leer, Inocencia la abrazó sollozando:

—¡Es tan hermoso! Gracias, gracias. ¡La guardaré siempre como un tesoro!

Clarissa sintió un mareo de alivio. Se inclinó hacia Elsa y le rozó los labios con un beso.

—Espero que te haya gustado —le dijo a Elsa.

Elsa tenía los ojos cerrados, pero contestó.

—Esa no es la historia de mi vida. No. Mi vida.

Basado en la vida de Rosa, una anciana salvadoreña, este relato también parte de un testimonio oral tomado mientras trabajaba en el programa de Mount Zion. En su diario Lucia escribió:

Al principio me dijo: «¿Para qué ibas a querer escribir la historia de mi vida, con lo aburrida que ha sido? De lo más simple. No ha sucedido nada». ¡Y tenía razón! Vivía con su madre en El Salvador, nunca salía ni quedaba con nadie. Iba a la iglesia. Luego vino a Estados Unidos, trabajó treinta años en una tintorería, nunca salía ni quedaba con nadie, y entonces le entró artritis y quedó postrada en cama. A veces ve la televisión, pero Elvira y ella sobre todo hablan de su madre, que murió hace veinte años.

El cuento se escribió en 1995 y apareció publicado en *Sniper Logic*, n.º 3 (primavera de 1995). También formó parte de la colección de relatos *Where I Live Now* (Black Sparrow, 1999).

Fuego

Mi hermana se está muriendo de cáncer. Normalmente hablo de «Sally», sin más, pero ahora siempre digo: «Mi hermana».

Espero el avión a Ciudad de México. Quizá esté exagerando, como de costumbre. Quizá no llegue allí a tiempo. Quizá le quede un año de vida, y yo aquí acabo de dejar mi trabajo. La tripulación de vuelo mexicana se dirige hacia la entrada. No como los pilotos estadounidenses, que pasan y se suben al avión y listo. Primero va el comandante, con bigote y una bufanda blanca, arrastrando la gabardina como el capote de un matador. Dos pasos más atrás, los copilotos banderilleros, y después los asistentes de vuelo masculinos, siguiendo el paso. Las azafatas adormiladas, maquilladísimas, van detrás con desgana. Glamurosas, agobiadas por volver al trabajo. Solo las de Estados Unidos sonríen sin venir a cuento.

Sally, eras muy pequeña cuando fuimos por primera vez a Ciudad de México, en tren, cuando todos los volcanes se alzaban inmensos y nítidos contra el cielo azul.

Mi hermana se casó en México y ya nunca se marchó de allí. Teníamos vidas diferentes. O tal vez no. Cada una llevaba la soledad a su manera. Ahora nuestros padres han muerto, nuestros maridos se fueron, los hijos son mayores.

Nació justo antes de que mi padre se fuera a la guerra y nos mudáramos a Texas a casa de Mamie. Papá no estaba. Sally era adorable, todo el mundo la mimaba. Supongo que yo la odiaba, ni siquiera la recuerdo entonces.

En el tren de Spokane a Texas tenías un mes, dormías en un cajón que mamá se llevó de la cómoda del hotel

Davenport. Se reía porque parecía hecho a medida para ti. El tren era una maravilla, con los vestíbulos ruidosos, la litera de arriba y una hamaca para los zapatos, pero a mí me asustaba que mamá se hubiera llevado el cajón. Empezó con los vómitos en el lavabo. Le puse un paño húmedo en la cabeza. El retrete se abría sobre el suelo. Hierba verde y dientes de león. Traviesas, traviesas, traviesas del ferrocarril que pasaban a toda máquina por debajo de su cabeza mojada. Cantó, con la melodía de «Humoresque»: *Pasajeros por favor absténganse / de ir al retrete / mientras se detiene el tren. / ¡Te quiero!* Te cambió y te dio el biberón. Te dormiste en el cajón. Yo tenía hambre. Mamá bebió y se quedó dormida y no podía despertarla. El tren traqueteó y silbó, retrocedió, se acopló. Unos hombres reían en el andén. Las linternas trazaban arcos de ámbar a través del cristal esmerilado. Volvimos a arrancar y nos alejamos, cada vez más rápido. Seguíais las dos durmiendo, pero temía que te despertaras y te echaras a llorar. No podía dormirme. O sea, tenía que quedarme despierta.

Entró el mozo. Era canijo, pero me daba miedo porque nunca había visto a un negro de cerca. Vengo a preparar la cama, señorita, no se preocupe.

Por la mañana sonreías. Ojos azules de bebé. Ahora son verdes, del color del jade de Oaxaca. Ojos claros y abiertos, siempre confiados. Nunca esperabas que nada saliera mal. Yo, siempre. Cuando me desperté en el tren, mamá estaba tan fresca, peinada y pintándose los labios. ¡Mira qué vacas tan bonitas! ¡Muuu, vacas, Sally!

No hay turistas en este vuelo. Familias mexicanas con vídeos, walkmans, microondas. El piloto habla por el altavoz, no para comunicarnos la ubicación o la altitud, sino para decir que va a apagar las luces durante un rato. Por favor, vayan todos a ver la puesta de sol a la derecha de la aeronave.

Rojos llameantes, magentas, vetas de amarillo ocre en remolinos de nubes. Todo el mundo se apresura a ir al lado derecho del avión. Menos yo, tengo miedo de que vuelque.

Vuelven a poner la película *Big* y las azafatas, ahora encantadoras y festivas, pasan ofreciendo queso y fruta, champán. Aún se puede fumar en los aviones mexicanos, así que fumo sin parar. Sally, estoy conmocionada por el dolor de perderte, por la cuchillada que supone. La película se corta de nuevo, el piloto dice que va a apagar las luces una vez más. Por favor, inmediatamente, ¡miren la luna a la izquierda del avión! Una luna llena anaranjada se eleva sobre las montañas de Puerto Vallarta. Se olvida de volver a poner la película o las luces. Volamos, silenciosos en la oscuridad, contemplando la luna mientras el avión inicia el descenso hacia Ciudad de México. Abajo los flaps. El avión atraviesa un espeso lienzo de niebla tóxica y polvo fecal y el resplandor de la inmensa urbe estalla a nuestro alrededor. El avión alabea y bota escorándose en un aterrizaje aterrador. Los pasajeros y dos azafatas se persignan.

¿Va a venir alguien a recogerme? ¿Tomo un taxi? Una larga espera para el equipaje. Sábanas, almohadas de plumas, regalos para los hijos de Sally. Dos pelucas carísimas para Sally. Tus rizos pelirrojos. Reconócelo, debe de ser horrible, horrible, perder tu precioso pelo. Por fin llegan las maletas. Un *mozo* las carga en un carrito y corre hacia la salida. Corro tras él, pensando que las está robando. No puedo respirar, la altitud, el olor acre. Pasamos la aduana a toda prisa. El *mozo* suelta el equipaje, coge mi propina y sigue corriendo.

Al otro lado de la barrera está mi hermana. Ay, Sally, es igual a ti de chiquitina, la cabecita con un gorrito, como un bebé. Pequeña, te has quedado pequeña, pero veo tus grandes ojos verdes. Una horrible mueca de terror en tu cara. El hombre hosco que está a tu lado tiene la misma expresión. De pronto todo el mundo está corriendo y los dos me gritan. Empujo el equipaje por el suelo con los pies. Mi espalda..., no puedo cargarlo. Gritos, gritos. El hombre viene a recoger las bolsas, pero las suelta.

¡El aeropuerto está ardiendo! Voy a por el coche. ¡Corred!

Nos tapamos la cara con un chal. Agarras las dos maletas más pesadas y trotas torpemente delante de mí. Te giras una vez para ver si te sigo. Caen gotas de sudor de tu rostro huesudo. ¿Cómo puedes ser tan fuerte? Me duele el pecho, no puedo respirar, corriendo detrás de ti. Volutas verdes de humo se enrollan alrededor de nuestro cuello. Dos mujeres se desploman en el suelo de mármol. Un chico tira de la bolsa que llevo. Le doy una patada. El humo es negro amarillento, cegador. Todas las luces se apagan. Te he perdido. Corro, sollozando, veo tu cráneo. Se te ha caído el gorro y estás sentada encima del equipaje como un bebé dormido. Tu cabeza brilla, sonrosada. Estás al otro lado de la *avenida*, encogida en el bordillo. Un policía intenta que te muevas de ahí. No te puedes mover. Otro chico intenta llevarse la bolsa sobre la que estás sentada. *¡Váyase, pendejo!* Me sonríes. ¿Hemos salvado las pelucas? La policía pide a la gente que corra a ponerse a salvo. No, aparcar es demasiado peligroso. Los depósitos de combustible de los aviones pueden explotar en cualquier momento. Tu exmarido está en el gabinete del presidente; seguro que su coche conseguirá pasar. Destellos amarillos caen en cascada sobre la mediana. Las ambulancias cargan a personas atropelladas en la estampida de la humareda.

Ahora todo se ilumina con las alegres llamaradas amarillas y las luces rojas intermitentes. Ráfagas de aire abrasador nos azotan. Salvo por las sirenas, el silencio es sobrecogedor. Un susurro de fuego, densas espirales de humo.

Aparece el Mercedes-Benz, con las banderas ondeando. El policía se da cuenta de que estás muy enferma, te alza en brazos. Te dobla y te mete dentro. La multitud, con la cara tapada, mira fijamente la limusina solitaria, a las dos mujeres que ríen. Nos alejamos a toda velocidad, el coche patina y da vueltas por el impacto de la explosión a nuestras espaldas. Atroces borbotones amarillentos, eructos de fuego.

—*Señora*, ¿se encuentra bien? —pregunta el chófer.

—Estoy asustada. ¡Estamos asustadas!

Fíjese, no más..., ¡las sirenas van todas en otra dirección! El coche se desliza por el *periférico*, a cien por hora. Las luces de neón pasan como peces submarinos a través de las ventanillas negras. Cacofonía amortiguada de sirenas mientras las ambulancias nos adelantan por ambos lados.

—¡Carlotta, hemos vivido tantas aventuras! —dices—. ¡Peligros!

—El barco frente a Panamá.

—El abuelo.

—¡El abuelo!

El biplano fue lo peor, en Chile. A través de esos barrancos en una cabina abierta. Dios mío, qué viejas somos. ¡Aquel avión era de papel!

Lienzo. Y qué guapo era él, ¿te acuerdas? ¡Vaya muerte tuvo!

Poco después, el piloto se estrelló con el mismo avión en la ladera de los Andes por encima de Santiago. Se distinguía claramente la silueta del aparato quemado en la montaña hasta que por fin llegaron las lluvias y creció la hierba.

—Carlotta... Solo lo conocimos media hora, ¡pero te pasaste seis meses llorando cuando mirabas por la ventana la huella de aquel avión!

No lloraba por él, Sally. Era por la huella del avión. Dios, nunca entiende nada, de verdad.

Me estás dando la mano. Ahora no conozco tus manos. Te beso suavemente.

—Carlotta, ¿no es un coche maravilloso? Hermético, insonorizado, a prueba de balas. Quiero que me entierren en él.

A mí no me gusta demasiado. Es raro estar en México y no notar cómo huele. En serio, he pensado en ese problema de los ataúdes. Los mexicanos adoran el plástico. ¡Féretros de Tupperware! De todos los tamaños. Haría estragos.

Me envuelves en un abrazo frágil, un caparazón.

—Sabía que vendrías y me harías reír.

Siempre nos reímos. Es una manía familiar. Sally, esto no tiene gracia. Por favor, no nos riamos ahora.

He dicho las palabras acertadas. Suspiras y te sueltas, hundiéndote de nuevo en el terciopelo, con la cara desencajada por el cansancio. Me miras fijamente.

¿Qué vas a hacer sin mí?

¿Qué voy a hacer? Un gemido de angustia nace de mis entrañas y se convierte en un grito. Y Sally, tú siempre copias todo lo que hago. También gritas. Nuestro lamento viene de lejos, de lo más profundo, de donde nos conocimos.

La limusina avanza a toda velocidad, fresca y silenciosa, por la avenida de los Insurgentes. Mi hermana y yo nos quedamos dormidas.

Este es el primero de los nueve relatos sobre el año que Lucia pasó en México cuidando a su hermana, Molly, que se estaba muriendo de un cáncer de pecho. En agosto de 1991, Lucia dejó su trabajo y voló a Ciudad de México para instalarse en un cuartito en el apartamento de su hermana, en el centro de una vorágine emocional familiar que incluía además a los hijos de Molly, amistades diversas, amantes y varias sirvientas y un chófer (contratado por su exmarido, ministro del gabinete presidencial). Apareció publicado en la revista *Gas* (1992) y más tarde en el libro de relatos *So Long* (Black Sparrow, 1993).

Del gozo al pozo

Cada mañana Ceferino llevaba a Claudia a la oficina de correos, al quiosco de Insurgentes a por la *Jornada* y a Sanborns a por el *Herald Tribune*. Amalia, la cocinera, iba al supermercado todos los días, pero Ceferino llevaba a doña Claudia tres o cuatro veces por semana al mercado de Coyoacán. Cuando las tenderas los veían llegar sonreían. La vieja florista y la mujer de los calabacines incluso se reían sin disimulo. La gringa, doña Claudia, era muy alta, grandota. Caminaba a grandes zancadas por el mercado con sus bolsas de fruta y verdura, mientras Ceferino iba a la zaga resoplando, rechoncho, un Sancho Panza triste. Se quedaba cuatro pasos por detrás, cargando otras bolsas de naranjas, pimientos, jícamas. Los viernes siempre compraba flores. Ceferino marchaba como un árbol florido de tronco grueso, mirando a través de los tallos de gladiolos rojos, nardos, azucenas.

Él solo se metía en las compras cuando a ella intentaban darle gato por liebre. Normalmente Claudia se las arreglaba bien sola, aunque se negaba a regatear. Observaba durante un rato, calculando a qué precio pagaban el epazote los compradores más astutos, y luego ofrecía lo mismo. Si le subían el precio, decía que no. Al cabo de unas semanas, las tenderas lo vieron como una variante del ritual del regateo y lo aceptaron, y a ella también, aunque se rieran al verla con Ceferino.

Ceferino descargó las compras en la furgoneta. Habían quitado el asiento de detrás del conductor, así que Claudia tenía que gritarle para hacerse oír con el ruido del tráfico desde el asiento del fondo. Después del mercado,

Ceferino la llevaba al café El Jarocho. Siempre le decía que no cuando ella le ofrecía un café. Esperaba, aparcado en doble fila, mientras la mujer se sentaba en un banco al sol y tomaba un capuchino doble hecho con café de Veracruz en el que mojaba un *pan dulce*. Miraba a la gente que pasaba, escuchando las bromas de los habituales en la cola del café.

Los peones cantan mientras tiran cajas de madera con botellas vacías de Coca-Cola desde el balcón. La docena de botellas de cristal de un litro se elevan medio palmo en el aire y vuelven a caer en la caja justo antes de que el hombre que está en el suelo las atrape. Al otro lado de la calle, un muchacho baila mientras pinta en un andamio de tres pisos de altura, los coches se saltan los semáforos, las bicicletas esquivan a las ancianas. Por todas partes el riesgo y el desafío se entretejen en los asuntos más mundanos del día a día.

Cuando ella volvía a la furgoneta, Ceferino siempre comentaba: «*Panza llena, corazón contento*». Y ella le decía: «Home, James», y él sonreía. No hablaba inglés, pero sabía que era una broma en alusión a una serie británica y que significaba «a casa», a la calle Amores, al piso de su hermana Sally.

Al principio, cuando Sally no estaba tan enferma, recibía visitas por las mañanas. Claudia iba a los museos o a la Zona Rosa o a la Biblioteca Benjamin Franklin. En esa biblioteca solo hay escritores estadounidenses, cosa que te hace sentir muy patriótica y orgullosa, pero los anaqueles parecen inquietantemente esquilmados, las A sin Austen, las T sin Trollope.

Si Claudia iba a alguna parte, Ceferino llevaba las compras a casa y pasaba a recogerla a la hora acordada. Coche y conductor corrían de parte del exmarido de Sally, un alto cargo político del PRI, así que Ceferino podía aparcar donde quisiera, incluso en doble fila.

El hombre la saludaba cada mañana con un *dicho*. Los lunes, ni las gallinas ponen. Los martes, ni te cases ni te embarques, etcétera. A cualquier cosa que Claudia le gritaba a Ceferino, él le contestaba con un aforismo. Cuando la recogió en la peluquería, después de teñirse el pelo, le dijo:

—Con su permiso, doña Claudia: el pelo puede mentir, los dientes pueden engañar, solo las arrugas dicen la verdad.

Después de unas horas en el Museo Antropológico, ella comentó:

—*¡Qué gozo!* ¡Qué delicia!

Él se encogió de hombros y exclamó:

—*Sí, doña Claudia, pero ¡del gozo al pozo!*

Repetía lo mismo siempre que las cosas iban bien. «Del gozo al pozo», o «mi gozo en un pozo». Quizá fuera un viejo proverbio maya. A las víctimas de los sacrificios las hacían delirar de felicidad con setas y licor antes de arrojarlas al foso.

Curiosamente muchos de sus proverbios en inglés tenían el sentido contrario. Nosotros creemos que el camino al infierno está empedrado de buenas intenciones, pero en español la intención es lo único que cuenta. Para nosotros la belleza es banal, pero en español la belleza es un don de Dios.

Cuando las cosas pintaban mal, con el cáncer de Sally o con la situación del PRI o con los niños, Ceferino siempre decía: «*Pues, doña Claudia, como yo digo: paciencia y barajar*».

A ella le recordaba a uno de los chistes de su madre. El niño dice: «Papá, ¿ahora puedo ir a jugar fuera?», y el padre responde: «Cállate y reparte». Se lo gritó a Ceferino. Traducido perdía la gracia, pero él se rio.

Antes de que Sally empezara con la quimioterapia en casa, Claudia y Ceferino la ayudaban a bajar los cuatro tramos de escaleras y a subir a la furgoneta.

—*¡Mire, señora!* —le decía a Sally a cada momento en el trayecto hasta la clínica, mostrándole los árboles en flor o a las niñas vestidas de primera comunión.

Al principio, antes de los tratamientos o las radiografías, Ceferino y Claudia la llevaban a una cafetería para que tomara un desayuno de verdad y leyera la prensa. Sally les siguió la corriente durante un tiempo. Se indignaba con los periódicos y chismorreaba sobre la clientela, se burlaba de Ceferino por sus amantes. Luego admitió que solo iba por darles el gusto. Ya no le interesaban las cafeterías. Sally, que solía pasarse el día entero en el café La Vega discutiendo de política, sermoneando a sus hijos, chismorreando con el cambiante elenco de personajes, escuchando los problemas de Julián, el camarero. En el espejo Claudia vio lágrimas en los ojos de Ceferino.

Así que a partir de entonces solo la llevaban a la sesión de quimio y a las radiografías, la ayudaban a volver a subir las escaleras, hasta que al final ya nunca salía.

Claudia asistía al médico en la habitación de Sally, preparándole los diversos fármacos, poniéndole las vías, calmándola. Cada vez el médico decía que sería la última quimio. Sally se encontraba fatal durante semanas y luego se sentía un poco mejor. Entonces el médico la llamaba y le decía que tenía un nuevo tratamiento que podía frenar el tumor en los pulmones y el cáncer en el hígado y el páncreas. Que podía alargarle la vida. Así pasaron meses y meses y ella seguía viva y cada vez se sentía peor, con la esperanza renaciendo cuando le ofrecían una nueva quimio.

Estaba deprimida y enfadada; les gritaba a sus hijos y a Claudia. Por las noches lloraba sin consuelo durante horas y horas, solo paraba para vomitar y echarles la bronca a Claudia y a su hija Mercedes por no llorar con ella, por no compartir su dolor.

Sus hijos menores guardaban las distancias. Cuando volvían a casa los acusaba de matarla con su indiferencia. Empezaron a portarse mal, a desmadrarse de verdad, y Sally se ponía aún más frenética. Por las noches Ceferino hacía de chófer de Sergio en sus correrías juveniles, pero cada vez más a menudo tenía que sobornar a los agentes para que le retiraran los cargos por alteración del orden público, drogas, vandalismo, y de ahí ir a otra comisaría a pagar la multa por exceso de velocidad de Alicia o una denuncia por comportamiento obsceno.

—Prométeme que cuidarás de ellos —le pedía Sally a Claudia, y Claudia prometía que lo haría.

Sally creía que Claudia estaría allí para apoyarlos. La convicción de Claudia de que saldrían adelante tranquilizaba a su hermana. Claudia sabía que los hijos también sufrían por la agonía de su madre, por su dolor, por el miedo, la ira, la culpa. Aquella larga enfermedad les había arrebatado cinco años de su juventud.

Claudia habló mucho con ellos, sobre todo con Sergio, que tenía dieciséis años y vivía en casa. Su habitación apestaba a ron, pegamento, disolvente, marihuana. Su padre se había vuelto a casar, estaba tan ocupado en el PRI que apenas veía a sus hijos. Las pocas veces que Claudia había intentado hablarle de que Sergio consumía mucho alcohol y drogas, el padre le había respondido que eran cosas de chicos.

Ceferino llevaba y traía a Sergio del colegio y lo acompañaba a todas partes por la noche. Quería hacer el papel de padre. Se escandalizaba con Alicia, sus minifaldas y su cresta, sus aros en la nariz y sus tatuajes. Le preocupaba porque la prensa adoraba a Alicia, su escandaloso grupo de baile vanguardista, lo que se ponía o se dejaba de poner. En una cena de Estado, cuando el presidente Salinas se detuvo en su mesa, Alicia lo había saludado blandiendo una pata de pollo y con un «¿qué pasó?».

Era mala publicidad para el PRI, según Ceferino.

—¿El PRI? Sé realista —dijo Claudia, en inglés. En español suspiró—: Ni modo. ¿Qué se le va a hacer?

—No se puede interferir en la voluntad de Dios —dijo Ceferino—. Y menos cuando llueve.

Cada vez con más frecuencia Claudia y Ceferino hablaban largo y tendido sobre los hijos. Se quedaban al sol en la acera, antes de que ella subiera al coche. Un problema serio. ¿Qué hacer? Las conversaciones siempre terminaban con un suspiro de Ceferino, que concluía: «*No hay remedio*», mientras le abría la puerta.

Claudia era enfermera, había venido desde California para cuidar de Sally, pero sobre todo para estar con ella, hablando, hablando, riendo. Le leía durante horas todos los días, libros en inglés. Veían ¿*Te Conté?*, una telenovela chilena, completamente inmersas en el melodrama, aunque atentas también a los escenarios familiares de su infancia, el hipódromo, la calle Ahumada, el cerro Santa Lucía, una vista de los Andes.

Sally había querido que su hermana fuera a poner orden en la casa, arreglar ventanas y picaportes, a organizar armarios y papeles, a enseñarle a la cocinera a preparar platos nuevos. Claudia cocinaba los fines de semana para que los hijos fueran a comer a casa, para que Sally pudiera verlos, pero sobre todo para que se acercaran más entre sí, para cuando ella ya no estuviera.

Con Claudia a las riendas, los criados de Sally trabajaban mucho más que antes. A pesar de que se encariñaron con ella, siempre la trataron de «doña Claudia», no con el afecto de «la señora Sally».

Antes de tener cáncer Sally había pensado mudarse a una casa en Malinalco, un hermoso pueblo al oeste de Cuernavaca. La casa estaba casi terminada, incluso llenaron la alberca. Ceferino y Andrew, el arquitecto, iban cada semana a ver los progresos. Claudia compraba plantas en el vivero de Coyoacán para enviárselas a Tomás, el jardinero. Guanábana, limoneros, naranjos, aguacate. Nopal y maguey, flor de Jamaica y jacarandá. No quería ir allí sin Sally.

Durante años, en las cartas que le escribía Sally hablaba sobre la casa. Las vistas, la ciudad, el convento, el cielo azul. Claudia y Mercedes intentaron convencer a Sally para que fuera. Le prepararían una cama en la parte trasera de la furgoneta. Miguel, su exmarido, incluso ofreció un helicóptero del PRI para que la llevara directamente desde la azotea del apartamento al césped delante de la casa.

—¡No quiero verla! ¡Dejadme en paz! —gritó Sally.

Más tarde le confesó a Claudia que para ella no tenía sentido ir a ver la casa. Nunca viviría allí. Diseñarla fue un placer, imaginar su dormitorio con vistas al jardín. Había hecho planes detallados para reformar el jardín, listas de amigos a los que invitar los fines de semana.

—Ya no aparezco en mis sueños —dijo Sally. Claudia entendió mejor entonces lo que se sentía al estar muriendo—. No puedo fantasear con que estoy en París o que hago el amor con Andrés o voy a Malinalco. Cada vez que pienso en un lugar, me doy cuenta de que sencillamente no volveré a estar ahí.

Claudia abrazó a su hermana.

—¿Y en qué piensas?

—Recuerdo. Me has ayudado a recordar cientos de detalles del pasado. Puedo imaginar a mis hijos abriéndose camino en la vida. Claudia, ¡quiero que lleguen lejos! Te imagino a ti. Por favor, ve a Malinalco. Piensa en irte a vivir ahí. Mira lo que necesita la casa, lo que necesita el jardín. Sería feliz, soñando que vives ahí.

Claudia se resistió a ir hasta que Ceferino la convenció de que alguien tenía que hacer una lista de las cosas que faltaban en la cocina, de la ropa blanca, de las plantas para los enrejados alrededor de la alberca.

—Doña Claudia. Quien no arriesga no gana.

Fue un día con Andrew, el arquitecto, que se sentó a su lado encima de un cojín de rosquilla, con otra almohada para el cuello. Un antifaz para taparse los ojos durante el viaje. Iban a salir a las nueve, pero Andrew tuvo que hacer cinco o seis paradas, a comprar pomos, accesorios, bisagras. Ceferino enarcó las cejas mirando a Claudia por el retrovisor.

Habían dado las once antes de que estuvieran en el *periférico* saliendo de la ciudad, pasando la SEDUE y de repente en el espacio y el cielo azul despejado. En las montañas del fondo se hinchaban nubes inmensas alrededor de las cumbres. Bosques de pinos de un verdor intenso, abetos, kilómetros de cosmos rosas, caracolillos azules silvestres y alhelíes morados. Era un paisaje alpino, pero el nopal y el maguey se mezclaban con los pinos y los álamos temblones. Monasterios de piedra e iglesias católicas en cada precioso lugar donde antaño se asentaron los mexicas. Un caballo blanco galopa en un prado verde, retozan los corderitos junto a un arroyo de montaña.

Almorzaron en un restaurante tipo chalet. Sopa de setas frescas de temporada y trucha de río recién pescada a la brasa. Hay un cuenco de salsa en la mesa y tortillas calientes envueltas en un paño, pero las setas y la trucha huelen como a país extranjero, como a Montana.

Aunque había hecho gala de condescendencia cuando Ceferino se unió a ellos para el almuerzo —«*claro, hombre*»—, Andrew le hablaba sin parar a Claudia en inglés sobre los arquitectos mexicanos de los años cincuenta. Ceferino no decía nada, ya fuera para estar en su «sitio» o porque no soportaba a Andrew, eso Claudia no lo sabía. Ella tampoco decía nada.

—¡Dios mío, qué tarde se ha hecho! —dijo Andrew, acusador, como si lo hubieran hecho esperar. De vuelta en el coche volvió a taparse los ojos.

—Es tan bonito, Ceferino, ¿cómo soporta no mirarlo?

—*Pues*, doña Claudia, ver para creer.

—¿Quieres decir que ojos que no ven, corazón que no siente?

—Sois como un par de críos —dijo Andrew—. Creéis que porque no os vea no os oigo.

Claudia le sacó la lengua a Andrew por el retrovisor. Ceferino se rio.

En la preciosa casa había docenas de obreros construyendo un muro, otra docena nivelando una explanada para aparcar, algunos más plantando árboles. Guido, el ingeniero, posaba como un torero en lo alto de una cornisa con su abrigo de ante, pantalones ceñidos y botas de piel de serpiente. Hablaba por un teléfono portátil, con una mujer, obviamente. Ceferino esperó en la zona de servicio fuera de la cocina mientras Andrew le enseñaba la casa a Claudia.

Al entrar en cada habitación recordaba las cartas de Sally sobre la casa, mucho antes de que se trazaran los planos.

«Ah, y una cocina en la que te puedes sentar a oler los nardos desde las ventanas abiertas, con vistas a las vacas pastando, y una chimenea en el salón porque incluso en verano las noches son frescas en la montaña. Andrés y yo nos podemos tumbar delante del fuego y contemplar las estrellas por el tragaluz. ¡No hay contaminación!».

Claudia se quedó sentada en el dormitorio de Sally, llorando, en la habitación que era el sueño de su hermana hecho realidad.

Andrew estaba en el baño hablando del calor solar. Tenía muchas cosas que comentar con Guido. Quizá Ceferino pudiera llevarla a recorrer el pueblo, era de lo más pintoresco. Salieron por la puerta de la cocina.

—Ceferino, lleva a la señora a dar una vuelta... al convento, tal vez. Exquisitos murales, delicados, únicos. El puente también es del siglo XVI, tiene su encanto.

—En boca cerrada no entran moscas —murmuró Ceferino mientras abría la puerta de la furgoneta. De camino al pueblo la miró por el retrovisor—. Doña Claudia, ¿le ha entristecido ver la casa de la señora?

—Sí. Ahora entiendo por qué no quiere venir. No es justo. Es horrible.

—*Ándele.* Tranquila. Llore nomás.

Se detuvieron al pie de la montaña y del templo que se alzaba en lo alto del pueblo.

—Doña Claudia, por favor, vuelva pronto conmigo. Le gustaría subir allí arriba. La entrada tiene forma de fauces de serpiente.

Claudia se protegió los ojos del sol y miró hacia el templo, intacto, majestuoso.

—Es mágico.

—*¡Exacto!* Era mágico, o es, tal vez. En tiempos de Moctezuma, aquí venían los hechiceros a aprender sus artes. El lugar lo descubrió Malinalxóchitl, la flor de maguey, la bella hermana de Huitzilopochtli, cuando encabezaba una banda de mexicas rebeldes de Pátzcuaro.

—Ceferino, ¿te estás inventando toda esa historia?

—No, doña. La estoy leyendo en ese letrero grande de ahí detrás.

Había una descripción de las ruinas al principio del sendero que subía la colina. Explicaba que Malinalco se había rebelado contra Cuernavaca y los españoles justo en medio del ataque de Cortés a Teotitlán. Como Cuernavaca y los alrededores de Malinalco eran los enclaves del oro, Cortés envió un ejército dirigido por Andrés de Tapia para derrotar a los indios, pero la mayoría de los indios se refugiaron dentro del templo de la serpiente.

Ceferino y Claudia fueron al convento del pueblo. Los murales eran preciosos, con motivos delicados y frágiles, tal como había dicho Andrew. Había una pequeña capilla con estatuas de los doce apóstoles. Ella se arrodilló junto a las velas delante del altar, echando ya de menos a su hermana, recordando la divertida carta que había escrito sobre los apóstoles. Él se arrodilló al fondo de la iglesia.

Claudia caminó por el convento fresco a la luz del atardecer, apenada por Sally, pero sonrió al toparse con una pared encantadora. Una profunda ventana enmarcando una escena perfecta. Ceferino caminaba unos pasos más atrás, como de costumbre. Sus pasos eran un eco de los suyos sobre la tersa piedra gastada.

Ceferino le abrió la puerta de la furgoneta y se marchó. Volvió al cabo de unos minutos con «huaraches», tortas calientes de *masa* de maíz azul con frijoles dentro. En la nevera de la furgoneta había Coca-Cola fría.

El pueblo estaba tan tranquilo que no tuvo que levantar la voz para que él la oyera desde el asiento trasero.

—Cosmos. Esas flores rosas silvestres que hemos visto. Más buganvillas de distintos colores para todos esos postes alrededor de la piscina. Contrastarán con el ocre rosado de la casa y las demás construcciones. Debes reconocer que Andrew ha hecho un fantástico trabajo con la casa.

—La señora Sally diseñó la casa. Él solo hizo lo que ella le pidió.

—Será mejor que nos vayamos, ¿no?

—Sí. Ya verá. Nos hará esperar y luego nos culpará por llegar tarde a tomar el té...

Claudia no volvió a Malinalco, ni siquiera cuando la casa quedó terminada, el césped puesto. Sally estaba muy enferma, con oxígeno y suero constantes. Claudia y Mercedes se turnaban para velarla. Casi siempre Mercedes se quedaba despierta y despertaba a Claudia para ponerle a Sally las inyecciones, cambiarle el suero. Al principio había cuñas y palanganas para los vómitos, pero cada vez menos porque ya no podía comer. Claudia detestaba ponerle inyecciones, parecía que tocara hueso siempre que le clavaba la aguja.

Miguel, el ministro, exmarido de Sally, llegó una mañana mientras Claudia esperaba sentada en un taburete de la cocina a que hirviera el agua para el baño de Sally. Al marcharse, Miguel pasó por la cocina y entregó con desenvoltura un billete doblado de cien mil pesos a cada una de las sirvientas, y a Claudia.

Cuando se hubo ido, las criadas estallaron en carcajadas.

—¡El señor le ha dado a usted una propina! ¡Una propina!

Ceferino sintió apuro por Claudia, se escandalizó al ver que se reía con las criadas.

—Tranquilo, Ceferino. No me negarás que he trabajado mucho... Es lógico que me vea como una empleada.

Se dio cuenta de que en realidad su papel había cambiado porque hacía mucho trabajo físico. Salvo para Ceferino, ya no era «doña», sino Claudia a secas, la que levantaba y bañaba a la señora, le cambiaba los pañales y la ropa blanca.

Sally ya solo podía comer hielo picado. Claudia ponía hielo en una toalla y lo estrellaba con furia, zas, zas, contra la pared.

Su hermana no iba a vivir mucho más. Claudia y Mercedes fueron a la funeraria Goyozo para hacer los preparativos. Fue atroz. Claudia deseó que alguien hablara inglés para poder contar lo tremendamente empalagosa que era la señora de la funeraria. Mercedes y ella se dieron la mano en el asiento trasero pero no hablaron. Mercedes le gritó a Ceferino:

—*Oye*, llévanos a Sanborns.

Compraron esmaltes de uñas y perfumes, el *Vogue* francés, la revista *¡Hola!* y petisús de chocolate, tropezando como borrachas por los pasillos.

Sally estaba tan enferma que no podía moverse; Claudia dejó de salir por las mañanas. Veía a Ceferino cuando llegaba de acompañar a Sergio al colegio. Una mañana al entrar en la cocina lo encontró sentado, abatido.

—*¿Qué pasó?*

Ceferino movió la cabeza con consternación.

—*Del gozo al pozo.*

Salinas estaba reorganizando su gabinete. El ministro entraría «en campaña» para ser gobernador de un estado del sur. Se eliminaba el Departamento de Ecología, sustituido por el de Urbanismo, encabezado por Colosio, que sería el próximo candidato a la presidencia.

—Así que seguiré nada más hasta que muera la pobre señora, y después solo Dios sabe. Me enviarán a alguna oficina para archivar o sellar papeles. Doña Claudia, ¡yo, que nací para conducir! Mi hija Lydia ya ha perdido su trabajo de secretaria.

—¿No puede quedarse con Colosio?

—No. Se deshizo de todas las mujeres. Secretarias, telefonistas, mujeres de la limpieza. Dice que siempre causan problemas.

—A él, tal vez. Como es tan guapo.

—¿Hablará usted con el señor?

Justo cuando dijo eso, el timbre sonó tres veces. Significaba que Miguel, el señor, estaba subiendo a ver a Sally. Claudia entró a llevarle el hielo a su hermana y decirle que venía Miguel.

—Qué alegría —susurró Sally, y, cuando Miguel entró, sonrió y le dijo—: Ay, querido...

Claudia los dejó a solas.

Ceferino estaba sentado en el salón, algo que no había hecho nunca.

—¿Hablaste con él? —preguntó ella.

—Sí. Le dije: «*Señor licenciado*», dado que ya no es ministro, «por favor, piense qué va a ser de mí y de mi hija. Seguro que hay puestos para nosotros durante su campaña». Me dijo que esos puestos tenían que ser para los ciudadanos nacidos en ese estado. «Pero ¿después de tantos años, señor?», le pregunté. A ver si sabe lo que me contestó.

—¿Qué?

—Me contestó: «Así es la vida».

Sally murió poco después de aquel día, sin hacer ruido. Claudia la levantó para cambiarle las sábanas y la sintió ligera, como un manojo de huesos, como un ángel. Mercedes y Claudia se tumbaron junto a ella mientras lentamente dejaba de respirar y se quedaba fría.

Los días siguientes fueron borrosos, el largo velatorio de día y de noche, los rosarios, la misa. Centenares de personas que la habían querido. Claudia no sentía nada, pero seguía acercándose al ataúd a mirar a su hermana. En México no embalsaman a los muertos, los entierran enseguida. Con el paso de las horas, Claudia veía cómo la hermosa piel de su hermana empezaba a descolorarse y descomponerse. El dolor del duelo no le llegó con tristeza sino con una sensación de traición, de burla.

A partir de entonces pasaron días en la calle Amores arrastrándose sin rumbo, como zombis. Como esperaban la muerte, les pilló todavía más por sorpresa.

El timbre sonó tres veces. El señor. Se sentó con ellos a la mesa del comedor. Claudia le trajo café y agua. Todo estaba arreglado. Tenía que arrancar con la campaña, día y noche, en el sur. Era hora de que Claudia volviera a casa. Los chicos estarían mejor juntos, viajando. Aprenderían a llevarse bien.

Claudia regresaría a Oakland al día siguiente, los chicos se marcharían a París, Londres y Nueva York el día después. Pasarían el verano viajando, todas las reservas estaban hechas. Mientras estaban fuera, se reformaría el apartamento.

Mercedes y Claudia fueron a la cafetería Gitana, tomaron café con leche y *pan dulce*. Mercedes jamás cuestionaría una decisión de su padre, solo le preocupaba cómo manejar a Sergio y Alicia en Europa. A Claudia le preocupaba que el luto, la despedida de Sally, se obviara por completo. Y así fue. Meses después Mercedes la llamó a Oakland. «*Tía*, quiero subir y llorar contigo».

Aquel día tomando café, después de días y días sin dormir, se confesaron que aún no habían asimilado la muerte de Sally.

—En todo caso, me siento feliz —dijo Claudia—. ¿Entiendes lo que quiero decir?

—Perfectamente. Yo también. Me siento como cuando terminamos una película o un vídeo y están desmontando los decorados. Me siento bien. La cuidamos mucho, ¿no, tía?

—Sí, mucho.

Al día siguiente, cuando Ceferino y Mercedes fueron con Claudia al aeropuerto, Mercedes estaba arisca y enfadada.

—Le prometiste a mi madre que te ocuparías de nosotros, pero en realidad estás deseando volver a casa. Me tocará cargar siempre con esos mocosos.

—Les irá bien. Ya lo verás. Si no, volveré. Estás enfadada porque todo el mundo te ha dejado, y ahora crees que yo te abandono también. Pero siempre estaré contigo, *¿entiendes?*

Mercedes y ella se abrazaron, y luego Claudia abrazó a Ceferino. Los tres lloraban a lágrima viva. Mercedes se dio la vuelta y echó a correr por el vestíbulo del aeropuerto, con sus zapatos de tacón repicando en el suelo de mármol.

Este retrato de su vida cotidiana en Ciudad de México es también un estudio de caracterización del chófer de la familia, Marcelino (Ceferino), que a Lucia le recordaba a Sancho Panza por su tendencia a echar mano de un refrán con cualquier excusa («Hoy es lunes…, ni las gallinas ponen»). En una carta a una de sus amistades comentaba:

Marcelino nunca ha leído a Cervantes, prácticamente no sabe leer. Simplemente es Sancho Panza y habla como él. La verdad es que formamos una pareja la mar de estrafalaria, en nuestras excursiones diarias: a mí se me ve como un don Quijote grandullón y corpulento, batallando con la señora de la jícama, con el carnicero y con el frutero. A él le toca acarrear todos los bultos, agarrando las azucenas como una lanza hasta el coche. Mide metro y medio. Al principio insistió en regatear por mí, pero no podía evitar darse aires y pregonar que era chófer del PRI, con un coche presidencial. Cosa que, por supuesto, hacía que todo el mundo me ODIARA más que si fuera solo una gringa.

Apareció publicado en la revista *Sniper Logic*, n.º 4 (1996) y formó parte de la recopilación de relatos *Where I Live Now* (Black Sparrow, 1999).

Romance
(En la estela de Chéjov)

Caían copos de nieve mientras Morris y Sylvia se besaban en la escalera. Él abrió las dos cerraduras del portal de su apartamento en Riverside Drive. Entraron, sacudiéndose como perros mojados, riendo, besándose de nuevo en cada rellano mientras subían las escaleras hasta el cuarto piso. Dos cerraduras más y por fin estaban dentro, desnudos y haciendo el amor en la alfombra resbaladiza justo detrás de la puerta.

—No te vayas. No puedo soportar que te vayas otra vez —susurró Morris.

Ella hundió la cabeza en su pecho peludo.

—Hay tan poco tiempo. Duele demasiado decir adiós. —Estaba llorando, pero luego sonrió—. ¡Tengo la oreja llena de lágrimas!

Él le besó la oreja, lamiendo las lágrimas saladas.

—¡Corazón mío! —le dijo—. Cuando vivas conmigo, nunca tendrás lágrimas en las orejas. Te lo juro.

No os riais. Así es como habla la gente cuando está enamorada. Morris y Sylvia estaban muy enamorados.

Morris era profesor en la Universidad de Nueva York. Sylvia era logopeda en San Francisco. Ambos estaban divorciados, ambos tenían hijos de ocho años. Morris tenía un niño, Seth, y Sylvia una niña, Sarah. Ambos compartían la custodia con su ex. Ninguno de los dos ex permitía que los críos salieran del estado. Podríamos decir que el suyo era un romance de los noventa. En los años sesenta, la gente se divorciaba, la madre se quedaba con los niños, nunca recibía la manutención y no volvía a saber nada del padre. Ahora las parejas miran más por los críos. Morris y Sylvia eran buenos padres. Ninguno de los dos, por mucho que se quisieran, haría nada que disgustara a sus hijos, y nunca se plantearía abandonarlos.

Era doloroso porque se echaban mucho de menos, porque lo pasaban de maravilla juntos. Estaban hechos el uno para el otro, sin más. Se gastaban todo el dinero en billetes de avión y en llamadas telefónicas diarias de punta a punta del país.

La hermana de Morris, Shirley, y la mejor amiga de Sylvia, Cassandra, intentaron convencer a los amantes de que rompieran.

—Morris, sabes que creo que es fabulosa —dijo su hermana—. Y guapísima, además.

Cassandra dijo:

—Sylvia, sabes que lo adoro.

—Pero —dijeron ambas— simplemente no va a funcionar. Corta y sigue con tu vida. Conocerás a alguien aquí, que te querrá igual. Que quizá tenga más dinero. Cualquiera adoraría a esa criatura tuya, y a ti, por supuesto. Vuelve a tu vida normal y acaba con esta añoranza y este sufrimiento constante.

—No —le dijo Morris a su hermana—. No podría querer a nadie en este mundo como a Sylvia. Es la mujer más bella e inteligente que he conocido. Es valiente, es ingeniosa. Es tan fuerte. Es... ¡una pionera!

—No —le dijo Sylvia a Cassandra—. No existe un hombre tan maravilloso como Morris. Es íntegro y seguro de sí mismo. Es brillante, tiene talento. Me escucha y habla conmigo. Es... ¡Es mi héroe!

A decir verdad, cuando la aventura se prolongó a un segundo año, parecían más enamorados que nunca. Cada noche tenían largas charlas sobre los problemas y los progresos de sus hijos, sobre política, libros, películas y sobre la vida. Comentaban chismes de la familia y los amigos. Hablaban de su pasión y de su añoranza, que con el paso del tiempo solo iban a más.

Durante sus cinco o seis encuentros anuales nunca caían en esos silencios cómodos típicos de las parejas cuando se acaba la luna de miel. Había tan poco tiempo... Cinco días, una semana. Tenían demasiados sitios a los que ir, amigos que querían que el otro conociera. Tenían un millón de cosas de las que hablar. O estaban de acuerdo o discrepaban del todo. Incluso discrepar era estupendo, porque a los dos les encantaba pelearse. Y el sexo. Nunca tenían suficiente uno del otro. Entre hablar y hacer el amor, no dormían más de tres horas por noche.

Morris estaba aún tendido encima de ella sobre la fina alfombra. Entraba corriente por debajo de la puerta y el suelo estaba frío. Irían a darse una buena ducha caliente, donde estaban condenados a hacer el amor otra vez. Se echó a reír.

—Todavía tengo las llaves en la mano.

Sylvia suspiró.

—¿Sabes lo que me gustaría? Me gustaría tener las llaves de tu apartamento. ¿Puedo tener mis propias llaves?

—Sería absurdo. Siempre estoy aquí cuando vienes. No quiero perderte de vista ni un minuto. ¿Por qué ibas a querer unas llaves? Dios. Yo tengo cien llaves. Me gustaría deshacerme de todas.

—Porque en casa las miraría y vería las llaves de tu apartamento en Nueva York. Me sentiría conectada, comprometida. No sé por qué, pero haría que nuestra relación pareciera menos... precaria.

—Nuestra relación no es precaria. Es de lo único de lo que estoy completamente seguro en la vida —dijo él con solemnidad.

A él le tocaba tener a Seth unos días. Se lo pasaron bien los tres juntos. Fueron al planetario y al zoo del Bronx, hicieron el tour en barco alrededor de Manhattan. Seth y Sylvia a esas alturas ya se habían hecho amigos, estaban a gusto. Jugaron todos al parchís y al Monopoly, vieron *El corcel negro*. Cuando se fue, Seth le dio a Sylvia un abrazo cariñoso.

—Vuelve pronto, Tigridia.

—¿Tigridia? —preguntó ella.

—Oí que papá te llamaba así por teléfono.

—Ah, es verdad. Fue aquella vez que me mandó un ramo de lirios atigrados.

—Ay, Dios —dijo luego Morris—. No quiero ni pensar que le cuenta a su madre que te llamé «Tigridia». O que te mandé flores. Nunca le había mandado flores a nadie hasta que te conocí.

—No me digas. Qué horror. Pobrecito.

—Supongo que a ti los hombres siempre te han regalado flores, toda la vida.

—Sí. —Sonrió ella, sin mentir del todo.

El último día era siempre el peor. Se lamentaban de todo el trabajo que tendrían que recuperar. Las clases anuladas, las citas canceladas. Morris iba a hablar en serio con su editor, Sylvia daría una conferencia importante la tarde siguiente a las cuatro, luego iría a buscar a Sarah.

—Déjame ayudarte —le ofreció ella—. O no, tú trabaja..., yo leeré el periódico. Va, nos levantamos y te pones a trabajar.

—No. No te muevas. No quiero dejar de abrazarte nunca.

La besó en el cuello. Ella gimió.

Aquella noche cenaron en un restaurante tailandés. En lugar de volver en taxi a casa, caminaron en medio de la noche gélida y despejada, haciendo crujir al unísono la nieve fresca. Tenían las manos entrelazadas dentro del bolsillo de Morris.

Cuando llegaron a la puerta, él empezó a abrir las cerraduras.

—Espera —dijo. Rebuscó dentro de la chaqueta y le dio un juego de llaves—. Estas son tus llaves. Adelante, abre tú.

—¡Oh, gracias! —exclamó ella—. ¡Eres un cielo!

Sintió el corazón rebosante de ternura.

Se despertaron a las seis, agotados, con frío, doloridos y tristes. Él preparó café mientras ella se duchaba y hacía las maletas. Sylvia había insistido en que no la acompañara al aeropuerto. Tenía trabajo pendiente, y además era desgarrador. Tomaría un taxi. Él le dio cuarenta dólares.

—Gracias —dijo ella—. No tengo ni un centavo. Menos mal que Cassandra ha quedado en ir a recogerme.

Desayunaron una rosquilla con zumo de naranja mientras esperaban el taxi. Comieron en silencio, cabizbajos. Ambos deseaban que el taxi llegara pronto. Era ese momento horroroso después de decir «adiós» y «te quiero» cien veces y querían zanjarlo de una vez.

Morris le bajó las maletas y se las entregó al chófer, un hombre risueño de tez morena con un turbante rojo. Él aún iba en albornoz, así que le lanzó un beso desde la puerta.

Una vez en el taxi, Sylvia lloraba tanto que no se fijó en el tráfico ni miró por dónde iban. No entendía, y no le importaba, lo que le decía el conductor. Estaba muy triste. Al buscar más clínex en el bolso, palpó las llaves que le había dado Morris y se echó a llorar otra vez.

Cuando el taxi se perdió de vista, Morris apoyó la cabeza en el frío cristal esmerilado de la puerta.

—Adiós, mi dulce dulce Sylvia... —musitó.

Se dio la vuelta y corrió, jadeante, escaleras arriba. Se duchó y se vistió, preparó café. Se llevó una taza al escritorio y se puso frente a una pila de manuscritos, sacó punta a tres lápices y empezó a corregir los trabajos de sus alumnos. De vez en cuando miraba el reloj. A las nueve podría llamar a su editor, a las diez a su agente.

Morris leía con atención, riendo por lo bajo o maldiciendo, anotando comentarios en los márgenes con su letra firme y clara, pero aún tenía una buena pila de trabajos por leer cuando llamó al editor.

Una mala noticia inesperada. No les gustaba la nueva propuesta, no querían darle un anticipo. No importaba el anticipo, pensó, aunque le importaba mucho. Sería un buen libro, diez veces mejor que el anterior. ¡Qué fiasco! Estaba tan convencido de que iba a gustarles... La decepción lo dejó tocado, físicamente.

De pronto se sintió flaquear de la preocupación. Estaba muy endeudado. Dinero para los gastos de Seth, deudas de las tarjetas de crédito por los billetes de avión, las facturas del teléfono. Se había retrasado con el pago de la manutención de su hijo, que era desorbitante. Ay, Dios.

Tomó un poco más de café, comió otra rosquilla, esta vez con mermelada de albaricoque. El día anterior, como estaba Sylvia, se había saltado las horas de oficina y esa tarde tenía seis citas. Luego cenaría con Milo. Tenía temas muy urgentes que discutir con Milo sobre la reestructuración del departamento. ¿Dónde estaban las notas que había tomado? Ay, no, no seré capaz de habérmelas dejado en el despacho. Buscó en el maletín, frenético, encontró las notas y se enfrascó de nuevo en la lectura de los trabajos de los alumnos. Necesitaba desesperadamente una siesta. ¿Era demasiado mayor para Sylvia?

Sonó el teléfono. Mejor no contestar. Sabia decisión. El gimoteo nasal de su exmujer Zelda en el contestador.

«Morris, querido, estoy seguro de que estás ocupado tirándote a la Tigridia, o tal vez hayas salido de compras. Solo quiero recordarte que la cuota de la escuela y las clases de música de tu hijo están pendientes y que necesito dinero para alimentarlo y vestirlo».

Las diez en punto. Russell ya debía de haber llegado. Llamó a la línea directa de su agente.

—Sí. Esperaré.

Esperó, mientras seguía leyendo y tomando café.

Cuando Sylvia entró, Morris estaba hablando a voces, daba vueltas por el apartamento arrastrando el cable del teléfono.

—... posible hacer ese tipo de concesiones..., no, en absoluto..., iría en contra de la premisa básica del asunto. Seguro que tú... —Se quedó escuchando con la cara colorada, pero por fin reparó en Sylvia y la oyó decir:

—Morris. Morris.

Frunció el ceño, le hizo un gesto para que se callara, se dio la vuelta y habló con rabia por el teléfono.

—Cuento contigo para que le hagas entrar en razón. Espera un momento. —Miró a Sylvia—. ¿Qué haces aquí?

—He perdido el avión.

—No podías perder el avión. —Y por el teléfono dijo—: Te llamo luego.

—Morris, necesito sesenta dólares para el taxi.

—No puedes necesitar sesenta dólares. Son treinta y cinco, cuarenta con propina.

—Son cincuenta y cinco dólares. Cinco dólares no son gran propina. Necesito más propina. Bolsas grandes —dijo el hombre de la puerta que se parecía al otro taxista, pero solo porque también llevaba un turbante rojo.

—Por el amor de Dios.

Fue a buscar la cartera, pero solo encontró cuarenta. Quizá en la chaqueta. Sí. Pagó al conductor, que protestó:

—Qué mala propina. He esperado mucho rato.

—¿Cómo diablos perdiste el avión? ¡Saliste con dos horas de antelación!

—No me grites, Morris. No lo he hecho a propósito. Hubo un problema en la autopista. El conductor se perdió en Yonkers...

—Gran título.

—Intenté llamarte, pero tu teléfono comunicaba todo el rato, luego llamé al número equivocado y ya no me quedaba ni una triste moneda más. Así que, como una tonta, he venido aquí. Tengo mucha suerte de no tener que comprar otro billete.

—Así que habrá otro viaje en taxi. ¡Ciento cincuenta dólares en un día en taxis! ¿Cómo puede costarte cincuenta y cinco dólares llegar desde el aeropuerto?

—El taxista no sabía dónde estaba Riverside Drive, por eso. No puedo creer que estés ahí regateando por el dinero en un momento así. No llegaré para dar la conferencia. No llegaré para recoger a Sarah. A mi ex le encantaría quedarse con la custodia exclusiva. Dirá que esto demuestra lo irresponsable que soy.

—¡Eres irresponsable! No tienes noción del dinero. ¿Cómo puedes no llevar encima más que veinticinco centavos?

—¡Porque todo el dinero se me va en venir a verte! Y, créeme, Sarah y yo no vamos a obras de teatro ni a restaurantes como tú. Nos apretamos el cinturón. En un bloque de pisos de alquiler. ¡Visto con harapos!

—Tienes un apartamento precioso. Y yo no llamaría harapos la ropa de Ralph Lauren o Ann Klein. ¡Pobre cerillera!

—¡No seas condescendiente conmigo, capullo!

—No puedo creer que uses semejante expresión.

—Tal vez hasta ahora no había tenido la ocasión. A ver, ¿qué me sugieres que haga? No tengo dinero. No puedo conseguir un vuelo hasta medianoche. Mientras tanto tengo que llamar a casa. No te preocupes. Usaré mi tarjeta.

Morris la agarró de la mano y la atrajo para abrazarla.

—¡Cariño, es nuestra primera pelea! Perdóname. He tenido una mañana horrorosa, tengo tanto trabajo que hacer...

Ella sollozaba.

—Era importante de verdad asistir a esa reunión. Y a Sarah le disgustó que me marchara, y ahora tú actúas como si no quisieras ni verme.

—No llores, por favor, no llores. ¿Sabes cuál es el auténtico problema? Estamos los dos agotados. ¿Qué tal si te das un baño y te echas una siesta? Almorzaremos tarde, antes de que me vaya a las citas que tengo pendientes.

—¿Citas?

—Sí. He de ir. Llevo tres días sin dar clase ni pasar por el despacho. Hoy he de ir sin falta. Y he quedado con Milo para cenar.

—Ajá. ¿Puedo usar tu teléfono?

—Claro. Adelante.

Pero justo entonces el teléfono sonó. Era Russell, su agente.

—Ah, hola. Espera un segundo.

Morris llevó el teléfono al dormitorio y cerró la puerta. Sylvia no se lo podía creer. Siempre lo habían compartido todo. Vio el plato con media rosquilla y mermelada de albaricoque. Él nunca comía mermelada.

Escuchó, se dio cuenta de que ya había acabado de hablar. Lo encontró sentado en el borde de la cama y se sentó a su lado. Empezó a marcar, sin darse cuenta de lo abatido que estaba.

—Pensaba que al menos me preguntarías por el libro —dijo.

Ella colgó el teléfono y se quedó pensativa.

—Lo que me pregunto es por qué has esperado a que me fuera para averiguar qué tal iban las cosas con el libro.

—No lo sé. Quizá porque temía que fueran malas noticias y no quería estropear el encuentro.

—No querías que el encuentro conmigo interfiriera en tu vida. Qué tonta soy. Pensé que lo compartíamos todo. Perdona. Tengo que hacer unas llamadas.

Morris se obligó a ponerse a corregir los trabajos de sus alumnos. Cuando terminó de hablar por teléfono, Sylvia entró de nuevo en el cuarto donde él estaba trabajando. Se quedó de pie, esperando a que él se diera la vuelta, pero no lo hizo.

Finalmente, horas más tarde, terminó de trabajar y fue al dormitorio. Estaba en la cama, dormida, tapada con su albornoz. La besó en la mejilla, pero ella no se movió.

Cuando se despertó, él ya no estaba. Había cincuenta dólares sobre el escritorio y una nota. TENÍA QUE REU-

NIRME CON ALUMNOS. NO QUERÍA DESPERTAR-
TE. VUELVO A LAS CINCO. TE QUIERO, M.

Estaba nevando. Sylvia miró por la ventana. Sonó el teléfono. Lo dejó sonar, escuchó los mensajes.

«Morris, querido. ¿Por qué no contestas a mis llamadas? Por favor, despégate de Miss Anorexia o Tigridia o quienquiera que sea. Necesito el dinero de la manutención inmediatamente». Clonc.

«Qué hay, encanto. Soy Amy. Milo dice que os vais a reunir para renovar. Yo también tengo ideas, así que me pasaré por donde Enrico esta noche a tiempo para tomar brandi a gogó. ¡Chao!».

Aunque estaba a punto de desfallecer por el cansancio, Morris subió las escaleras de tres en tres cuando llegó a casa de la facultad.

—¿Sylvie?

Nadie contestó. No estaba. Había una nota garabateada a lápiz, debajo de las llaves de casa. NO VOLVERÉ A VERTE NUNCA MÁS.

En México dicen que el verdadero bautismo de un bebé ocurre cuando se cae por primera vez de la cama. El romance entre Morris y Sylvia empezó aquel día de nieve en Manhattan.

Mientras pasaba por un bloqueo creativo con la sensación de que tal vez no volvería a escribir «nunca más», y cansada de darle vueltas a su propia vida, este cuento fue otro ejercicio basado en los relatos de Chéjov. También es un experimento en el que quiso escribir una historia partiendo exclusivamente de la imaginación, sin nada autobiográfico. Como poco, sirvió para demostrar que sus relatos ganaban cuando se nutrían más de su experiencia vital, no cuando menos. Apareció publicado en la revista *First Intensity*, n.º 3 (1994) y formó parte de la recopilación de relatos *Where I Live Now* (Black Sparrow, 1999).

Una nueva vida

Si fuera posible vivir el resto de la existencia de alguna forma nueva… ¿Comprendes? Despertarte una mañana clara y tranquila y notar que has empezado a vivir de nuevo, que todo lo pasado ha caído en el olvido, que se ha disipado como el humo

CHÉJOV, *El tío Vania*

Por favor, nada de sugerencias como que me haga voluntaria de la Cruz Roja o que busque ayuda psiquiátrica.

Se me ocurrió contarle a mi amiga Marla que estaba al borde del suicidio. Tremendo error. Hace poco que es psicóloga. Intentó llegar a la raíz de todas esas frustraciones y obligarme a lidiar con la rabia. Yo no estoy enfadada con nadie. No puedo culpar a nadie más que a mí misma por haber sido una mujer y una madre espantosa, un desastre total. Tengo sesenta años y sigo en ese horrible puesto de recepcionista.

Es demasiado tarde para aprender nada nuevo. Soy una negada. No puedo conducir por la autopista o hacer un cambio de sentido sin una flecha, y si me responde un contestador automático me asusto y cuelgo el teléfono.

Simplemente estoy harta de mí y de mi vida. Y, claro, me da rabia no tener ni siquiera una amiga a quien contarle que me quiero matar sin que me suelte el rollo de la frustración.

Compré un manual de instrucciones para aprender a quitarse la vida. Qué libro tan deprimente. Hay un capítulo con maneras estúpidas de matarse que no funcionan, como meter la tostadora en la bañera. Te explica cómo sacarles a los médicos fármacos cada vez más fuertes e irlos guardando hasta que te den para hacer un caldo. El autor podría hablar de un té, o una infusión, pero ¿caldo? «Murió escaldada».

Para conseguir los fármacos indicados, has de ir una y otra vez al médico, e insistir: «No, no, sigo sin poder dormir». Eso significa que tienes un seguro y un trabajo que te deja tiempo para ir al médico una y otra vez. La paciencia para esperar, leyendo la revista del Smithsonian. La motivación para perseverar. Si tienes paciencia y motivación, es obvio que no estás al borde del suicidio.

A pesar de que el autor es muy específico sobre las dosis, recuerda que no hay que olvidar una cosa esencial: basta con meter la cabeza en una bolsa de plástico y ajustarla con una goma elástica. «La bolsa o la vida». «Murió tras una larga batalla con una bolsa de plástico».

Ahogarse accidentalmente es la única salida digna. Ir al lago Temescal y seguir nadando, pasando los juncos y los tordos alirrojos hasta perderte de vista, hasta perder el oremus.

No es que me preocupe tanto el futuro. Siento curiosidad, todavía. Es el pasado de lo que no me puedo librar y me golpea como una ola gigante cuando menos me lo espero.

Hacer la compra, por ejemplo. Recorro los pasillos de arriba abajo y charlo con la gente en la cola, bromeo con las cajeras. Es agradable, de verdad. Pero algunos días recuerdo cosas. Como cuando Terry y yo nos enzarzamos en una discusión y me duchó con la manguera para rociar las lechugas. Siento, por dentro, una punzada de nostalgia. O aquella vez que... Ay, Dios, podría seguir así todo el día. Los momentos buenos son tan difíciles de afrontar como los malos. La cuestión es que forman parte del pasado. Tal vez podría darme una vuelta por mi antiguo barrio en Oakland y presenciar un asesinato. Testifico, entro en el programa de protección de testigos y que me manden a Lubbock, Texas, con una nueva identidad.

Tengo dos hijos estupendos y tres nietos adorables. Jason es abogado penalista en Marin, y Miles es policía en Oakland. Marla dice que eligieron esas profesiones porque se criaron sin un padre, que se han convertido en las figuras de la autoridad que les faltó de niños. Sospecho que es a mí a quien quieren penalizar y arrestar.

Y sus parejas... Ojalá se hubieran casado con esquizo-frénicas o mujeres que no estuvieran a su altura. Me siento mezquina por quejarme porque ellas son perfectas. Y no es que estén obsesionadas con la perfección, son realmente encantadoras.

Alexis, la mujer de Jason, es arquitecta. Guapa, ingeniosa. Corre más de diez kilómetros al día, hace de voluntaria en bazares benéficos, les lee un cuento a los gemelos cada noche, incluso cuando da cenas de cuchillo y tenedor para doce personas. Amanda, la mujer de Miles, también es guapa, tierna y generosa. Es logopeda, cose su propia ropa, hace pan y macramé. Todos son buenos padres. Hacen cosas como escalar el monte Tam con sus hijos, ir a avistar ballenas y al Salón Lawrence de la Ciencia.

Siempre celebro Acción de Gracias y Navidad en mi casa, y ellos me incluyen en otras fiestas y pícnics, me sorprenden con pequeños obsequios. Llaman para saludar o para ver si necesito algo, y yo hago de niñera, les llevo libros y juguetes a mis nietos, que son encantadores.

Nos unen los lazos familiares. Yo soy la madre, la abuela. Aparte de eso, nuestras vidas no están conectadas. Pertenecemos a distintas generaciones, tenemos valores e intereses distintos.

Sin embargo, todos nos caemos bien. No es que no haya problemas... En realidad no los hay, más allá del hecho de que no soy esencial. Llevo el título de madre, abuela, empleada, pero en el fondo nadie me necesita.

Jason tiró los folios encima de la mesa.

—Esto es una nota de suicidio. Pura y dura.

—No puedo creer que se sintiera así. Debió de caer en una verdadera depresión clínica. Miles, te lo digo, está en el lago.

—Qué va. Ya sabes que para los cumpleaños o por Navidad nunca nos felicita sin más: escribe ocho páginas contando que el día que naciste fue un milagro y lo listo y ocurrente que eras a los dos minutos de venir al mundo, ¿a que sí? Si pensara matarse, habría escrito una carta larguísima. Dos cartas larguísimas, una para cada uno, diciendo que somos geniales y cuánto lamenta no haber tenido nada que ofrecer y habernos defraudado. ¿Sí o no?

Miles se desabrochó el botón del cuello del uniforme. Acababa de terminar el turno cuando Jason lo llamó desde el apartamento de su madre. Sirvió un café para cada uno. Jason, con un traje de Armani, se veía ridículo en el enorme sillón de mimbre, como un Huey Newton reencarnado, empuñando el paraguas violeta de su madre en lugar de un fusil automático.

—Entonces ¿dónde está? Por lo menos hace cinco días que ha desaparecido, y tres que no se presenta en el trabajo. Incluso si pensara ahogarse en el lago, habría llamado para decir que estaba enferma. Así es como era.

Se le llenaron los ojos de lágrimas, sorprendiéndose tanto como Miles.

—Eh, ¿a qué viene eso de que «era»? Lo único que sabemos es que aquí no está. Podría haber ido a dar un paseo, caerse y tener amnesia o algo así. Echemos un vistazo y comprobemos que no falta nada. Si pensara salir, ¿qué se hubiera puesto?

—Para empezar, se habría llevado el paraguas. Lleva una semana lloviendo.

Los hermanos revisaron la casa, los cajones y los armarios. No parecía que faltara nada. Había dos maletas polvorientas en el armario del pasillo. Jason andaba mirando por el escritorio cuando Miles llegó a lo alto de las escaleras.

—Su bolso de cuero no está, y tampoco aquel abrigo negro. Jason, la han secuestrado. Debió de ser en la calle, porque aquí no falta nada.

—¿Secuestrado? Bueno, quizá. Aquí están su chequera, sus tarjetas de crédito y la tarjeta del seguro, y el carnet de conducir.

—Incluso si pensara ahogarse, habría ido en coche hasta el lago. Y el coche está aquí.

—Si fuera para pedir un rescate, ¿no crees que nos habríamos enterado?

—¿Cómo voy a saberlo? Tú eres el policía. ¿Qué hacemos ahora? ¿Denunciamos la desaparición? ¿Ponemos su foto en los cartones de leche?

—¿La foto de mamá en un cartón de leche? ¿Te acuerdas de cuando estaba cortando cebolla y me blandió el cuchillo por beber a morro del cartón de la leche?

Los hermanos se rieron.

—Sí, pon la foto y un mensaje: «Millie Bradford, ahora desaparecida, advierte: *¡Usad un vaso! ¡No bebáis a morro del cartón!*». —A Jason se le cortó la risa en seco—. ¿Dónde puede estar, tío?

—No lo sé. Solo presiento que está bien. Pero debemos dar parte a la policía.

—Entiendes lo que significa eso, ¿verdad? Reporteros, voluntarios, carteles...

—Nada de televisión. Ni tú ni yo podemos permitirnos tanto escándalo. Demasiados chiflados ahí fuera. Tenemos que pensar. Necesito un trago.

Miles encontró coñac. Sirvió dos copas. Ya había intuido lo que a Jason le rondaba por la cabeza.

—Estás pensando que algún psicópata al que detuve o a quien tú metiste entre rejas la ha capturado.

—Es una posibilidad. Y que, si salimos por televisión, algún otro tarado podría decir: «Mira por dónde, ese es el tipo que me arruinó la vida. Voy a ir a por su mujer y a por sus críos».

—Te estás poniendo paranoico.

—Ha pasado. Podría pasar. A nuestras familias.

—Ya. Pero hay que dar parte. Tenemos que encontrarla.

—Llamaré a mi comisario, que venga para acá.

Cada uno avisó a su mujer de que llegaría tarde. Mientras esperaban al comisario, Miles preparó unos sándwiches de beicon, lechuga y tomate, y comieron en silencio. Masticando, Miles miró a su hermano con una sonrisa en los ojos. Era la primera vez en más de diez años que los dos estaban juntos a solas. Se sentían cómodos, a gusto. Jason le devolvió la sonrisa. Ni él ni Miles hubieran reconocido que en ese momento particular se sintieron bien.

Cada dos por tres, en el programa *Crímenes sin resolver*, ves que la gente se crea una identidad completamente nueva. Así que aquella curiosa coincidencia pareció un presagio.

Empecé a ordenar mis papeles y a tirar todo excepto las cosas que mis hijos pudieran querer. Cartas, recuerdos. Y me topé con la partida de nacimiento de Jennie Wilson. Jennie murió hace años, pero años antes de eso se quedó en mi casa mientras conseguía el pasaporte y un billete a Europa. Se dejó la partida de nacimiento, olvidada en un cajón. El día que la encontré fui a Tráfico y me saqué un nuevo permiso de conducir.

Con eso quizá no hubiera necesitado nada más. En un instante me convertí en Jennie Wilson. Una persona. No una trabajadora o una madre o una esposa o una hija, simplemente una persona, con el número de licencia N24367. El mero hecho de sujetar aquella tarjeta rectangular me hizo sentir que existía. Me había convertido en un individuo. Era alguien sin una vida anterior.

La sensación fue tan intensa que me di cuenta, vi claramente, que me había pasado la vida representando papeles creados por mí misma o por los demás.

¿Cómo podía salir de ese círculo vicioso? ¿Qué hábitos podía cambiar para no renunciar a esa maravillosa sensación de singularidad?

Al día siguiente avisé de que estaba enferma y no iría a trabajar. Desconecté el teléfono. Desayuné tacos y vi la televisión matinal, ni me vestí. No fue hasta aquella noche cuando me fijé en que tenía un mensaje en el contestador. Era una llamada de Boston, de alguien a quien no conocía, para informarme de que Elsa, mi amiga de la infancia, acababa de morir. Me había dejado un dinero en su testamento, dijo aquella persona, y recibiría un cheque.

Me sorprendió que me diera tanta pena. Llevaba sin verla una eternidad. De niñas habíamos sido muy amigas, con esa lealtad feroz que solo existe a los siete años, y mantuvimos la amistad toda la vida. Había sido mi primera amiga. Y era la última amiga íntima que me quedaba viva. Mis padres muertos, mis hermanos y mi hermana y todos mis parientes también desaparecidos. Elsa se cruzó en el camino de mi propia muerte.

Volví al trabajo al día siguiente, pero aún estaba muy triste. Los días se me hacían interminables; tenía que salir de allí. No seguiría mucho tiempo en este mundo. No podía pasarme el resto de mis días haciendo facturas de Medi-Cal y clasificando por códigos los diagnósticos y tratamientos médicos.

Pasé varias noches en vela, torturándome por haber desperdiciado todos aquellos años, por no tener nada que me diera un desahogo, nada que ofrecer a nadie. Nada, de hecho, que disfrutar.

Me obligué a dejar de comerme el coco y a intentar ver cómo podía cambiar las cosas. Una noche me quedé dormida de tanto llorar, cambiar parecía imposible.

Ya me había olvidado del cheque de Elsa cuando por fin llegó. Treinta mil dólares. Al portador. Me pasé casi toda la noche sentada en la cocina, con el cheque en la mano. Quizá me volví loca aquella noche, o me dio alzhéimer... No: lo que hice sencillamente no tiene explicación ni excusa.

Al día siguiente no fui a trabajar. Dormí hasta tarde, me duché, me vestí y fui al banco. No tuve que depositar el cheque para que me lo canjearan por otro a nombre de Jennie Wilson. Me había dejado la cartera en casa. Ahora lo único que tenía era la partida de nacimiento y el carnet de conducir de Jennie Wilson, doscientos dólares en efectivo y el cheque. Tomé el tren a San Francisco. Abrí una cuenta corriente a mi nuevo nombre. Me pedían toda clase de referencias e información, pero me limité a actuar como si estuviera senil y agobiada, farfullando y resoplando, para que no insistieran. Me registré en el hotel Continental, en pleno centro.

Las primeras horas estaba tan asustada que me quedé en mi habitación, mirando la calle. Quería llamar a Marla, pero tuve la sensatez de asumir que era la última persona a quien podía llamar. Me limité a observar a la gente desde mi ventana. Gente de todo tipo. En el mundo había una milagrosa infinidad de estilos, razas, clases, siluetas y peinados. Al final no me quedaría más remedio que mezclarme en la vorágine humana, así que cuando oscureció salí a la calle y caminé entre la multitud. Calle a calle en círculos cada vez más amplios, viendo la ciudad, viendo la cara de cada persona, como si nunca antes hubiera mirado realmente a mi alrededor. Me sentí exultante, viva, renacida.

Raworth, el comisario de policía, actuó con diligencia y transmitió confianza. Jason y Miles se fueron a casa con la tranquilidad de que se iba a hacer todo lo posible. Durante los días siguientes comprobarían todos los hospitales y las morgues, y se activó una alerta a ambos lados de la bahía. No había ninguna razón para meter a los medios todavía en el asunto, pero, si no la encontraban en unos días, deberían hacerlo público; era la única esperanza de dar con su paradero. O, si la habían secuestrado, seguramente para entonces ya tendrían alguna noticia.

Jason y Alexis fueron a cenar a casa de Miles y Amanda. No hablaron de Millie delante de los niños. Era interesante con qué actitud tan diferente se lo tomaban las mujeres en comparación con los hijos de Millie. Claro, por supuesto era su madre y los dos tenían miedo e inquietud, remordimientos. Debería haberse venido a vivir con uno de nosotros, etcétera. A las mujeres les preocupaba simplemente ella, estaban menos dispuestas que los hombres a creer en asuntos turbios. Temían que estuviera herida, inconsciente o incapaz de recordar dónde estaba.

Si Millie hubiese estado muy enferma o muerta, entre los cuatro se habrían dado consuelo y apoyo, pero, como nadie sabía nada con certeza, tenían arrebatos pasajeros de rabia y reproche, culpa y temor. Todos estaban a la defensiva, crispados, se contestaban de malos modos, eran secos con los niños.

—¡Silencio, estamos intentando hablar!

Al cabo de unos días quedó claro que no estaba en ningún hospital ni morgue de la zona. Nadie se había puesto en contacto con ellos. El comisario Raworth les dijo que debían avisar a los medios, que podrían ser de ayuda.

Fue peor de lo que nadie hubiera sido capaz de imaginar. Al jefe de Marla y Millie y los nietos les dolió y les molestó que nadie los hubiera avisado enseguida. Reporteros y cámaras se les plantaron delante de la puerta. Jason y Miles insistían en que no grabaran a las esposas y los hijos, y eso solo aumentó el halo de misterio. Veías a Alexis y Amanda corriendo de un lado a otro con los niños, tapándose la cara como criminales.

Jason, tenso y nervioso, manejaba las entrevistas y las declaraciones, normalmente desde el porche de su casa. Más una marquesina con columnas que un porche. Como cabía esperar, a los medios les gustó la idea de un plan de venganza. «¿Alguno de los dos ha recibido amenazas por parte de delincuentes a los que metieron en la cárcel?». Se hizo una cobertura especial sobre los «capos de la droga» y «jefes del hampa» a los que ambos habían contribuido a condenar. ¿ACTUARON LOS HERMANOS BRADFORD CON DEMASIADA MANO DURA CONTRA EL CRIMEN?, preguntaba uno de los titulares.

No podían cambiarse el teléfono por si Millie intentaba ponerse en contacto, así que les tocó atender las predecibles llamadas de chalados que amenazaban a sus mujeres e hijos, las de seis sujetos distintos que afirmaron haber asesinado a Millie. Amanda y los gemelos llegaron a casa llorando del supermercado. La cajera le había comentado al hombre que tenían delante en la cola que Jason y Miles se parecían a los hermanos Menéndez, solo que mayores.

—A mí me da en la nariz que son culpables, desde luego —dijo el hombre—. ¿No ves qué pintas tiene la anciana? Vaya una arpía. Dicen que el principal sospechoso siempre es alguien de la familia.

Aun así, los niños disfrutaron del revuelo. Sus padres en la tele, e incluso a ellos se los veía de refilón. La fotografía de la abuela en los postes de teléfono, en Walgreens. A sus madres las indignaba no poder dejarlos ir andando solos a la escuela o al centro comercial o al parque. Como no sabían qué había pasado, en realidad no lloraban ninguna pérdida. Estaban desesperadas por saber, por seguir con sus vidas. Las mujeres se unieron. Ambas sentían que sus maridos sobreactuaban, desatendiéndolas a ellas y a los críos. A los maridos les dolía que sus mujeres fueran tan insensibles y les importara tan poco la seguridad de sus hijos, aunque también era cierto que las habían protegido de la obscena realidad de las amenazas telefónicas. Tres veces en tres días les pidieron a Jason y Miles que fueran a identificar cadáveres que nadie había reclamado. Ninguno era el cadáver de Millie, pero alguien había matado a cada una de aquellas mujeres.

El segundo día fui a cortarme el pelo, me hice la permanente y me teñí de rojo caoba, y pedí que me tiñeran de negro las cejas, casi blancas ya. Me veía completamente irreconocible, o sea que los demás tampoco me reconocerían. Me di cuenta de que hasta entonces había sido una anciana con «buen porte». El pelo canoso en un moño, sin maquillaje. Chanclas en verano, botas en invierno. Lana y algodón. Ropa cómoda, clásica. La «comodidad» es lo mismo que el «buen porte». Un aburrimiento.

Me compré un vestido de punto rojo vivo, uno verde, uno azul, zapatos con tacón de cuña, trajes pantalón con cintura y hombreras, botones dorados. Colorete y sombra de ojos verde. Perfumes Passion y Opium. Iba y venía del hotel a las tiendas de Union Square. En el último viaje de regreso, hice algo que no había hecho nunca: entré sola en un bar.

Eran las cuatro de la tarde y había pocos clientes en el Beachcomber.

—¿Qué hace una chica como tú en un sitio como este? —me preguntó el camarero con una sonrisa.

Le sonreí y pedí una copa de vino blanco. Me dijo que se llamaba Hal, y me presentó a Myron y Greg, dos hombres mayores que estaban sentados juntos. Un poco desaliñados, con trajes raídos de poliéster y gorras de béisbol de los Giants, pero eran gente maja, respetuosos, ambos comerciales jubilados, ambos viudos. Les dije que también era viuda, maestra de escuela jubilada que estaba de visita desde Montana, pensando si mudarme allí.

En un momento dado Greg salió a comprar el *Examiner* y Myron fue al aseo. Le pregunté a Hal el camarero si eran caballeros decentes.

—¡Huy, desde luego que sí, mujer! —dijo—. Por eso mismo se los he presentado. Me he dado cuenta enseguida de que usted es una señora, y nueva en la ciudad, no de las que frecuentan los bares. Pensé que se encargarían de echarle un ojo. A nosotros, los camareros, se nos da bien juzgar a la gente, ya sabe.

Pasé el día siguiente visitando el barrio chino y el viejo puerto de los pescadores. Al volver al hotel me puse el vestido rojo. Me encontré con mis nuevos amigos en el bar Beachcomber a las cuatro. Cenamos temprano en el Hofbrau, donde ellos comían todas las noches. Después fuimos al cine a ver la película *Esposa por sorpresa*, con Goldie Hawn. A los tres nos encantó.

Me invitaron a tomar una última copa, pero después de la caminata por el puerto solo me apetecía irme al sobre. Tenía demasiado sueño hasta para pensar en lo que iba a hacer.

Por la mañana tomé un desayuno estupendo en Sears. No se mencionaba mi desaparición en el periódico. Ni siquiera me habían echado en falta, pensé, y eso era deprimente. Intenté concentrarme en mi futuro. ¿Debía buscar trabajo? ¿Un piso? ¿Escribir a mis hijos? No, todavía no. Quería ser Jennie Wilson un poco más. No pensar en nada más que a dónde ir ese día. Al acuario Steinhart y el jardín de té japonés. Estábamos a principios de la primavera, la época del rododendro y la azalea. Me había reservado los Jardines Botánicos para dedicarles un día entero.

Amanda y Alexis almorzaron juntas en el café Chez Panisse. Aquel episodio las había unido mucho, igual que a sus maridos, aunque por desgracia tenía a las mujeres enfrentadas con los hombres.

—Esto es peor que gastarse más de la cuenta en un funeral o un regalo de bodas. ¿Una recompensa? Jason dijo que «quedaría mal» ofrecer solo diez mil dólares. Vamos, hombre. Conseguiré un sabueso y la encontraré por cinco mil. Diez mil es un dineral. No se lo digas, pero estoy harta de este asunto, harta. Apenas tenemos un colchoncito ahorrado.

—Bueno, me sabe mal porque tendréis que ponerlo todo vosotros. Nosotros no tenemos ahorros, ni nada de crédito. Pero entiendo que sientan la necesidad de hacerlo, no se lo perdonarían si no lo hicieran. No creo que se estén dando cuenta de que quienquiera que la tenga retenida va a pedir mucho más. En fin, la última vez que oí algo hablaban de veinte mil dólares.

—¡Dios! ¡También te digo que, si alguna vez me secuestran, me sentiré insultada si Jason solo ofrece por mí veinte mil dólares!

Se tomaron una segunda copa de vino, pidieron calzone y ensaladas. Se las veía relajadas. Estaban guapas, animadas, con la camaradería que tienen las mujeres cuando despotrican de sus maridos.

—Vaya, es que antes pasaban semanas y semanas sin que se le ocurriera pensar en ella. ¡Y ahora está a todas horas recordando detalles insignificantes, como las guirnaldas de papel rojas y verdes que hacía por Navidad, o que decía «Au contraire!» a todas horas.

—¡Igual que Miles! Se le llenan los ojos de lagrimones, y le pregunto: «Cariño, ¿estás bien?», y me dice: «Sí, solo pensaba en mi madre».

—En fin, quizá haya ocurrido algo horrible, o quizá esté muerta quién sabe dónde, pero, como no lo sabemos, parece que no acabo de llevarme el gran disgusto, y él cree que soy insensible. Me acusa de que nunca me ha caído bien.

—¡Exactamente lo mismo que nos pasa a mí y a Miles!

—Es porque se criaron sin un padre. Siempre se sintieron responsables de ella, así que ahora creen que es culpa suya. He intentado hablarlo con Jason, pero se pone hecho una furia conmigo.

—¡Ay, ya lo sé! —Amanda le apretó la mano a Alexis, reconfortándola—. Imagínate a Miles cuando sugerí que a lo mejor no han secuestrado a Millie, que tal vez pensó: «Qué demonios, es hora de seguir mi camino», y se largó. Se subió a un tren y se fue a Tijuana. ¿Por qué no? Se puso casi histérico porque se me ocurriera semejante disparate, que pudiera abandonar a sus nietos. ¿Compartimos un postre?

—No, no soporto esa costumbre. Quiero un budín de pan para mí sola.

—¡Diez dólares por un budín de pan! Ya sé por qué lo pides. ¡Millie siempre lo hacía! —Amanda se echó a reír.

Alexis bajó la cabeza.

—Seguramente es verdad, ¿sabes? Lo peor de todo es que la echo de menos. Caray, estoy preocupada.

—Y yo también. La quiero mucho, ¿tú no?

Las dos mujeres se apretaron la mano de nuevo y se miraron a los ojos con compasión. Acabaron de tomar cada una su postre y un capuchino en relativo silencio. La carpeta de cuero con la cuenta estaba encima del mantel blanco. Al lado había un papel doblado.

Alexis metió la Visa en la carpeta y desdobló el papel, que era una página de una agenda, de mediados de mayo. Con un rotulador mágico negro alguien había garabateado: «¿Os alegráis de haberos librado de la abuela? ¿Qué os parecerá cuando me lleve a vuestros hijos?».

Hal preparó whiskies con cerveza para Myron y Greg. Vieron la *Crónica de sucesos* durante un rato, uno de esos programas donde todo el mundo sale con la cara borrosa para que sepas que todo es verdad.

—Entonces ¿cómo está nuestra encantadora nueva amiga? —les preguntó Hal.

—Es un encanto, esa es la verdad. No habla demasiado, no bebe más de un par de copas de vino, a las ocho está que se cae de sueño.

—¿Ya la tenéis calada?

—Todavía no —dijo Myron. Hizo un gesto para que le pusiera otro chupito, como un jugador pidiendo otra carta.

—Lo único que sabemos es que es de Montana, pero no tiene ni idea de dónde está Butte. Toda la ropa que lleva está recién estrenada, y nunca menciona una palabra sobre su vida.

—¿Huye de la justicia?

—No..., es toda una dama. Otro tipo de problema.

—Ahí es donde entramos nosotros. La ayudaremos a solucionar sus problemas. —Greg dejó escapar una de sus carcajadas resollantes—. Nuestra especialidad, ¿eh, Hal?

—Sí, muchachos, vosotros ocupaos de la pobre vieja.

—Pobre no es. Eso lo sé.

Disfruté de un día precioso en el Museo De Young y los Jardines Botánicos. Fue agotador, sin embargo, así que cuando volví me eché una siesta, y fui más tarde que de costumbre al Beachcomber. Todo el mundo estaba viendo las noticias de las seis, ¡y de pronto aparecieron mis hijos! Jason y Miles salían tan guapos y preocupados... Incluso mi jefe, el señor Harding, parecía triste; dijo que debía de tratarse de algo turbio, porque no había llamado. Que era la empleada más responsable que había tenido, y dicho esto mostró una fotografía mía.

—¡Que miren en el maletero del coche! —soltó Myron—. A esa viejecita se la han cargado los hijos, seguro.

No pude ni acabarme el vino. Les dije que me encontraba mal y volví corriendo al hotel.

Durante los tres o cuatro días siguientes no hice nada más que ver las noticias y leer los periódicos. Dios, Dios, qué lío había montado. Les preocupaba que me hubiera secuestrado alguno de los delincuentes a los que Miles había arrestado o Jason había llevado a juicio. Les preocupaba que hicieran daño a los niños, a aquellas adorables criaturas. No se me ocurría cómo salir de semejante atolladero. Me sentía tan avergonzada... Sabía que debía llamar y decirles que estaba bien, nada más. No me atrevía. Me odiarían con toda su alma. Me harían volver a casa.

Arrestaron a un chico hispano muy guapo que había estado preso. Alguien dijo que lo había visto en mi barrio. Iba con el mono naranja y esposas. Entonces en el Canal 4 apareció Jason en la puerta de atrás de su casa diciendo que ofrecían una recompensa de veinte mil dólares. Ay, Dios, Dios...

Me pasé varios días sin hacer otra cosa que llamar al servicio de habitaciones y ver las noticias y las comedias y los debates y los programas de sucesos y las noticias de madrugada.

Llamaron a la puerta. Ay, Dios, Dios. La policía. No contesté. Llamaron de nuevo, más fuerte.

—¡Jennie, somos nosotros! Myron y Greg. Déjanos entrar.

Abrí la puerta.

—Jennie, qué mala cara tienes. ¿Estás enferma? Nos tenías preocupados.

—Me parece que hay algo más —dijo Myron—. Has estado llorando. Traíamos unas latas de daiquiri y un poco de queso y galletas saladas. Sentémonos aquí, Greg, y veamos si podemos hacer algo para ayudar a esta damisela.

Al principio solo quería que se fueran de mi habitación, pero tomé un poco de queso y galletas saladas y varios daiquiris, y entonces me pareció una suerte tener a alguien con quien hablar, y el alcohol me calmó tanto después de aquellos días y noches horribles... Antes de darme cuenta les solté la vergonzosa historia, del sufrimiento y la preocupación que le estaba causando a todo el mundo, y de que no veía ninguna salida.

Myron y Greg me escucharon y se mostraron muy comprensivos, sobre todo con aquello de empezar una nueva vida. Me contaron que los dos habían hecho lo mismo, solo que no tenían una familia que pensara en un secuestro. Entonces dijeron que iban a comprar algo más de beber y comida china, y que para esa noche tendríamos una estrategia.

Por lo visto en ese rato, mientras estaban fuera, planearon todo el tinglado: al día siguiente iríamos a una cabina telefónica y llamaríamos a Jason o Miles. Myron pediría cien mil dólares si querían volver a verme sana y salva, y quedaría en llamar al día siguiente con instrucciones. Yo me pondría al teléfono para decir que estaba bien y que no se preocuparan, pero que me matarían si no les daban el dinero.

Esa tarde me atarían las manos y me amordazarían con cinta adhesiva para que me quedaran marcas. Quizá me golpearían un poco para dejarme un moretón en la mejilla. Por la noche me dejarían en un taxi al sur de Market. En cuanto el taxi se fuera, yo echaría a correr gritando como una posesa hasta que encontrara a un policía. Les contaría que había conseguido escapar de mis secuestradores. Como me vendaron los ojos no podía saber dónde había estado. Diría que me habían disfrazado, y que ellos siempre iban con pasamontañas para que no pudiera reconocerlos.

Al día siguiente acabaríamos de pulir todos los detalles. Yo no sabía cómo darles las gracias, y cuando se fueron dormí como un bebé por primera vez en mucho tiempo.

Jason contestó el teléfono en su despacho. Una voz amenazante preguntó si era el hijo de Millie y él dijo que sí, mientras pedía por señas y como loco al policía del otro lado del escritorio que rastreara la llamada.

—Estoy llamando desde una cabina telefónica en el barrio de Haight-Ashbury. Sé dónde está tu madre. Conozco a sus secuestradores, pero no quiero que se enteren de que he dado el chivatazo. Quiero el dinero de la recompensa, los veinte mil, sin preguntas. Puedo llevarte hasta ella antes de que vuelvan los secuestradores. Pero no quiero involucrarme en ningún sentido.

—¿Qué quieres que haga?

—Ven a la cabina que hay en la esquina de Haight y Cole. Habrá un papel pegado en el teléfono con su dirección y su número. Llama a ese número una vez y cuelga, y luego vuelve a llamar. Así sabrás que está bien. No le digas ni una palabra, o el trato saltará por los aires. ¿Has entendido? Simplemente ve a esa dirección y la encontrarás allí bajo el nombre de Jennie Wilson. O sea, estará allí si, uno: dejas un sobre con el dinero en la cabina telefónica. Y si, dos: vas solo. Si no cumples, se anula el trato. Los tipos que se la llevaron volverán mañana, y tendrás que pagarles. Es una elección sencilla, o veinte mil o cien mil.

Myron y Greg vigilaban desde la ventana de la lavandería de Haight Street.

—Ahí está. Es el hijo fiscal del distrito, en la cabina.

—Sí, y mira quién está al otro lado de la calle con otros dos tipos. El hijo policía, en un coche camuflado.

—Entonces ¿qué te parece?

—Esperamos. La ropa aún ni ha empezado el aclarado, de todos modos.

—Te diré lo que me parece a mí. El secuestro es un delito grave.

—Te diré algo más. Se ha ido. Ha dejado el sobre, pero el hermano todavía está ahí vigilando. Cuatro polis. A ver, ¿hemos cometido algún crimen, por ahora?

—Supongo que no. Pero me temo que podrían trincarnos por tentativa de cometerlo.

—¿Y si nos vamos en el próximo autobús al centro y cogemos un Greyhound a Reno?

—No sé... Nunca he abandonado mi ropa en la lavandería, Myron.

—Creo que está drogada, o borracha —dijo Jason, mirándome desde arriba—. Dios, qué pintas lleva, parece una tabernera.

—¡Yo la veo sensacional! —dijo Amanda.

—Tiene algún tipo de shock. Han debido de maltratarla. —Alexis me dio unas palmaditas en el brazo.

—Todavía no te das cuenta. No la secuestraron. Ha estado aquí de pindongueo mientras nosotros nos moríamos de preocupación. Aguantando amenazas, en un puto estado de sitio —dijo Miles—. Dios, ma, ese pelo rojo rizado te queda horrible. ¿Sabes todo el jaleo y la angustia y los gastos que has causado? ¿Te haces una idea?

—¡No la ataquéis! —dijo Alexis—. Ha sufrido algún tipo de crisis posmenopáusica, nada más. No creo que fuera consciente de cómo nos sentíamos.

Asentí, agradecida, con los ojos llenos de lágrimas.

—Solo quería huir —dije—. Si se lo hubiera contado a alguien, no habría sido una huida.

—¿Huir de qué? —preguntó Jason—. O sea, no te ha ido tan mal en la vida. Podría hablarte de gente a la que le ha ido mal de verdad, si quieres. Caray, todos queremos huir, cada día. A todo el mundo en este mundo le gustaría huir. Y si no lo hacen es por respeto a los sentimientos de los demás.

Alexis me pasó el brazo por los hombros.

—¿Opium? —olisqueó—. Millie, espero que nunca hayas pensado que no se nos rompería el corazón si no formaras parte de nuestras vidas. Todos nos alegramos de que vuelvas a estar sana y salva con nosotros.

—¿Alegrarnos? Siento que estoy recibiendo a una boa constrictor.

Alexis fulminó con la mirada a Jason, que le lanzó la misma mirada asesina. Miles y él se estaban enfadando por momentos. No entiendo por qué las mujeres no estaban enfadadas conmigo, con el miedo que habían pasado por sus hijos y todo. En cambio, fueron comprensivas, más cariñosas conmigo que antes, a decir verdad.

Miles siguió.

—Solo de pensar en mi madre, vestida como una cualquiera, levantándose a unos degenerados en un antro como el bar Beachcomber... Menos mal que no se quedaron con nuestro dinero.

—Bueno, pues da gracias. No se lo quedaron —dijo Amanda.

—Gracias por ofrecer esa recompensa —dije. Me gustaría saber si mis amigos realmente llegaron a plantearse coger ese dinero y solo se asustaron.

—Vamos a hacer como si nada de esto hubiera pasado —le dijo Amanda a Miles—. A partir de ahora sabremos comunicarnos mejor. Millie, de haber sabido cómo te sentías, hubiéramos podido mandarte en un crucero del amor, como en *Vacaciones en el mar*.

Me eché a llorar. No pude contenerme.

—¿Crucero del amor? Buaaa, buaaa, buaaa. —Lloraba, lloraba sin parar.

Los cruceros del amor eran el tipo de cosas de las que quería huir. Prefería estar en el bar Beachcomber. Echaba de menos el Beachcomber.

—Vamos a dejarla tranquila, mañana volvemos —dijo Amanda.

—No creo que deba estar sola. Debería quedarse en casa de uno de los dos.

—¡En la mía, no! —dijo Miles.

Alexis me dio unas palmaditas en la mano.

—Recoge lo que necesites y vente a casa con nosotros.

Nos abrimos paso entre la multitud que había delante de su puerta para poder entrar. Sonaba el teléfono cada vez que se paraba el contestador.

—Lleva así desde que te marchaste —comentó Alexis. Y eso fue lo más cerca que estuvo nunca de un reproche, angelito.

La ayudé a preparar la cena mientras Jason hablaba fuera con los reporteros. Los gemelos no querían acercarse a mí, pero no dejaban de mirarme.

Dos de las llamadas eran del señor H., mi jefe, y de Marla. No sabía si alguna vez me atrevería a hablar con ellos.

Se me ocurrió pensar que tal vez nadie esté realmente loco: la gente decide volverse loca para eludir las responsabilidades. Contemplé la idea de actuar como si estuviera catatónica o desquiciada para que me encerrasen hasta que todo pasara al olvido, pero de alguna manera sabía que, si alguna vez me encerraban donde fuese, nunca más saldría.

Alexis me hizo sentir cómoda, me puso unas sábanas planchadas y un ramo de tulipanes. Y, de todos modos, me alegraba estar en casa.

Otro ejercicio de escritura inspirado en Chéjov, aunque esta vez es todo inventado salvo el personaje principal y su dilema, que están muy cerca de la vida de la propia Lucia en aquella época. Se sentía fracasada como esposa y como madre, y tantos años escribiendo le habían dado pocas recompensas o reconocimientos. Apareció publicado en la revista *Exquisite Corpse*, n.º 50 (1994) y formó parte de la recopilación *Where I Live Now* (Black Sparrow, 1999).

Suicidio

El tiempo hiere todas las curas

GROUCHO MARX

Dieciocho años. Todavía estás aquí. O acabas de estar aquí, lo sé. O estarás ahí cuando llegue.

Este mes las azucenas estaban en flor. Macizos y macizos de flores rosadas, borrosas bajo la lluvia, justo en la entrada de la autopista por encima del hotel Claremont. Florecen dos veces al año, una en invierno y otra en agosto, el 19 de agosto, cuando moriste.

Una vez bebimos y nos peleamos toda la noche. Intenté romper contigo. Era todo delirante, enfermizo. Nosotros lo éramos. Por la mañana me llevaste al colegio de Oakland donde daba clases. Ninguno de los dos dijo nada. Cuando pasamos con el coche junto a las azucenas nos quedamos sin aliento.

—Son preciosas —dijiste.

—Son la única belleza en mi vida ahora mismo —murmuré.

A la mañana siguiente, cuando pasé en coche para ir al trabajo vi que las habían arrancado, no quedaba ni una sola flor. Nunca lo hablamos. Meses más tarde te pregunté si querías ir al lago Anza. Es precioso en primavera.

—No —dijiste—. A mí nunca me gustó la belleza.

Durante años usé mi remordimiento para seguir bebiendo, para que encendieran las sirenas y me dieran sábanas limpias y Valium. La seguridad de la camisa de fuerza, las correas. Usaba el dolor que me causaste para esconderme de todas las otras muertes hasta que al final me perdoné para seguir con vida.

A ti no, no te perdonaré nunca.

Una especie de coda al relato «Manual para mujeres de la limpieza», que originalmente iba a titularse «Nota de suicidio» y que escribió en 1975 tras la prematura muerte de su novio, Terry. Esta pieza es un recuerdo escrito dieciocho años después. Apareció publicado en la revista *Sniper Logic*, n.º 2 (1994).

Artículos y ensayos

Yo soy lo que soy...

Soy tan caótica que no sé ni cómo pronunciar mi propio nombre. Mi madre me llamaba Luchía, mi padre insistía en que me llamaran Lusha, una constante batalla durante toda mi infancia, que se apaciguó un poco cuando nos fuimos a vivir a Sudamérica y todo el mundo me llamaba Lu-siii-a.

A mi segundo marido le gustaba Lusha, así que todo el mundo que me conoció en aquella época (un montón de gente) me llamaba Lusha.

Mi tercer marido (¿vas pillando la idea?) me llamaba Lucía, y vivíamos en México, así que los demás también.

Cuando trabajé de operadora de guardia en una centralita, me dio por pronunciarlo Luchíí-a, con la teoría de que si alguien llamaba preguntando por ella podía decir que no estaba.

Soy todos esos nombres. Me gusta que me llamen Lusha porque significa que hay una larga amistad, pero Lucia me aleja de mi infancia. A la gente le da rabia, de todos modos... ¿No ha leído todo el mundo a Dostoievski? A veces soy Dmitri, a veces Misha.

Cocino desde hace muchos MUCHOS años, pero TODAVÍA no he aprendido cuál es la diferencia entre la batata y el boniato. Sea cual sea la que he cocinado esta noche, no es la que prefiero. ¿Cuál es la de color naranja, por Dios? Siempre que me planteo este Profundo Dilema, pienso en Popeye diciendo: «Yo soy lo que soy», y en que siempre nos quedará Shakespeare: «Ser o no ser, he ahí la cuestión».

Y en cuanto a la pronunciación. Todo es culpa de mi madre. No aprendí a decir bien el nombre de la salsa Wor-

cestershire hasta que tenía veintiún años y sufrí una humi-
llación total. No creo que mi madre supiera pronunciarlo
bien, tampoco. La llamaba Jake Erlich (Jake Erlich era un
gigante que vivía en El Paso) porque el frasco era mucho
más grande que los de la sal y la pimienta. Y mis pobres
hijos también la llamaban Jake Erlich. Y me temo que aún
la llaman así.

De una carta a su amiga Jane Wodening. Publicada en la revista
Square One, n.º 3 (2004).

Recordando a Max

Cuesta hacerse a la idea de que hoy no va a venir. El calendario dice ¡MAX, QUERIDO! Nos pegamos una buena charla la semana pasada. Me alegra que lo último que nos dijimos fuera «te quiero».

Cuando Mark tenía seis meses más o menos (1957) estábamos dando un paseo al anochecer. Yo lo iba empujando en su cochecito. Primavera en Albuquerque, lilas y cuervos. Un anciano que tenía un cartel de neón en el porche, PAZ EN LA TIERRA, salió y gritó: «¿Qué le pasa a ese niño en los pies?». Nada, le dije, pero él seguía insistiendo en que sus dedos apuntaban hacia dentro y eso se tenía que mirar. Un barbudo simpático se unió a la discusión, defendiendo los pies de Mark, incluso le quitó los patucos, le flexionó los dedos, etcétera. El anciano resultó ser Clyde Tingley, un millonario que gastaba su fortuna en hospitales infantiles. A Mark no le pasaba nada en los pies. El desconocido resultó ser Max, que nos acompañó a casa, y me contó cuánto echaba de menos a su bebé, Rachel. Entró y, como suele pasar con los desconocidos, me habló entonces de Julie, la mujer de la que estaba enamorado. Cuando llegó Paul llevamos a Max a casa de Buddy y Wuzza, donde se alojaba. Alcancé a verlos por la ventana de la cocina, parecía la escena improvisada de una película. Me recordaron al hermano y la hermana de *Les enfants terribles*. Tardaría años en conocerlos, igual que a Julie, cuando vino a Santa Fe casada con Manny Duran. Le leí la mano, se quedó impresionada. Le conté cosas que era imposible saber, probablemente aún piensa que soy una bruja.

Mi recuerdo favorito de Max es en New Buffalo, Míchigan, a principios de verano. El estado había enviado quinientos olivos rusos enanos de apenas un palmo de altura. Nadie lo ayudaba, pero allí estaba él, en el borde del campo, plantándolos uno a uno. La última vez que lo vi fue en la calle Catorce Este. Y, bueno, se hacía querer.

El poeta Max Finstein era un viejo amigo de Lucia, antiguo compañero de Race Newton y Buddy Berlin en la universidad (el segundo y el tercer marido de Lucia), con quienes había compartido habitación en Harvard en los años cuarenta. Resulta de lo más extraño que Lucia lo conociera por azar en una calle de Albuquerque mientras todavía estaba casada con Race, y que a raíz de eso casualmente viera por primera vez a Buddy con su primera mujer, Wuzza. Más adelante rescataría esta anécdota en un relato más largo sobre las vidas cruzadas de ambos maridos titulado «Melina», que apareció recogido en *Manual para mujeres de la limpieza*. Max se inició en la efervescente escena del jazz en los años cuarenta, fue un bohemio genuino en los cincuenta, y uno de los primeros hippies en los sesenta, además de uno de los fundadores de la célebre comuna de New Buffalo, en Taos. Murió en 1982. Publicado junto con otros tributos a Max en *Rolling Stock*, n.º 3 (1982).

Recordando a Richard Brautigan

Coincidí muchas veces con él ¡y nunca se acordaba de que nos conocíamos! La primera vez fue justo antes de que publicara *La pesca de la trucha en América*, en el rancho de William Eastlake, en Nuevo México. Eastlake quería que conociera a un brillante escritor novel. Recuerdo que ese libro me deslumbró. Es raro cómo pasó de moda. Más raro es que en cualquier momento se pondrá de moda otra vez. Me lo encontré años después, en Bolinas, con Bob Creeley, y de nuevo más tarde en San Francisco con Ed Dorn. Me entristeció que no se acordara de mí, porque habíamos pasado una tarde maravillosa en Bolinas. Me dio un manuscrito de uno de los primeros libros de Jim Harrison, *Un buen día para morir*, y estuvimos hablando horas y horas de Montana, de libros, etcétera. Creo que nunca leyó mi obra y creo que, simplemente, yo no era su tipo. Volví a encontrarme con él más tarde, en un bar de North Beach, pero estaba borracho y hostil.

Nuestro último encuentro fue genial. Yo iba paseando por San Francisco con una mujer que se llamaba Marta. Una amiga mía, que era miembro del gabinete en el gobierno del PRI de Salinas, me había pedido que le enseñara la ciudad. México tiene una actitud hacia el sexo y la política muy diferente a la de Estados Unidos. Por ejemplo, cualquier expedición gubernamental suele ir acompañada de un avión lleno de cortesanas. Los mexicanos pensaban que el escándalo con los sobornos de Clarence Thomas era un chiste y no comprendían el jaleo que se armó por el *affaire* de Bill y Monica. En fin, se entendía que yo no iba a mencionar que Marta era una preciosa prostituta de lujo (una «geisha») que se codeaba con millonarios, jefes de estado de visita, etcétera. Mencionó que tenía varios clientes en San Francisco y que disponía de dinero extra para gastar al margen del que le pagaba el PRI. Se alojaba en una elegante suite del Saint Francis mientras pasaba los días comprando ropa de diseñadores parisinos y zapatos italianos. Cuando estábamos juntas vestía con el traje tradicional de Chiapas, a lo Frida Kahlo: largas trenzas hasta las rodillas, enormes ojos verdes..., una diosa azteca cobriza. No hablaba ni una palabra de inglés, así que en las boutiques yo le traducía. Laurent, Armani, Chanel... ¡Gastaba miles y miles de dólares cada pocas horas, durante días! También le encantaba la buena comida, así que disfrutamos mucho en los restaurantes, de todo tipo. El dim sum era su favorita.

Por encima de todo, Marta quería ir a la librería City Lights. Había leído en profundidad, traducidos, a todos los clásicos ingleses y norteamericanos, y a todos los beat. Su escritor estadounidense favorito era Richard Brautigan. Pasamos una mañana en North Beach, y estuvimos varias horas en City Lights, y después la llevé a Enrico y almorzamos tarde. Mientras tomábamos un capuchino vi al otro lado del local a Richard, sentado solo en una mesa. Lo saludé con la mano. Estoy segura de que me habría ignorado si no hubiera estado sentado con una mujer tan guapa. En un abrir y cerrar de ojos se plantó en nuestra mesa, con su bebida y un frasco de vitaminas. ¿Qué voy a decir? Fue amor a primera vista: ella encontró a su ídolo y él al ideal de la mujer perfecta (una jornalera extranjera). Ambos tenían una visión tremendamente distorsionada del otro que yo no podía cambiar, así que acabé sesgando mis traducciones para que encajaran con esas imágenes preconcebidas. Él la veía sumisa y sufrida, como una campesina virgen, una buena salvaje. Me tocó traducir cosas como «eres una mujer auténtica..., en contacto con la tierra» y «tú entiendes la muerte y el nacimiento, la cruda verdad de la vida», que por otra parte eran muy ciertas. Marta intentó hablarle de existencialismo, de los posmodernos, etcétera, pero a él no le interesaba nada de eso. Sí le interesó que hubiera leído sus libros, y le hizo feliz, porque sintió que por fin una lectora pura y rudimentaria respondía a un nivel básico y visceral a su obra. Ella no se daba cuenta de hasta qué punto él la veía como una doncella india, en absoluto como una intelectual culta. ¡La halagaba que no la vieran como un objeto sexual, sino como una crítica sagaz y elocuente!

Resulta difícil explicar los entresijos de aquel diálogo o la sutileza de mis dotes de traductora. Por alguna razón estaba sobria en ese momento, pero ellos habían bebido mucho mientras se enamoraban cada vez con más desenfreno. Bajamos la cuesta hasta el restaurante japonés de la esquina. Los ayudé a pedir sake y veinte platos por lo menos. A esas alturas todas las cautelas habían quedado atrás y me alejé de puntillas cuando empezaron a darse de comer con los palillos. Era evidente que ya no hacía falta traducir.

Cuando llamé al día siguiente, ella ya se había marchado a México. Como no volví a ver a ninguno de los dos, nunca supe cómo acabó la velada. Me pregunto si Richard visitó la alcoba palaciega, o si Marta le cobraría la cita, o si fue simplemente un idilio fugaz... Ojalá, pero tengo mis dudas. Me consuela pensar que de todos modos quizá ninguno de los dos recordara cómo terminó.

En cualquier caso, ME ENCANTAN estas casualidades de la vida.

Cuando Lucia se enteró de que su amiga Marcia Clay había sido íntima de Brautigan, le envió por carta en mayo de 2001 este recuerdo, escrito —aunque nunca enviado— para un número especial de la gaceta *Rolling Stock* en homenaje al novelista tras su muerte en 1984. «Ojalá lo hubiera hecho cuando estaba vivo, a él le habría divertido. Pero ahora parece un golpe bajo», explicó.

Paul Metcalf: una elegía

Paul había venido al Centro de las Artes para la fiesta de presentación y la firma de su libro. Me escribió que se quedaría unos días, me pidió que me acercara desde Oakland. Iríamos de excursión, hablaríamos, comeríamos en Sausalito y me regalaría un ejemplar.

Salí de Oakland con el coche un día lluvioso y frío de septiembre. Al cruzar el Golden Gate vi los cabos de Marin cubiertos por una densa niebla, y me dio pena porque pensábamos ir a explorar la zona, pero, en cuanto salí del túnel que desemboca en plena naturaleza, la niebla se disipó: una magia deslumbrante, como cuando en una película cambia del blanco y negro al color. (En el libro menciona el túnel como un «rito de paso»). Las ciudades, el tráfico, la lluvia y el ruido habían desaparecido.

Quizá mi recuerdo de ese día quedó completamente marcado por aquel esplendor irreal primigenio. Sé que después debió de haber alguien más cerca del puente, o en el puesto del guardabosque, pero casi en todo el día, y desde luego mientras iba conduciendo por las colinas hacia el centro, no había ni un solo coche ni una persona a la vista. Sin duda la niebla y la lluvia disuadieron a cualquiera que pensara ir.

Paul se alojaba en el centro, situado en los barracones del antiguo cuartel del ejército de Fort Cronkite. Allí solo había un coche viejo, y ni un alma en ninguna parte excepto Paul, de pie en lo alto de una loma encima de los barracones con una gran sonrisa y saludando con la mano.

Llevaba botas, vaqueros, tirantes y una camisa de franela a cuadros. Era un gigante apacible, caminaba delante de mí gesticulando con movimientos amplios y vertiginosos. Recuerdo su silueta contra el cielo o las colinas pardas o el océano. Me daba la misma impresión que siempre me habían causado él y su obra, de una magnitud extraordinaria, aunque aquel día cuando saltaba de piedra en piedra en un arroyo o trepaba por una colina parecía por momentos un adolescente larguirucho, riéndose a carcajadas de los chistes malos que nos contábamos, muchos compartidos ya antes por carta. (Nuestra correspondencia no era muy literaria).

Mientras caminábamos me habló del lugar por donde íbamos. Eso también fue mágico. El lugar cobró vida a medida que lo llenaba de detalles y matices, como una fotografía en el fluido de revelado. En aquella apacible hondonada se asentó la primera granja, la de Silva, un portugués que cultivaba alcachofas. Aquellos eucaliptos los trajeron de Australia en 1850. Los robles estaban aquí hace cinco mil años, cuando aquí vivía la tribu miwok. Las bellotas eran su principal alimento. Me iba contando —¿cantando?— los nombres de las plantas que crecían allí: hinojo de burro, ojos azules, lirio estrellado, berro amargo, lengua de sabueso, bromo rígido. Me contó cómo se había formado aquel territorio: el basalto entró en erupción cerca de las Marquesas y flotó hacia el este hasta adherirse al continente. Enumeró las migraciones que comenzaron con los rusos, los españoles, los portugueses y los ingleses. Podría haber hablado de los cabos durante días. Me pregunté si se había quedado porque resultaba difícil abandonar un lugar que conocía tan bien.

En el interior de un búnker oscuro y húmedo su voz de actor retumbaba en los muros, dando vida a los soldados agazapados dentro, al acecho del enemigo. El gobierno había intentado armar aquel punto estratégico desde la guerra civil, hasta que retiró el potente último misil Nike en 1974. Cuesta creer que no causara estragos en la propia tierra. Los militares, a lo largo de los años, se esforzaron tanto en mantener en secreto las baterías de artillería y las lanzaderas de misiles que aún cabría pensar que nunca han estado allí. Las incrustaron en el suelo y ahora la hierba y las flores silvestres han crecido encima. La plataforma de lanzamiento del Nike es un misterioso círculo de cemento bordeado de retama, un ojo de Nascar en lo alto de una colina. Las pocas superficies visibles están cubiertas de grafitis.

Desde la batería Townsley miramos directamente el mar y el cielo abierto, hacia el punto justo al otro lado de la bahía. Paul me contó que después de Pearl Harbor los soldados estaban en alerta cada quince minutos, que durante al menos un año vivieron ciento cincuenta hombres dentro de la batería. Me parecía una lástima que nadie les hubiera atacado después de que se tomaran tantas molestias, así que me alegré cuando Paul me contó que el 24 de diciembre de 1941 nueve submarinos japoneses se apostaron justo donde estábamos mirando, con instrucciones de bombardear San Francisco con todo el arsenal a su alcance. Apenas dos horas antes de que la ejecutaran, el almirante Osami revocó la orden.

Con los ojos fijos en aquel mismo punto donde se unían el azul del mar y el azul del cielo, Paul dijo: «En 1597, el galeón de sir Francis Drake se detuvo allí, justo después de los Farallones. Esperó catorce días a que levantara la niebla. Su capellán escribió que la niebla era "vil, espesa e impenetrable". No fue hasta 1775 cuando el español Juan Manuel de Ayala navegó con su barco por debajo de los Farallones y entró en la bahía».

Volviendo la vista atrás, aquel rectángulo de cielo y mar me recuerda a la pantalla de un ordenador. Desde luego ninguno de los dos teníamos ordenador entonces, ni llegaríamos a tomarles demasiado cariño a esos aparatos después, pero ahora lo veo como una especie de *tabula rasa* donde se desarrollaba su escritura. En ese momento me di cuenta de que lo estaba escuchando escribir.

Headlands (Los cabos) es un libro precioso, en especial las fotografías de la propia tierra. La historia física y militar resulta fascinante. Sigue una escritura lineal y convencional. Los detalles del lugar, la vitalidad de cada persona descrita son lo que le da lustre. Es inconfundiblemente un texto de Paul Metcalf. De vez en cuando, la página centellea, como si pasaran estrellas fugaces, y puedo oírlo recitar con su acento nasal de Nueva Inglaterra: «Fardela blanca, aguja colipinta, correlimos, playero aliblanco. Malvasía canela, negreta y focha».

Allí se ven muchas más aves, aunque yo solo recuerdo los halcones y las gaviotas. Los zopilotes volando en círculos. Paul dijo que, si no volvíamos pronto a comer, nos moriríamos de hambre.

Lucia recuerda a su amigo Paul Metcalf y el día que pasaron juntos caminando por los cabos de Marin, en la costa del norte de California, donde él había concluido poco antes los textos para el libro *Headlands: The Marin Coast at the Golden Gate*. Esta pieza se publicó en la edición online de *Rain Taxi* (otoño de 1999).

Diseñar la literatura:
El autor como tipógrafo

*Yo concibo un estilo, un estilo que sería hermoso, que alguien
creará algún día, [...] rítmico como el verso, preciso como el
lenguaje de las ciencias, y con ondulaciones, zumbidos de vio-
lonchelo, penachos de fuego; el estilo debe entrar en la idea
como estilete, y en tu pensamiento bogar sobre superficies lisas,
como cuando se vuela en una barca con un buen viento de
popa*

GUSTAVE FLAUBERT
(carta a Louise Colet)

Para mí la escritura es un acto no verbal, el placer del proceso ocurre en ese lugar que Charlie Parker denominaba «el silencio entre las notas». A menudo mis relatos son como poemas o diapositivas que ilustran un sentimiento, una epifanía, el ritmo de una época o una ciudad. Un aroma o una risa pueden desencadenar recuerdos que cristalizan en una historia, aunque la fuente de inspiración para mí suele ser visual. El temblor de una mimosa amarilla, el perfil de un rostro será absolutamente lo único que lleve conmigo a la página en blanco. Sería estupendo si a mi paso pudiera ir tropezando con cajas de hojalata o cachorros de pequinés que me inspirasen a escribir una historia, desde luego, pero la imagen debe conectar irremediablemente con una experiencia concreta e intensa.

Muchas veces se evoca una emoción dolorosa, se recuerda un suceso muy feo. Para que la historia «funcione», la escritura debe diluir o congelar el impulso inicial. De algún modo debe producirse una mínima alteración de la realidad. Una transformación, no una distorsión de la verdad. El relato mismo deviene en la verdad, no solo para quien escribe, también para quien lee. En cualquier texto bien escrito lo que nos emociona no es identificarnos con una situación, sino reconocer esa verdad.

Por esa aspiración inefable da un placer particular ver una historia propia editada en un libro de factura exquisita. Sencillamente, una bella composición tipográfica puede capturar la intención original de un autor: crear una obra de arte.

En 1977, Holbrook Teter (Zephyrus Image Press) publicó uno de mis cuentos en un pliego suelto: «Manual para mujeres de la limpieza». En un plano era una historia divertida sobre una mujer de la limpieza. También expresaba el dolor por la muerte de un amante. Apenas se alude al amante, el dolor en sí se menciona tan solo en la última frase. Cuando la historia salió publicada en algunas revistas, la mayoría de la gente la encontró meramente divertida. Solo al imprimirse en formato de libro los matices del relato se distinguieron con tanta nitidez como la fina tipografía. El diseño, el papel, las ilustraciones dotaban de peso cada sutileza. A mí no me complació solo el ver mi obra en una publicación preciosa, sino que agradecí contar con ayuda para expresar lo que quería. En una cuidada edición tipográfica hay un sentimiento de colaboración e inspiración compartida, como ocurre en la improvisación jazzística y en una buena traducción.

Esas sensaciones cobraron aún más fuerza en *Legacy*, publicado en 1983 por Poltroon Press. La historia es particularmente truculenta, un relato autobiográfico del único suceso memorable que compartí con mi abuelo, un hombre por costumbre violento y maltratador.

El libro ganó numerosos premios de diseño, aquí y en el extranjero, pero una vez más no se trataba tan solo del placer estético que me producía el que para mí era el libro más precioso que había visto nunca. La fuente Sabon es tan enérgica e intensa como el tono de la historia. Las ilustraciones, a cargo de Michael Bradley, escultor y pintor de Berkeley, son a un tiempo sensuales y siniestras. Los colores de la cubierta son suaves, suculentos e impactantes, la clase de colores que existían en mi imaginación mientras concebía la historia.

Poltroon Press ha publicado hace poco mi última colección de cuentos: *Safe & Sound*. Alastair Johnston me preguntó si me apetecía componer el libro, con la linotipia, para implicarme íntimamente en la creación, la verdadera confección del libro. Frances Butler hizo la fina imagen de la cubierta y las ilustraciones interiores. Siento un gran respeto por la pulcritud con que trabaja. La cubierta, por ejemplo, es un grabado simple y elegante de unas hojas de «aromo», una acacia amarilla que abunda en Chile. Ahora estoy convencida de que la acacia chilena tiene un perfume más penetrante que la variedad que crece aquí, pero hasta que Frances apareció con cinco o seis manuales de botánica no supe que, a pesar de que las flores sean idénticas, las hojas son completamente distintas.

A mí ese don suyo para elegir siempre imágenes que simbolizaban con precisión una historia me parecía mágico. Comenté algo sobre el bebé «perfecto» que había dibujado para uno de los cuentos del libro, donde se teme que un crío se haya ahogado. «Ah, solo es un bebé genérico», me dijo. No lo es, ni mucho menos. La insinuación de miedo y recelo en los ojos de ese bebé angelical capta toda la ironía del título: nadie está a salvo.

Compuse, en la linotipia, cada uno de los cuentos del libro. Ese aprendizaje en Poltroon Press fue para mí una inestimable formación como escritora. Además de lo que aprendía en mi linotipia, mes a mes, observaba a Alastair Johnston de cerca maquetando pliegos de poesía y tabloides, encuadernando e imprimiendo libros, cortando bloques de linóleo para ilustrar las cubiertas. Aprendí a apreciar el afán de meticulosidad que entrañan las artes gráficas.

Llegué a la imprenta con unas nociones rudimentarias de cómo se hace un libro. Impresionada por la formidable máquina de la linotipia, escuché con atención las instrucciones preliminares y pregunté: «Pero ¿dónde va el papel?».

Aprendí dónde y cómo se imprime una página. Cómo raspar los lingotes, cepillar y limpiar las matrices y asegurarlas con tirantes de latón y metal en la prensa. Cómo limpiar los rodillos y aplicar la cantidad justa de tinta. Tuve que aprender sobre cuadratines y medios cuadratines, sobre mayúsculas interletradas y ligaduras, sobre los ajustes para incluir cosas «invisibles» como espacios de un pelo.

El minucioso proceso de la composición tipográfica ha afectado mi forma de escribir. Cada línea de matrices cae con una contundencia decisiva, y queda ahí. En plomo. En piedra. Cada adjetivo de más, cada frase torpe, cada repetición resplandece ante tus ojos en la caja de fundición. El sarcasmo y la redundancia se vuelven insoportables cuando literalmente pesan, queman.

Al principio me debatía entre ser escritora y aprendiz de tipógrafa. Corregía sobre la marcha. Me escandalizaba con cada línea. Incluso fundí una historia entera, lingote a lingote, después de pasarme tres días componiéndola. Me avergüenza admitir que al principio además me tomaba libertades con el texto. He montado en cólera cuando un corrector, o un cajista, añadía o eliminaba una simple coma, acusándolos de alterar el sentido, de arruinar el matiz de todo un párrafo por un crimen tan insignificante. En cambio, si al componer la página a mí se me colaba una palabra con guion o una viuda (una triste palabra como «zapato» o «jamás» abandonada en una línea), no recomponía las matrices hasta volver al comienzo del párrafo para ajustar el renglón suelto. Cambiaba con total descaro «lavanda» por «lila», ponía «oscuro» delante de «espejo».

La elipsis solía ser intrínseca al estilo de mi prosa..., más sugerente que una coma, menos brusca que un punto o dos puntos. Después de colocar varios puntos suspensivos, empecé a temerlos. En primer lugar, tenía que buscar cuatro espacios finos de latón del mismo tamaño para ponerlos entre cada punto. Cuando mandabas arriba la línea, esas piezas a menudo se esparcían por el suelo o quedaban atascadas en la máquina. Y lo peor era que daban pie a que las matrices «bailaran», con el consiguiente peligro de una «salpicadura». «Salpicadura» es una descripción ridículamente inapropiada para el borbotón de plomo fundido que se derrama del molde cuando una línea se bloquea. Hay que accionar la palanca para detener la máquina en el preciso momento en que saltas hacia atrás justo a tiempo para no quemarte, quedarte ciega o mutilada. Y no hay forma de evitar la tediosa tarea de quitar el plomo de todas las ranuras posibles de la linotipia. Pronto me di cuenta de que a menudo cambiaba los puntos suspensivos por dos puntos rotundos, o simplemente los esquivaba.

Pero esto fue solo al principio, cuando reescribía tanto sobre la marcha que tardaba días en componer una sola página. A medida que componía la tipografía ocurrió algo maravilloso. Empecé a desarrollar un respeto más profundo por la página en sí, por la palabra misma. Conforme avanzaba, empecé a editar cada vez menos..., a confiar en la intención original de la autora, que a esas alturas ya había cobrado una entidad propia independiente de la cajista. Por ejemplo, cuando llegué a «agua fresca fresca» no suprimí uno de los adjetivos. Confié en la escritora. Ver «fresca fresca» en plomo plateado realmente evocaba la imagen y el sonido del agua.

La linotipia es una forma laboriosa y obsoleta pero viable de imprimir una obra. Por desgracia, la máquina solía averiarse con frecuencia. Había un hombre, un tal Al, que sabía reparar aquel peculiar artilugio decimonónico, pero Alastair siempre se negaba a llamarlo. En lugar de eso, con la ayuda de un manual y horas de trabajo, a menudo una jornada entera, acabábamos solucionando el problema. Una vez dejé sin querer una camisa en el borde del depósito. Cuando puse la máquina en marcha, la camisa desapareció y se enredó en por lo menos veinte engranajes del mecanismo. La linotipia se negó a moverse. «Por favor, por favor, esta vez llama a Al», le supliqué a Alastair, pero no me hizo caso. Trabajamos con tijeras y pinzas y todo un surtido de herramientas durante horas en un caluroso día de julio. Al final tuve un arranque de inspiración: con una manguera preparada, rocié la linotipia de queroseno y le prendí fuego. La camisa se quemó. Alastair llamó a Al. «Mi aprendiz ha tenido un descuido y una camisa ha quedado enganchada tontamente en la linotipia». Menos mal que la respuesta de Al fue: «Ya no hay nada que hacer, salvo prenderle fuego a ese maldito cacharro».

La peor experiencia de todas fue cuando la imprenta se trasladó de Carlton Street a un almacén en Oakland. Fue un operativo monumental de varios días en el que intervinieron muchos trabajadores, poleas y cabrestantes, y camiones de caja ancha. Una faena tremenda, de deslomarse. Para mí además fue una experiencia traumática, aterradora. A fin de mover el pesado armario de madera que contenía las cien galeradas compuestas en plomo..., mi libro perfecto ya terminado..., había que dejar las bandejas en el suelo una por una, y después llevarlas al camión. Me torturaba ver el polvo y los escombros flotando sobre aquella extensión de texto, a los operarios y a Shadow, el cachorro, a punto de pisar las frágiles letras de molde. Frances ideó una camilla improvisada con la que se podían trasladar ocho o diez galeradas a la vez, que se tambaleaban en precario equilibrio por la acera. Hubo un cruce de palabras entre nosotras. Tercamente, me negué a trasladar mis galeradas en aquel armatoste. No soportaba la idea de ver diez páginas convertidas en una sopa de letras derramada en la calle, y cargué las bandejas una por una hasta el camión.

Cuando un relato o un libro se publica, siempre deja un poso amargo, un recuerdo de que la verdadera alegría de escribir está en el proceso, en el acto en sí, especialmente en esas raras ocasiones en que la historia fluye de manera espontánea mientras el bolígrafo garrapatea sobre el papel. Fue emocionante vivir con el mismo libro otro proceso y un placer distinto. Entintar las prensas, hacer galeradas, atar la tripa, plegar las páginas con un hueso de ballena, colorear algunas de las ilustraciones del frontispicio. Cuando el libro volvió del taller de encuadernación, compartí con los editores parte de la satisfacción que da un libro diseñado e impreso con esmero.

Mi experiencia como aprendiz de imprenta no estuvo exenta de conflictos. Al principio, Poltroon iba a publicar una novela breve, *Andado*, en una edición limitada. Pero, con el paso del tiempo, *Andado* se convirtió en un relato más breve y a su alrededor crecieron más historias, que para mí eran ya material antiguo cuando por fin vieron la luz. El escritor siente un apremio y una urgencia por dar a conocer su obra al mundo, no solo para que sea leída, sino para cerrar ese periodo de creatividad y liberar la imaginación a nuevos estímulos y direcciones. La inevitable lentitud de la impresión entraba en conflicto con mi necesidad de «soltar» el libro. A medida que los meses se convertían en años, mi impaciencia se transformaba a menudo en acoso.

Hubo otro conflicto cuando le mostré un ejemplar de *Safe & Sound* a un librero de Berkeley. «Es un libro precioso —me dijo—, pero nunca lo tendría en depósito. Cuesta demasiado. La gente lo manosearía y lo ensuciaría o lo robaría». Me dio un vuelco el corazón. ¿En depósito? Pero... yo quiero mi libro en las estanterías, justo ahí, en la B, para que la gente se lo lleve a casa y lo lea.

¿Cambiaría esta edición artesanal por una tirada de diez mil ejemplares? No. ¿Repetiría la experiencia? No estoy segura. A lo que aspiro es a escribir cada nueva historia imaginando cada palabra delicadamente compuesta en Electra 12 e impresa en papel Ingres verjurado libre de ácido.

En 1987, Poltroon Press iba a hacer una edición tipográfica artesanal de un volumen de cuentos de Lucia que se titularía *Safe & Sound*, y Alastair Johnston, el editor, le preguntó si quería ayudar a componer el libro. Poco antes ella había recibido una beca de la Fundación Nacional para las Artes y disponía de tiempo libre, así que aprendió a usar la linotipia y compuso su propia obra página a página. Trabajó allí dos o tres días por semana de marzo a finales de septiembre, hasta que el libro quedó terminado. Reflexionó sobre la experiencia en este artículo para *Fine Print* (vol. 14, n.º 4, octubre de 1988).

Bloqueada

UPS acaba de entregarme el libro de A. L. Kennedy, *On Bullfighting* (Sobre el toreo). Sabía que debía tenerlo, por lo mucho que me apasionan los toros y por lo incapaz que me siento ahora mismo de escribir.

Me llamó Dave Yoo. Hemos mantenido la amistad desde que hizo la maestría. Ha seguido escribiendo ficción. Acaba de terminar su cuarta novela, la mejor hasta ahora. Me llamó para contarme la buena noticia sobre su agente y hablar de libros como hacemos siempre, sea por correo electrónico o por teléfono. Muchas de sus cartas y llamadas últimamente son cariñosos intentos de animarme a que me ponga en marcha de nuevo. Trata de darme un empujón con preguntas. ¿Cómo conseguiste darle la vuelta a aquella barrabasada que le hiciste a la maestra para convertirla en una buena historia? Ah, es que nunca hice aquella barrabasada. Me la inventé para conseguir que saliera una buena historia.

Seguía preguntándome por qué había escrito tal o cual cosa, cómo pude echar mano de tal o cual vivencia y tejer algo alrededor. Me lo decía con tan buena intención que no me atreví a soltarle: Eh, mira, tú no lo entiendes. Ahora mismo odio mi vida. No hay nada que quiera usar como material narrativo, ni siquiera puedo mirar atrás sin dolor.

Únicamente hay un recuerdo que se mantiene impoluto: el acto mismo de escribir. «*Sombra*», el cuento sobre la corrida de toros, en realidad no es un buen cuento, pero sé con exactitud cómo lo escribí y por qué.

Pasé el año de 1991 en Ciudad de México, cuidando a mi hermana enferma de cáncer. Estaba con ella día y noche, salvo unas pocas horas por la mañana cuando iba al mercado y a la oficina de correos. De cinco a siete, mientras ella y su hijo dormían y antes de que llegaran las sirvientas y el chófer, escribía mi diario; el ordenador, la única luz del apartamento a oscuras. Cada domingo mi sobrina Mónica y yo pedíamos a alguien que se quedara con ella, y nos íbamos a los toros a las cuatro. Cuando volvíamos estaba oscureciendo, pero aparte de esas ocasiones nunca salía de noche.

La mañana que escribí ese cuento, me senté frente al teclado con un expreso Jarocho bien cargado y con *leche*, cigarrillos, dos gatos encima del escritorio.

Lo único que quería hacer aquella mañana era escribir sobre las tres fantásticas *corridas* que habíamos visto la tarde anterior. Habíamos visto muchas faenas malas, a veces quizá una buena de cada tres, algunos toreros estupendos con toros malos o viceversa, pero aquel había sido un día mágico.

Aun así la historia no acababa de salir bien. A pesar de que iba aprendiendo la jerga, mucha terminología taurina no estaba aún a mi alcance, detalles que la convertirían en una buena pieza documental y no de mera efusividad o romanticismo sobre ese exquisito arte. Del *duende*. Así que le di una narradora, una viuda que regresaba a México, donde ella y su marido habían pasado la luna de miel. No podía dejarla ir sola al coliseo, porque las mujeres no van solas, así que fue con algunos turistas, entre ellos una pareja japonesa de Estados Unidos de luna de miel y los padres de él, de Japón. Tenían un guía que se encargaba por mí de narrar la lidia.

En la vida real, las corridas de toros eran el mejor lugar del mundo al que Mónica y yo podíamos ir. El ritual de la muerte se estilizaba y era catártico. Nunca lo expresamos, ni siquiera lo pensamos, pero ahora veo que era así. La muerte llegaba tres veces; a veces mataban al toro a la perfección, a veces no. Las *corridas* espléndidas y brillantes, las multitudes eléctricas: justo lo que el silencioso dormitorio de Molly en casa no era.

En mi relato no podía poner a una turista corriente, sin más. Tenía que ser viuda y tenía que estar de luto. La muerte tenía que estar presente, no solo en el ruedo, como nos ocurría a Mónica y a mí, que llamábamos a Molly con el teléfono celular mientras los *areneros* sacaban a los toros sangrantes.

Había dos razones para que fueran japoneses. En otra *corrida* había muerto un turista japonés, varias filas más abajo de donde estábamos sentadas. Fue imposible bajar una camilla entre la multitud o sacarlo del ruedo hasta que terminó la fiesta. Cubrieron el cuerpo, ignorado incluso por sus acompañantes. En una ópera o en un partido de las Series Mundiales la gente sentiría curiosidad, miraría embobada, rondaría alrededor, etcétera, de un cadáver tapado, pero no en una corrida de toros, donde la muerte es un aspecto de la continuidad de la vida.

La elegancia y la contención —el *desdén*— se aprecian en otras artes, Moravec tocando a Chopin, etcétera, pero son los japoneses quienes ven la muerte como los toreros. Kawabata y Mishima son los Manoletes de la literatura. Kurosawa dirige las escenas de muerte como *faenas* perfectas. Incluso sus mujeres, en *Rashomon* y *Ran*, son matadoras expertas, rápidas y decididas. Los japoneses no solo hacen gala de esa aceptación de la muerte, sino que aprecian su belleza.

Quizá nada de eso sea verdad, pero es una sensación que llevo dentro, y por eso aparecen los japoneses. Los recién casados tenían que ser guapos y felices y estar profundamente enamorados porque sería el joven marido quien moriría, de un modo tan cruel y repentino. Era importante también que mi narradora se sentara con la esposa y se apoyaran la una en la otra para darse consuelo, igual que hacíamos Mónica y yo.

La historia acababa como todas las corridas de toros, con el clamor de las trompetas, los cojines y los claveles

oscureciendo el cielo mientras subíamos las escaleras, tomábamos un taxi y volvíamos a casa con mi hermana.

O sea, que la historia no habla de las corridas de toros
sino de cuánto nos importaba Molly y cuánto la quería-
mos Mónica y yo. Habla de la valiente y hermosa muerte
de mi hermana.

En este ensayo inédito de 2004, Lucia explica los avatares que
rodearon la composición de su relato «*Sombra*». Reflexión sobre la
escritura a modo de ejercicio en un periodo de bloqueo creativo, es
una de las últimas piezas que escribiría.

DIARIOS

La turista
Un diario de París, 1987

¡París!

Un gran *déjà vu*. Ahora estoy aquí sentada como en todas mis fantasías a los dieciséis años. En el Montparnasse, en Saint-Germain-des-Prés. La terraza de la cafetería. A las seis de la mañana llena de estudiantes tomando café. Hablando A VOCES, fumando. En el primer sitio al que fui había un montón de gente en las mesas..., pedí un café. «¡Pero si estamos cerrando!». Todo el mundo llevaba bebiendo toda la noche.

Nuestro hotel es precioso, con vidrieras y un gato, un balcón con ventanas con cortinas de encaje que hacen dibujos en las paredes. Mucho más bonito de lo que había imaginado. Pienso en Hemingway y el agua fría. Esto es precioso, pero baratísimo. Está con nosotras la cuñada de Ingeborg, Lilo, que es médico. Una buena mujer. Su marido (el hermano de Ingeborg) y Doug llegan hoy. No quedan habitaciones de hotel en todo París excepto la nuestra, que es perfecta, así que puede que acaben con nosotras.

Al principio me enfadé, sobre todo porque Ingeborg se equivocó de aeropuerto, horas perdidas, y ¿quién era esa extraña feminista que la acompañaba? Pero la verdad es que es una buena mujer. Paseamos por el barrio, maravilloso. Nuestro hotel está a la vuelta de la esquina de la Comédie-Française. Théâtre de l'Odéon. Enormes mármoles blancos en la plaza con estos edificios altos y antiguos como el París de Proust. Elegancia absoluta. Ahora mismo son las seis y media de la mañana. El café está abarrotado, muy extranjero y exótico, pero me siento como en casa. La gente viene aquí antes de ir al teatro, al trabajo o a la escuela. Creo que estamos muy cerca de la Sorbona. Anoche cenamos en un restaurante griego. Comida correcta. Lo que es fantástico es que todo el mundo habla acaloradamente, a voces, con entusiasmo, con asombro, con indignación, opinando, encantados. Totalmente desinhibidos, Dios, qué país de habladores y de opiniones.

El café fabuloso, todo el pan fabuloso. Sabía que los cruasanes que había estado comiendo en Yuppielandia no eran *comme il faut*. No, aquí están ligeramente quemados por abajo y cuando los muerdes crujen como si el hojaldre chisporroteara. No se les pone mantequilla, los mojas en el *café*.

Me siento completamente en casa. La ciudad se despierta, empieza a amanecer.

Los hombres parecen sexis porque están muy alerta. Todo el mundo tiene esa mirada de interés, de curiosidad, y a nadie se le escapa nada.

Ocho de la mañana: Ingeborg y Lilo siguen durmiendo. Alexandre, en recepción, *il parle*.

Los franceses hablan tanto que no importa que mi francés sea malo. Empiezo una frase y ellos la terminan. Subí y bajé, dije que mis amigos estaban... «Todavía dormidos», contestó, y siguió veinte minutos hablando de que la gente duerme demasiado.

Conocí a Helge, el hermano de Ingeborg, el marido de Lilo, y a Doug en la Place Pompidou. Les Halles maravilloso y la vista desde el Pompidou magnífica. Fuimos a Montmartre y el Sacré Cœur. Músicos bolivianos.

Ni siquiera me desagradan los aduladores americanos. Están en París, y eso les da cierto caché. La verdad es que uno de mis defectos de siempre, o de mis vanidades, se justifica aquí: el estilo, la importancia que tiene para mí. Ha sido así desde que, a los siete años, me colgué la llave de los patines al cuello. *Moi aussi.*

Hasta los policías. Cuando ves a un policía en Oakland te encoges, aquí quiero estamparles un beso en las mejillas: van tan perfectos, abrochados, con pulcros sombreritos, porras y botones brillantes.

La arquitectura moderna de Les Halles no es solo fálica, atrevida e imponente, sino que fluye, tan llena de luz y curvas como las iglesias antiguas que hay detrás.

El trazado y las curvas de las calles de Montmartre, emperifolladas como están para los turistas, conservan su gracia y elegancia. Barrenderos con un uniforme verde vivo y grandes escobas de paja ribeteadas de rojo.

En (mi) café, son las seis, hay hombres en la barra. No llevan viejos trajes de poliéster, sino chaquetas de buen corte, corbatas, jerséis de cuello redondo, pelazo. Parece de lo más apropiado que estos tipos de ojos brillantes beban brandi a estas horas. Sin embargo, la mayoría toman café y leen el periódico, o, si están juntos, discuten apasionadamente, y ni siquiera ha salido el sol.

Doug y Helge han dormido en nuestra habitación en el suelo, aunque Helge se metió en la cama con Lilo y más tarde Ingeborg se peleó con Doug porque no se había metido con ella.

Mercado de pulgas: la gente comía mientras nosotros la mirábamos, riéndonos, y luego se reía de nosotros.

– Tienda mágica con lámparas de palmera y mesitas de mantis religiosa, alfombras de cebra, divanes de elefante.
– Puestos en la parte de atrás con colombinas y zuecos de dama silvestres. Africanos con máscaras de abalorios.
– Trileros jugando al trile con cartas; rápido, cada uno con un compinche. *Les flics* los dispersa, igual que a los vendedores de anillos falsos del tren.
– Una arpía pero que muy vieja con ropa militar se puso furiosa, gritándome: «Allez, allez», cuando iba a hacerle una foto.
– Chica con vestido rojo y pelo rojo.
– Malas pintas con bandanas rojas. Tipos apaches, vendiendo *art nouveau*.
– Crepes y castañas. Maíz tostado.

Cosas maravillosas, gente; íbamos rebotando de puesto en puesto, un día precioso.

Luego a Les Halles y al Pompidou: Doug quería una lámina. Mimos geniales, en un momento dado tres mimos seguían a Helge, y nosotros tres los seguíamos a ellos.

Después Helge, Lilo y Doug volvieron a Alemania; parecía que lleváramos semanas juntos, una visita maravillosa.

Ingeborg y yo paseamos por Saint Germain —café en Les Deux Magots—; espectacular pasear por Saint Sulpice, Saint Laurent, Guy Laroche, etcétera. Los edificios y las fuentes, iglesias majestuosas por la noche. Elegancia absoluta. Cena en Deux Ginches, *le meilleur cassoulet*.

Fantástica tarde gris en el cementerio del Père-Lachaise. Densas colinas abarrotadas de tumbas y sepulcros; variaciones de gris, como las esculturas de Louise Nevelson. Colette y Proust, ambos en un mármol negro feo feo. Proust con su familia, tan sencillo, todos encajonados dentro del mausoleo, sorprendentemente trágico y triste. Muchas flores y castañas en su tumba.

Claro, ¡son tumbas relucientes y feas! Tendrá que pasar otro siglo para que cobren esa pátina suave y musgosa, igual que las demás.

Largos paseos bajo los castaños en la niebla, las hojas amarillas van cayendo, los ancianos caminan entre las tumbas. Tres ancianas en un banco cepillan y peinan a los gatos que abundan en el cementerio.

Un punk con el pelo rosa nos dijo cómo encontrar a Jim Morrison. A medida que nos acercábamos a la tumba encontramos carteles.

JIM —>

y tumbas en las que se leía

ESTE NO ES JIM

Por fin, en medio de un soto de mausoleos cubiertos de grafitis estaba su tumba, con un chico bebiendo champán al lado.

Bajando la colina, cuando ya oscurecía, había un hombre moreno y delgado con un chubasquero. Al pasar junto a nosotras, me guiñó un ojo. Cuando me volví a mirar, me hizo un gesto con la cabeza para que me acercara, tan siniestro como la Muerte en *Orfeo negro*. Cuando pasamos, dos conserjes con escobas estaban comentando qué extraño era aquel hombre.

Una tumba muy sencilla: Rene Dechamp. «Il a froid».

Torre Eiffel, preciosa de ver, iluminada por la noche. Una pesadilla meterse en ascensores con japoneses y rusos. Aterrador y claustrofóbico y tan intenso que el viento y el aire parecían amenazadores.

21 de octubre

Mañana en Saint Germain. Paseo por el Pont Neuf, el Sena a primera hora de la mañana con Notre Dame de fondo. Café en el Café de Flore. Fui a The Village Voice y conocí a Odile Hellier; una magnífica librería de literatura americana, inglesa y francesa, con una sección de escritoras excelente pero escasa. No había leído mi libro, dudo que le gustara mucho. Sin embargo, Ingeborg y ella se entendieron muy bien, hablando del libro alemán de fantasías sexuales masculinas y de un libro sobre las mujeres nazis. A mí me decepcionó: había imaginado un café lleno de escritores y amantes de la lectura. La realidad es que muy poca gente frecuenta el local. «Esos son zombis», me dijo. Parecía bastante desanimada por la situación económica, pero aun así tremendamente al tanto de la literatura actual. Espero que lea mi libro y le guste; quiero que haya ejemplares en París.

Comimos en L'Apollinaire. Primera comida francesa auténtica, exquisita. *Délice de 3 poissons*: mousse de pescado diseñada en rosa y blanco, con eneldo y nata. Ingeborg tomó pollo; estupendo servicio, precioso lugar.

Al final caminamos hasta la extenuación. Dormimos y por la noche fuimos a Les Halles a ver *Cabaret*, que ninguna de las dos habíamos visto. Fue extraño ser dos de las pocas personas que veían una película sobre la Alemania de antes de la guerra. Aquí todavía se tiene muy presente la guerra, los ancianos la mencionan sin cesar. En los autobuses donde nosotros tenemos «asientos reservados para ancianos y minusválidos», los suyos se reservan para *les mutilés de la guerre*.

22 de octubre

Día lluvioso de ensueño. Tren a Chartres. Calles adoquinadas casi desiertas; la parte trasera de la catedral era un precioso jardín con un parque y un edificio donde había una exposición increíble de cuadros de Vlaminck, con citas de sus textos sobre arte y de sus cartas. Bellísima. Ingeborg ni siquiera quería entrar en Chartres, dijo: «Vale, tres minutos para ver la maldita ventana», pero una vez dentro se emocionó tanto como yo. La palabra que mejor define la arquitectura gótica es «elevación», y de hecho los arbotantes se hicieron con esa idea, pero esos viejos arcos de piedra, altos y vastos, contra la luz púrpura y azulada, llevan siglos elevándose.

Los vitrales no me conmovieron tanto como la piedra gris de los pilares y de las losas del suelo, suaves como el satén. Estaba nublado, y de vez en cuando brillaba el sol e iluminaba los cientos de figuras que se alzan sobre la iglesia. Exquisito: en el órgano sonaba música de Bach, las velas titilaban, había muy pocos visitantes en la iglesia y la mayoría se quedaban sentados como nosotras, en silencio, largo rato.

Un trenecito a Illiers-Combray, como el que tomaba el propio Proust. La campiña ahora son llanuras y pequeñas granjas con arboledas, mientras que Illiers-Combray sigue tal y como era en 1895.

Empezó a llover en la pequeña plaza del pueblo. Almorzamos en el hotel Guermantes, una anticuada fonda campestre con el papel de las paredes descolorido y cortinas de encaje. Inge comió caracoles y pavo; yo, *paté champignon* y pollo al estragón. Nadie más que nosotras en el hotel o en las calles arboladas. Un pueblecito encantador donde, por supuesto, la iglesia de Saint Jacques domina el paisaje. En la casa de la tía Léonie había un anciano que nos enseñó el lugar. La habitación más maravillosa era el saloncito, que se podía imaginar lleno de gente, y su camita con la linterna mágica.

Llovía a cántaros y hacía un frío que pelaba, así que no paseamos; *chez* Swann. Fuimos a la iglesia, en cambio, una iglesia del siglo XVI. Una anciana nos encendió una luz y las tres nos quedamos allí sentadas. Lluvia. ¡Un día maravilloso! Hicimos pícnic en nuestra habitación con patés y quiches que trajimos de Illiers-Combray.

23 *de octubre*

El Musée Rodin en un día cálido y radiante: la exposición está en una mansión exquisita, con esculturas también en los jardines. Muchas de las piezas siguen adheridas al mármol y es genial ver las marcas del cincel. Prodigioso trabajo. Me encanta el desnudo de Balzac: la anciana que antiguamente era «una belleza» sigue siendo bella. Ingeborg y yo nos sentamos en un banco al sol. El edificio y el recinto, la elegancia discreta. Esta ciudad está imbuida de gracia.

Tarde frenética en Saint Michel buscando material para los manuales de Ingeborg para Harcourt. Librerías abarrotadas, nos perdimos una a la otra, etcétera. Caímos rendidas a descansar y luego fuimos a Saint Germain. La invité a una cena de despedida en Les Arrosées. Una cena absolutamente fantástica, y el servicio espléndido. Fue divertido porque fumamos muchísimo. Chateaubriand, roquefort, *marrons en sauce anglaise*, trufas de chocolate. Elegante y festivo, nos reímos como si estuviéramos bebiendo champán. A la vuelta pasamos por Saint Sulpice, la pequeña calle con esfinges que custodian las puertas. El Théâtre de l'Odéon.

24 de octubre

Llevé a Ingeborg a la Gare de l'Est a tomar el tren a Estrasburgo. Me sorprendió lo perdida que me sentí cuando se fue. Hablamos MUCHO. Pasamos una semana maravillosa, muy muy unidas. Fuimos a Shakespeare and Co. Una librería estupenda, esta sí era como me la imaginaba, con escritores jóvenes escribiendo de verdad, ¡uno en una máquina de escribir, como hacen los escritores! ¡Joven! ¡Joven! George Whitman no estaba. Volveré otra vez. Compré regalos en Saint Germain, almuerzo en L'Apollinaire, Musée Gare d'Orsay. Horas admirando sobre todo muebles *art nouveau*. Agotada, me perdí bajo la lluvia. Por fin de vuelta, me trasladaron a una habitación individual, más parecida a mis fantasías de un hotel parisino, decadente y recargada y minúscula, con cortinas de encaje.

El Musée d'Orsay es absolutamente fabuloso, pero abrumador; el Musée Rodin tiene el tamaño justo. Algunos Vuillards, Bonnards, enormes, que nunca había visto. Estoy vieja y hastiada, Monet y Degas me aburrieron hasta decir basta. Un precioso Berthe Morisot, *Le Berceau*. El vigor y la pasión de Van Gogh me siguen maravillando. Me he fundido, tengo que volver otro día. El Cézanne se me ha quedado grabado en la mente, el color polvoriento de la fruta.

En L'Orangerie muchos más Cézannes preciosos pero en un entorno acogedor, con castaños amarillos fuera. Si creía que Monet y sus nenúfares me aburrían soberanamente era porque no había estado en las dos salas que hay aquí. Inmensos murales en las cuatro paredes, como caer en un tanque de color. El gran desnudo de Picasso es sencillamente monumental. Cuadros excelentes que nunca había visto de Soutine y Derain, y maravillosos Rousseaus. Un barco en el mar.

Tomé un autobús pensando que iba a Notre Dame, pero en cambio acabé en la Place d'Italie y de vuelta a casa fui al Musée de Cluny, cerca de mi hotel. Es una antigua iglesia o convento, con tapices y esculturas de los siglos XII y XIII. Hileras de enormes cabezas de piedra contra unos muros blancos derruidos. Termas romanas y un jardín. Había visto a la famosa dama del unicornio en fotos, pero no la riqueza del color, ni la expresión triste y melancólica de su rostro.

25 de octubre

Me perdí, por suerte, porque acabé en la otra punta de Île de la Cité en un mercado de flores. Los domingos es un mercado de pájaros. Pájaros fabulosos, un millón de canarios, periquitos y pinzones. Palomas de todo tipo, acróbatas y mensajeras, y gallinas exóticas. Fui a la Sainte-Chapelle, una gozada: construida en 1238, apenas quedan muros en pie, solo las esbeltas y delicadas columnas y contrafuertes, y paredes enteras de vitrales (ni una sola grieta en este milagro en siete siglos). Estás rodeada de color, azules, rojos y verdes intensos. Espléndido. La capilla inferior era para los sirvientes, de color rojo chillón y negro —una salvajada— con las mismas esbeltas columnas —magníficas— y pavimentada con las lápidas de los canónigos fallecidos.

Misa en curso en Notre Dame. Miles de personas asistiendo a la misa y miles más deambulando alrededor. La catedral es tan vasta y monumental que si te sentabas en la propia iglesia no te distraías; un largo sermón, quizá inspirado por semejante concurrencia. Entendí poco, aunque fue muy hermoso estar ahí.

Un gran error subir a la torre. No podía cambiar de opinión, los estrechos escalones de piedra cada vez más y más arriba. Sin luz ni aire. Alturas vertiginosas, mil alemanes pisándome los talones con una energía ilimitada. Jadeaba, me dolía el pecho, me temblaban las piernas, estaba mareada y me desmayé cuando llegué arriba del todo. Justo a mediodía las campanas dieron las doce. ¡Espléndido! Cielo despejado tras la lluvia de ayer. Abajo el Sena, la ciudad de París resplandeciente.

Esperaba que el Louvre fuera agotador y la típica visita obligada. Sorprendida por la magnificencia de la estructura interior (tan fea por fuera). Me pareció emocionante, aunque agotadora, la magnitud que abarca. Puedo hacerme a la idea de lo fantástico que debió de ser en el cambio de siglo cuando Hazlitt escribió: «La inmortalidad resuena en los propios suelos». Caminé sin parar, como en un viaje de ácido o en un túnel del tiempo, escaleras arriba, escaleras abajo, pasillos y más pasillos. Egipto, Grecia, Roma, Corot, Delacroix, los holandeses. Yo era invisible.

Los cuadros más bonitos eran los Tizianos y los dos desnudos de Ingres, pero aun así disfruté con los salvajes

Delacroix y las batallas de Gros, etcétera. No soporto a los que van de esnobs con el Louvre: es magnífico, gratuito y está lleno de maravillas.

Almorcé en el Jardin des Tuileries. Follaje otoñal, frondosos jardines de salvias frente a un estanque y una fuente, esculturas. Precioso. Me sentía demasiado cansada después de subir a la torre y del Louvre para ir andando hasta el palacio, pero fue estupendo disfrutar de ese momento.

Me preocupaba mi francés y cómo desenvolverme. No me ha ido nada mal y he hablado con mucha gente amable. Estoy viendo tantas cosas maravillosas y bonitas: realmente es el mejor momento de mi vida...

26 de octubre

... y sin embargo, depresión mortal. Hoy es peor, me siento vieja y sola. Tremendamente sola, y, cuantas más cosas bonitas veo, peor. Fui de compras a las Galeries Lafayette —una locura, diversión, un mar de gente— y no me aclaro con el dinero, pero me he dado cuenta más tarde de que el mío me lo he gastado casi todo. Así que, además de estar deprimida y muy angustiada, estoy en la ruina. Y, en un arrebato de estupidez, cené en un restaurante horrendo, demasiado caro y para colmo malo. ¡Ay, infeliz!

Fui a tomar un café con Odile Hellier, eso sí. Estuvo encantadora y realmente lo ha leído todo. Me comporto/ siento tan rara que interrumpí una conversación de lo más agradable y salí corriendo, pensando que ella debía de estar demasiado ocupada. Quizá mañana me quede en la cama y, como mucho, vaya a la tumba de Baudelaire.

Me he arreglado el pelo en Jacques Dessange. La cura perfecta para *l'ennui* y la tristeza. Corte clásico, no tan chic como en Chez Michael. Fui a Montparnasse y al cementerio. Precioso, diferente de Père Lachaise, abierto y aireado, lleno de plantas con flores. Tumbas más nuevas con muchos ramos, discretas, festivas y coloridas. Baudelaire está enterrado con sus padres. Hay una extensa crónica de las hazañas militares del padre. De Charles solo se dan las fechas del nacimiento y la muerte. Jean-Paul Sartre y Simone de Beauvoir están enterrados juntos.

Almuerzo en Montparnasse. Muy elegante, *huîtres de Claire Majens* que sirven con un gran pan negro y paté, *vinaigrette aux échalotes*, *fromage chèvre chaud* y *salade*. Aderezo caliente y nueces: divino.

Recorrí les Champs Elysées desde la Concorde hasta el Arc de Triomphe. Qué estilo, la verdad, por no mencionar el hecho de que mil trescientas personas fueron guillotinadas allí, un simple monumento. Les Champs Elysées son un paseo espacioso, alegre y agradable. Me he animado bastante hoy; quizá haya sido por ver el sol sobre los castaños amarillos. Un hombre guapo no paraba de echarme miraditas y sonreírme en Le Relais Odéon. Gracias, lo necesitaba. Hay tantos hombres aquí...

Las mujeres se me insinúan todo el tiempo en París. Supongo que a las bolleras de Berkeley no les gusta mi estilo. Aquí les encanta.

Hermosa guitarra de jazz en el metro y luego una flauta travesera tocando el «Ave María».

28 de octubre

Tren a Vernon, taxi a Giverny. Los jardines de Monet absolutamente espectaculares, incluso en esta época del año. Dalias y begonias, nicotianas y clemátides, ¡amapolas, todavía! Y cien variedades de rosales aún en flor. La casa también es preciosa, quizá demasiado, pero con sus cuadros pasa lo mismo. Aun así, fue una tarde encantadora. Estuve prácticamente sola durante horas y horas junto a los nenúfares y los sauces. Aroma reparador y sereno a pino, flores y tierra. Sensacional.

Dentro más cóleos, caladios, rosas en miniatura y buganvillas. Colección inmensa, obsesiva, de estampas japonesas. La casa es un auténtico primor. Comedor amarillo, cocina azul, etcétera.

Faltaban dos horas para que saliera mi tren a París. Me senté en una cafetería encantadora; me embargó una extraña inquietud, sobre todo porque había estado rumiando que me sentía sola y desamparada. Seis camareros de negro con largos delantales blancos aguardaban atentos. En una mesa enorme y larga había quince tipos de tartas, tartas exquisitas, en las que solo faltaba un pedazo (el mío). Como un sueño o una fotografía titulada *Soledad*.

Entonces llegaron dos autobuses de dos pisos y se bajaron cientos de alemanes. Hui antes de ver el destino de los pasteles.

29 de octubre

Buscando el Musée Picasso encontré el Parc Vert. Toda una mañana paseando por el Marais. Casas y hoteles fantásticos, sobre todo el Duc de Sully en la Place des Vosges, que para mí encarna París. El apartamento de Colette está por ahí.

Maravillosos cuadros de la época «clásica» de Picasso. *Famille au bord de la mer* y *Retrato de Olga*. Aterradora *Masacre en Corea*.

Al Pompidou. Fantástico Francis Bacon. Tres figuras, una sola obra (tres cuadros que son uno). Maravillosos Matisses, Bonnards, y varias salas de Rouaults, palpitantes.

30 de octubre

Vuelta al Louvre. Hipnótico, yendo de sala en sala. Podría, si no estuviera tan agotada, seguir dando vueltas y vueltas por las salas como en un túnel del tiempo, atrapada en cien pequeños Corots. Esta mañana he visto un Sassetta maravilloso, casi surrealista, con un santo (?) volando. Los caballos de Uccello. Ahora que sé que Gabrielle d'Estrées fue la amante más querida de Enrique IV, esa imagen tan graciosa es aún mejor: el desnudo con su hermana pellizcándole una teta.

Fuimos a Faubourg Saint-Honoré. Place Vendôme, el Ritz, Maxim's. El lugar de París más encantador de lo que imaginaba, e igual de glamuroso, pero en mi imaginación la gente es de principios de siglo, o de los años veinte. Sin duda en Saint Germain está la gente más chic, pero Albertine o la duquesa de Guermantes, o Cheri o Saint-Loup no aparecen por ninguna parte. Una vez vi a Saint-Loup en un Mercedes por la noche, vestido de esmoquin, con la cara pálida y el pelo oscuro, despreocupado. ¡Lo vi en Saint Sulpice!

251

Fui a un mercado de pulgas, pero me adentré más en la Serpente, una calle de antigüedades fantásticas, interminables, piezas realmente bonitas, la mayoría tiendas en callejones que serpenteaban, serpenteaban, volvían sobre sí mismos, así que me perdía una y otra vez. Espeluznante, felliniano. Ropa de encaje, muñecas, vitrinas, *art déco*, *art nouveau*, Luis XIV, y finalmente volví a la quincalla, al cuero.

De nuevo al Musée de Cluny. Día soleado, me senté en las termas romanas hasta que abrieron. Caminé por el *quartier* de atrás, subiendo hacia los jardines de Luxemburgo. Encontré un café estupendo, lleno de actores y cineastas. Volví por la noche, había un grupo en una mesa junto a la mía, y cuando llegó más gente la ocuparon, muy relajados y agradables, discutiendo vehementes y excitados como si yo no estuviera allí. Genial. Había un joven de unos veintitrés años: Dios, era guapo y con carisma, destinado a ser un líder —un gran director, actor, cineasta, escritor, lo que fuera—, derrochaba autoridad en cada gesto y cada frase.

Una tienda de carteles de películas justo al lado. Llevo varios días sin blanca, pidiendo crepes con *tranches* de jamón, para poner en el pan que me sobra del desayuno. Me siento una auténtica «muerta de hambre en París», aunque me encantaría comer unas ostras y me gustaría poder conseguirle a Jeff alguno de estos carteles de cine. Compré *Hermosos y malditos* de F. S. Fitzgerald por quince francos. Qué libro tan horrendo, vergonzoso.

A medida que me iba quedando sin dinero y sin fuerzas, pasaba los últimos días merodeando por los cafés y los jardines de Luxemburgo, ¡leyendo un libro! Así de sencillo. Si no suelo ser tan consciente de que me siento sola es porque por lo general ¡estoy leyendo un libro! Domingo, todo el día en Luxemburgo leyendo *La viajera sentimental*. Un libro perfecto para leer aquí.

Vi la película *Ojos negros*, con Mastroianni. Una patraña de Hollywood... a partir de *La dama del perrito* de Chéjov. Irreconocible. Grandes tomas de Rusia. Astracanadas. Una película horrible. Hago una lectura personal de todo: es mi cuento favorito el que utilizaron al tuntún. Me tomo muy a pecho el mensaje de Marcello, sin embargo: ¿a qué debo atreverme cuando vuelva a casa? ¿Escribir, amar, trabajar?

3 de noviembre

¿Era consciente de que iba a estar aquí en el aniversario de la muerte de mi madre? Los últimos días me he quedado sin dinero y paseando por Saint Michel y Saint Germain. Descansando en los jardines de Luxemburgo y pensando en mi madre y en mí. ¿Hablé con ella, borracha, el día que se suicidó y que acabé en el centro de desintoxicación? ¿Qué nos dijimos?

Leyendo anoche sobre los últimos días de Oscar Wilde y su conciencia de haber causado la muerte de personas cercanas.

Y la forma en que ella vivía a través de mí, tan atrozmente que «me quería más que a sí misma», para que hiciera lo que hiciera nunca bastara. Para que ella tuviera que morir por culpa de mi dolor y mi fracaso. Opté por el fracaso, ahí sigo. ¿Cuando el doctor Freedman me preguntaba por qué me aferro a ese estado de ansiedad y dolor? Porque es lo que quiero.

Patético. La camita de Proust, con la lamparita, y justo debajo el saloncito donde su madre hablaba con las visitas durante la velada. Qué descuido…, olvidó darle un beso de buenas noches, y él lo desearía, lo anhelaría el resto de su vida.

Turismo. Posible título. Eso es lo que he hecho toda la vida. Ni siquiera «ahí» he estado nunca del todo, el único lugar donde viajo de verdad son los libros, dentro de un libro. Muy de vez en cuando consigo crear una emoción genuina sobre la página y solo entonces podría decirse que existo. En «Dolor fantasma» y «Temps Perdu», en «Manual para mujeres de la limpieza», poco más.

Jane tenía razón cuando me dijo que debía escribir sobre la muerte. «Polvo al polvo» fue una bofetada arrogante para plantarle cara, una evasión, insolencia. Debo reunir el valor para escribir sobre mi madre, sin tapujos, como cuando salió de un Pomeroy dando brincos. La historia que no es una acusación contra ella, ni contra mí.

Alguien dijo que los alcohólicos no tienen relaciones personales: toman rehenes. La propuesta de matrimonio de Buddy: «Dame una razón para vivir». Como yo con Terry.

Mirando las ventanas veladas del palacio de Catalina de Médici. Si soltara esta rabia, no sería nada.

Absolutamente el único poder que he tenido alguna vez era mi belleza, y eso ya se ha ido. En ningún lugar me ha resultado tan doloroso y evidente como en París. Aquí no tienen prejuicios: los hombres me miran y me admiran, mientras que en Estados Unidos no. Aquí hay respeto por la belleza, no por la juventud en sí, pero la mía ha desaparecido.

¿Podría estar aquí en los jardines de Luxemburgo solo para estar lo más lejos posible del doctor Freedman en este momento? ¿Sigo enfadada porque dijera «la percepción que tú tienes de la muerte de tu madre»? Si ella lo hizo por mí, ¿quién más estaba allí para percibirla?

¿Soy tan fría, o es algo tan horrible que no lo he pensado, no lo he visualizado, hasta ahora? Horrible, horrible, pena y dolor.

La percepción que tiene Wilde (o Ackroyd) de sus últimos días, su preocupación por la fama, al mismo tiempo que por la degradación. Irónico que la mayoría de sus acusadores cometieran perjurio: él no cometió los actos de los que lo acusaban. No pudo, no fue capaz: solo fue capaz de mirar.

Turismo.

Otra cosa que me consume no es mi ineptitud, inferioridad o la frustración de la arrogancia. No me importa Alastair y el libro de bolsillo, o el diez por ciento. Quiero la inmortalidad.

Me tuve que acostumbrar a la verdadera cercanía física en París. En un café estás pegada a alguien y al cabo de un rato te das cuenta de que te conceden todo tu espacio y no temen por el suyo. De la misma manera que te miran —y en Estados Unidos no—: no es una intrusión sino una observación, un reconocimiento.

Me da ansiedad llegar al aeropuerto y saber si tengo suficiente dinero para el hotel y el autobús. Ansiedad por el doctor Freedman y mi lectura del viernes. Estoy encantada de leer con Bobby. Será perfecto después de los sentimientos de la semana pasada, de sentirme sola y vieja, leer con alguien a quien me une una amistad de treinta años, ¡y más sabiendo cuánto le gusta competir!

Día deslumbrante y soleado. Los demonios se han ido, inexplicablemente. Espero que sea porque los he mirado cara a cara.

Ingeborg y Lilo llamaron para despedirse. Fue fabuloso: en lugar de solo darme las gracias por unos días estupendos y desearme un buen viaje, Lilo me habló de su pesada carga de trabajo y de su cansancio. Y yo pude hablarles a las dos de lo sola y asustada que estaba, y de mi madre, y llorar, contarles que me sentía desgraciada. Que quizá he recorrido medio mundo para no tener que estar cerca del doctor Freedman en el aniversario de la muerte de mi madre.

Estoy en los jardines de Luxemburgo. Hay un ambiente festivo, como en los dibujos de Babar. Los enamorados se besan por todas partes, ¡es casi una broma, una parodia de París!

Je suis contente. Qué manera tan encantadora de terminar la visita aquí. Alexandre fue amable, cuando fui a pagar los desayunos, de trece días, me dijo que no me preocupara, que me invitaban con mucho gusto. Yo había apartado cuidadosamente ese dinero, así que saldré a comer a L'Apollinaire, ostras y *agneau*.

Estos últimos días me he visto como un caso perdido, un espanto, culpable de crímenes tan atroces como los de Wilde e incapaz de amar. Hoy ya no creo que sea así, en absoluto: soy capaz *de tout*.

Llegué al aeropuerto De Gaulle justo cuando se ponía el sol, un enorme sol naranja y una luna llena otoñal, del mismo color, sobre París. ¡La contaminación y la niebla le daban a la ciudad cierto aire a uno de esos malditos Monets! Maravilloso.

5 de noviembre

¡Danny y Emma vinieron a buscarme! No había dormido en toda la noche, pero para mí ya era de día, así que me sentía muy despierta. Emma y yo hablamos durante horas; es una gran gran amiga. Me encanta porque con ella nunca hay ningún deseo de competencia, no hay celos ni rivalidad, solo siente alegría o tristeza por mí, verdaderamente incondicional.

Me alegro de estar de vuelta. Visita de Mark: me trajo fotos de Atget de regalo y ha hecho carteles para la lectura. Su intensidad me asusta, siempre tengo miedo de que se haga daño, como cuando se cayó del árbol o cuando aquel niño le tiró la leche al suelo. Solo temo por él. Con mis otros hijos, pase lo que pase, algo me dice que estarán bien.

Me siento muy bienvenida en casa. Buddy, Alastair, Jeff, etcétera. Creo que nunca he sido tan feliz, en mi vida.

Vi a Freedman, le hablé de los malos momentos que había pasado en París. Con delicadeza me recordó que, aun así, parecía un momento maravilloso. Sí. Dios mío, gracias por este año. De no ser por Freedman estaría muerta.

Después de que Lucia acabara de componer la edición artesanal de *Safe & Sound* en la linotipia, su amiga Ingeborg le propuso ir con ella a París. Para Lucia, siempre había sido un sueño, así que la acompañó, y decidió escribir un diario del viaje. Muchos de estos recuerdos aparecieron más tarde en el cuento «Perdida en el Louvre» (1998). Este, como el resto de los diarios publicados en este volumen, son textos nunca publicados.

La observadora accidental
Diario de Yelapa, primavera de 1988

Luna llena. Siete, el gato blanco y negro de David, en mis brazos. Un barco rumbo al pueblo. Es gris lavanda, justo antes de que cambie al gris neón de la luz de la luna.

Los sonidos de Yelapa son los mismos. Las olas contra las rocas y los pájaros, un generador al otro lado de la playa. Un silencio increíble. Todos se han ido a una fiesta en casa de Francis Mitchell, en lo alto del cerro. Ahora hay grillos. Una de las grandes diferencias, veinticinco años después, son las cintas de música. Todo el mundo pone cintas de rock y jazz de sol a sol. Dios mío, el océano y la selva se oyen a todo volumen cuando apagan la música. Ahora oigo remos y caballos, pero no puedo ver el barco ni los caballos en el sendero.

Josie, la chica que le rompió el corazón a David, vive fuera, alejada, con su bebé de un mes, Milagro. Su hermana Tina está de visita, se aloja aquí. Me había imaginado a dos golfas seductoras, muñecas rotas de Hollywood, ¡pero son jóvenes, frescas, encantadoras! Buddy estaba horrorizado con lo del bebé, se había olvidado de que aquí teníamos un crío igual que ella. «¿Y si enferma o le pica un escorpión?». Sinceramente, no recuerdo haber padecido por ellos, ni siquiera cuando iban en canoas por el agua o remontando el río con los *machetes*. En cambio, sí me preocupaba que a cualquiera de nosotros nos cayera un coco encima y nos partiera la crisma. Ahora sufro de verdad por ellos.

Los olores aquí son los mismos: a mar, a humo de leña, a queroseno, a velas.

¡Las habladurías son exactamente las mismas! Peggy sigue siendo la única diversión de la ciudad. Todo el mundo la odia o la adora. La mayoría de estos últimos simplemente han quedado desterrados de su presencia, como a mí me pasó una vez. La mujer íntegra, transparente y sana de Yelapa (el polo opuesto de Peggy) resulta ser Karina. David lleva años hablando de ella. Una mujer de lo más encantadora y serena. Cené en su casa la primera noche que estuve aquí. Está al día de todo. Como Mary Worth, sabía que yo no podría ver a Mickey Shapiro o ni siquiera ir a la playa hasta que le presentara a Peggy mis respetos. Claro, lo sé porque la última vez que estuve aquí también me desterró a mí de su casa, mi equipaje y mi ropa volaron cuesta abajo. Y solo fue porque visité a Mickey mientras era huésped de Peggy. A decir verdad, creo que esa fue la gota que colmó el vaso. Entonces yo bebía y era un incordio. Por ejemplo, me bebí casi todo su tequila, así que ella llenó los decantadores con alcohol de quemar. Y me lo bebí también. ¡Dios! Luego tuve una aventura con el director de *Yo fui un hombre lobo adolescente* y manché de sangre uno de los preciados *huipiles* de Peggy.

Empiezo a acordarme de todo ahora...

Dios concedió las lagunas a los alcohólicos para que no nos pegáramos un tiro después de pura vergüenza.

¡Fuegos artificiales! Ya sean por el Cinco de Mayo o por la fiesta a la que han ido, resulta inquietante por lo silencioso y oscuro que está todo. A lo lejos se ven las luces de Vallarta y un avión de vez en cuando. ¡Aquí, la luna y una cascada rosa, luego verde y luego amarilla!

Estoy de niñera —Milagro duerme en mi regazo—, David ha llevado a Josie y a Tina a dar un paseo en barca a la luz de la luna. Dulce olor a bebé, dulce como el de un cachorro.

Teodora murió hace apenas dos semanas. Recuerdo la loza que entrechocaba en la tina que sostenía sobre la cabeza, mientras Donasario la seguía río arriba. «Lavar los platos» era nuestro eufemismo para follar.

Al amanecer los venados venían a beber al río. Una vez Donasario decapitó a una hembra con su *machete*. ¡Zas!

Anoche vinieron dos niños que vendían una cría de zorro. En el acto dije que no; David se quedó muy decepcionado.

Salamandra en el poste de la cancela. Mariposa amarilla en un hibisco rojo. Loro graznando y estornudando. Al parecer así todo el mundo sabe que está borracho, porque es alérgico al alcohol.

Visita a Peggy. Amorosa, pero con ese punto —que ya teníamos hace veintiocho años— de rivalidad y antipatía genuina que se compensa porque de verdad nos apreciamos, respetamos y disfrutamos mutuamente. Por increíble que parezca, su casa está aún más hermosa, docenas de pinzones amarillos en la puerta de su habitación, cientos de especies de plantas: violetas, buganvillas, petunias, begonias, orquídeas, etcétera. Un museo de máscaras, santos, retablos, pinturas, tallas, tejidos y plata. Una casa increíblemente hermosa. La biblioteca…, ¡sin palabras! Tres docenas de gatos (CUATRO DOCENAS, 48) y media docena de perros vagan por ahí a su antojo. Abajo, ocho caballos y mulas. Es libre, en el sentido de que los intereses de la fortuna de sus padres (para mí es una fortuna) son cincuenta mil dólares al año, pero tiene demasiadas cosas bonitas y nunca podría marcharse. Nadie a quien confiarle sus plantas, y mucho menos sus animales y su preciadísima colección de arte.

Compartimos un dilema: nos preocupa vernos viejas y enfermas y solas, pero sin querer dejar de estar solas a pesar de todo. Sentí que me contemplaba como una posible compañera y me halagó. Tardé veintiocho años en conseguir que no me intimidara. En aquellos tiempos yo solo tenía la belleza, a Buddy y a mis hijos. A pesar de que ella envidiaba esas cosas, me tomaba por una ilusa. Y, bueno, lo era.

Cena y discoteca en el club náutico. Josie y yo volvimos a casa temprano. A ver, Yelapa sigue igual que antes, coqueteos, amoríos e intrigas. En los sesenta, sin embargo, había muchas drogas y alcohol, estos jóvenes son más sanos. Los de mi generación están todos muertos o han dejado de consumir. La mayoría están muertos.

Partida de póquer en casa de Ed, ocho o nueve hombres. Francis y yo tenemos un rollo bastante *simpático*. Conoce a Ginger y a Ed Dorn. David es tan fino, divertido y agudo. Dios, lo quiero y lo admiro. Reacciona a la menor crítica que le hago. Espero que eso desaparezca cuando me vaya.

Gran luna llena dorada anoche. Oro amarillo.

Josie y Tina pasaron por aquí. David todavía sigue jugando al póquer, aunque pronto tendrá una cena. Sol de poniente en el agua. Silencio, silencio. No me había dado cuenta de lo a gusto que iba a estar aquí.

Guincho.

La semana ha pasado volando. Ya me habría ido si no me hubiera enfadado con Freedman y cambiado la reserva. Me podría quedar un mes más, pero quiero ver mi LIBRO. He leído las pruebas. Parece ligero —superficial y travieso—, no tan sólido como *Phantom Pain*. Mejor escrito, pero no da la sensación de que sea un libro.

Cena en casa de Peggy. La mejor cubertería, porcelana, cristal, candelabros... Uno de los gatos, uno tullido llamado Face, tuvo una especie de ataque epiléptico, con chasquidos, maullidos y aullidos. Como una madre orgullosa, Peggy dijo: «Cuántos gatos pueden hacer eso, ¿eh?».

Peggy y yo nos sentamos bajo el obelisco y el papelillo, esperando a que saliera la luna llena. Nos reímos con tristeza mientras enumerábamos a todos nuestros amigos muertos. Echábamos de menos hablar con Tom Newman. Es uno de los pocos muertos con los que todavía quiero hablar.

Los días han pasado al estilo Yelapa. Cambios de escenario, personajes en primer plano, gente que va y viene. Un largo día con Peter, un productor musical de Hollywood, hablando de la Vida y la Muerte. Al estilo Yelapa, con el peso en el aquí y el ahora. Y en la mortalidad.

– Pescando en alta mar: cientos de delfines.
– Buceando en un banco de caballas: plata.
– Iguana sobre la roca. Papelillo amarillo en flor. Tabachín.
– *Panga* llena de mariachis.
– Austriaco con granola, copia de los Steppenwolf y bongos. *Algunas cosas nunca cambian.*
– *Zopilote* volando sobre los cerros.
– Un trogón, turquesa y rubí, en el obelisco cerca de mi cama.
– Cura para la intoxicación alimentaria: té de hojas de papaya, manzanilla y una bosta de caballo.
– Rosa en flor. Mariposas verde neón, naranja y rojo brillante.

Hay una *fiesta* en el *pueblo* para recaudar dinero para el generador de la iglesia. Hermoso trío de músicos mexicanos que tocaban el bajo, arpas, flautas, violines, etcétera, de México y Sudamérica. Bingo, cara o cruz y buena comida. Mickey Shapiro se acercó y me abrazó —pensé que era otra gringa efusiva—, no la reconocí (QUERIDA VIEJA AMIGA) después de quince años. Qué papelón…, peor. Horrible. Asentí con la cabeza y seguí hablando con otra persona.

Traté de pensar cómo explicárselo. Acabé por ir a verla y decirle la verdad. Reaccionó de maravilla. Me alegré de estar con ella y la semana que viene volveré para pasar varios días allí. Decidida a no meterme en medio de su disputa con Peggy. Difícil ser neutral cuando me contó que, la noche que su marido Benny murió de un ataque al corazón, Peggy se negó a prestarles su botella de oxígeno.

A continuación fui a ver a Peggy. Me negué a hablar de Mickey, pero por supuesto me quedé atrapada en los chismes de todos los demás. Tiene un plan para que nuestro viejo amigo Mel vuelva aquí. Mi misión consiste en poner un anuncio en la columna de contactos del *New York Times*. Yo tenía entendido que era dueño de un club nocturno en Londres. Ella había oído que regentaba una licorería en Jersey City.

Cena en casa de Chris y Anton. Él hace bastones, bastones mágicos con vidrio y abalorios y huesos; algunos muy bonitos, otros bastante estrafalarios. De los dos, ella es la que tiene el talento de verdad. Ha hecho una serie de dibujos con texto que voy a intentar que Alastair publique. Es un librito maravilloso sobre Dixie, una anciana de Alabama. Miscelánea genial de gente joven, muy joven, todos jóvenes. David se marchó. Al parecer había tenido un desencuentro con Odalis, una joven cubana guapísima. Me lo pasé bien, de todos modos: buena charla. Ya muy tarde, el *pueblo* estaba dormido cuando llegué a casa. Me perdí totalmente. Los perros daban miedo. Por fin reconocí un peñasco y encontré el sendero que llevaba hasta el final, con los animales correteando a mi alrededor. Noche oscura y tranquila.

David y yo nos entendemos bien; él no está tan a la defensiva. Yo no estoy tan a la defensiva, pero demasiado sensible. Ojalá pudiéramos llegar a cuestiones más íntimas... Es difícil. Más fácil con Alfonso, pongamos, que con mi propio hijo.

Las islas. Agua clara, suave como el cristal. Andrea, Tina y yo bajamos a la arena blanca mientras Mark y Karina pescaban hasta que Karina pescó un bonito para sashimi. Vino David, había estado buceando; sacó un mero enorme, plateado con manchas doradas, que comimos asado. Yo había hecho ensalada al pesto y guacamole. Comimos y paseamos. Con el resto del pescado David hizo sushi para cenar.

Largo día en casa de Peggy con Josie y Tina. Bueno, pero inquietante; la acumulación de antigüedades. Cofres y cofres de *huipiles* y tallas, y su soledad. Veía que estábamos a punto de irnos y seguía abriendo más cofres. Ambas nos sentimos cómodas juntas, nos tenemos cariño, aunque eso podría acabarse de golpe cuando se entere de que voy a pasar la noche en casa de Mickey después de un día en la playa.

Me he enterado de que Ruby está picada porque no la he llamado..., y ahora también Rita Tillett... Maldita sea. Más que nada me apetecería quedarme sentada en las rocas, pero quiero a estas mujeres y siento curiosidad y fascinación por lo mucho que se detestan. Veinticinco años, tres vecinas que viven puerta con puerta. Uf.

Me invitaron a jugar a las cartas en casa de Mark, pero David dijo: «Adiós, me voy a jugar a las cartas» y se fue. Ya no estoy molesta con él... Mentira. Lo estoy. Me gustaría que bajara la guardia. Aunque hoy me salvó de una serpiente de coral. Aterradora —preciosa en el suelo de baldosas— y rápida. No la mató, pero ojalá lo hubiera hecho. Resulta que era una particularmente mortífera. Está en un agujero junto a los escalones.

He tomado *refrescos* con Juana y Ruth. Juana quiere que la ayude con una propuesta para pedir una subvención: aquí hay más jaleo social y político que en casa, y sin contestadores automáticos. Aquí lo que haces es quedarte en silencio e inmóvil cuando alguien llama al timbre, o, por la noche, no encender velas.

Gran *junta* hoy en el hotel. Las facciones rojas y verdes de todas partes —Chacala, Tuito, etcétera— se reunieron para hablar de qué se hace con la tierra del *ejido*. ¿Venderla al gobierno, hacer una carretera, condominios, hoteles? Llevará años. Docenas de *pangas* en el pueblo, corrales llenos de (magníficos) caballos. Josie y yo estábamos en la playa cuando terminó la reunión. Atmósfera siniestra mientras todo el pueblo (cientos de yelapenses) caminaba en masa por la playa y volvía por los senderos.

Ahora hay muchos mexicanos borrachos en el sendero. Puedo oler el *tejón*. La serpiente de coral... no se me va de la cabeza. Oscuro, oscuro, salvo por una sola vela. Aquí la luz del alba realmente disipa los temores. ¿Ves?, todo está bien.

Al día siguiente. ¡Peces voladores! Ondas rosadas, ¡sorpresa! ¡Cuatro ballenas, dos pequeñas con dos bebés!

Los borrachos fueron a casa de Josie anoche, le dieron un susto de muerte. Mark y David fueron a rescatarla, pero resultó que simplemente buscaban a otra persona.

Pasé el día y la noche con Mickey. Era el aniversario de la muerte de Benny. Oh, oh, pensé mientras ella y Jeanne tomaban ácido, comían brownies y fumaban hierba. Encendieron doscientas velas (por todas partes) e hicieron una hoguera fuera. Jazz. Dulce, ni siquiera evocador. Nada de nostalgia, en realidad, pero compartíamos recuerdos de cuando éramos jóvenes, de cuando ella y Benny se enamoraron, cuando Buddy y yo nos enamoramos. El día que los cuatro nos bañamos en las pozas, río arriba. Una noche tranquila y apacible. Encantadora.

Visitamos a Ruby. Nos enseñó los nuevos jardines. Las habitaciones de alquiler son caras, parecen habitaciones de motel en La Jolla. En todas hay caca de murciélago por todas partes. Hasta ella parece un murciélago ahora. Orejas grandes y ojos rojos de borracha, dientecitos puntiagudos, echando pestes y cuchicheando sobre Peggy y Mickey y Byron, etcétera, etcétera, etcétera. Salí de allí como..., bueno, como un murciélago de las entrañas del infierno.

Última charla con Peter sobre la Vida, la Mortalidad y el Absurdo. Cree que me gusta por su inteligencia. Lo que me gusta es que, cuando el vendedor ambulante de joyas abre su maletín, Peter y yo lo revolvemos en busca de gangas. *Moi*, conseguí la ganga, cuentas de jade antiguas por doce dólares. Valen doscientos dólares (EE. UU.) por lo menos. Probablemente el tipo las robó.

Karina hablando de su historia de amor con Ceferino, hace años. Beso en la cocina. «Ahora ya estamos en camino». La noche antes de irse a Estados Unidos, él le arrancó todas las uñas con los dientes. «Piensa en mí».

David recibió un motor Evinrude nuevo del socio con quien comparte el barco y es feliz. Tina se ha ido. Josie tiene el corazón roto, quiso quedarse aquí anoche. Va a ser muy duro para ella, con el bebé, allí alejada, en lo más apartado, sobre todo después de que Karina se vaya. También será muy duro para David. A Josie le molesta que él sea tan frío, pero está manteniendo una distancia sana.

David me llevó a Vallarta en su nuevo barco: pasé el día haciendo turismo y comprando regalos. Él y Michael, su socio, vinieron al día siguiente y me llevaron al aeropuerto. El avión lleva cuatro horas de retraso. Espero que Danny llame para comprobarlo.

Unas vacaciones maravillosas. Todo el mundo me preguntaba: «¿Ha cambiado Yelapa?». «¿Ha cambiado Puerto Vallarta?».

He cambiado yo.

Mi último viaje a México, tal vez a cualquier lugar. Quizá le dé una oportunidad de verdad a Nueva York.

Mientras le sale algún trabajo, Lucia regresa a Yelapa, a México, para visitar a su hijo David, que lleva viviendo allí un año. Será la primera vez que vuelve desde su visita en diciembre de 1971. Lucia retoma la escritura diarística iniciada en París.

Diario de Naropa
Boulder, Colorado, julio de 1990

En casa de Bobbie. Su amabilidad me recuerda a Mamie, sirviendo té, con teteras y terrones de azúcar. «Mamie, no deberías haberte tomado tantas molestias».

«Desde luego que sí. Qué menos».

Una casa y un jardín maravillosos. Es su casa, hasta el último detalle. Abierta y rica, espaciosa, llena de toques delicados y luminosos, vivible y vivida y cálida, pero con estilo. Una casa para estar sola. Pensaba que me había quitado la costumbre, ¿por qué me viene la idea a la cabeza? «Ay, si hubiera un hombre que valorara a Bobbie...». Bueno, ¿y por qué no?

Fui a una lectura ecofeminista. Pensé que podría tener algo que ver con el reciclaje de tampones. Ojalá. Me presentaron a Allen Ginsberg, quizá por décima vez en mi vida. Lo conocí en su apartamento del Lower East Side en 1959. Me pasé dos horas pegada a él, agarrados de la mano en el metro de la IRT, de camino a la primera lectura de Ed en Nueva York en 1960. También he pasado tiempo con él en Albuquerque, San Francisco y Bolinas. El muy cabrón nunca ha leído mi obra y nunca recuerda haberme conocido.

Seminario de estudiantes sorprendentemente bueno. Dos excelentes bailarinas que no intelectualizaban sino que utilizaban sus cuerpos y el movimiento.

Jane apareció, vino a mi clase y luego desapareció. Me sentí simplona y torpe en el taller, pero a pesar de eso la clase fue bien. Respuesta genial, varios alumnos nuevos encantadores.

Mesa redonda estupenda con una gran mujer, Carmen Alegría. Especialmente buena porque todas están muy «empoderadas».

No soporto todo el politiqueo. Lo que Joanne dijo sobre Ann, etcétera. Ann está haciendo un trabajo difícil. Ella es difícil. Bobbie es quien da cohesión al programa de prosa; muy respetada, buena profesora. Tal vez proyecto, pero desearía que tuviera una amiga de verdad aquí.

Con Joanne Kyger, me rindo. Siempre me trata como basura.

Anselm parece sumiso, mortalmente aburrido. Ed, oh Ed, mi héroe y mi ídolo, como bajo los efectos de la Torazina, excepto por los arranques ingeniosos de mala baba. Jennie, tensa. No con la soltura de «¿por qué no puede ser así siempre?».

Allen Ginsberg irradia una fuerza serena, es serenamente fuerte, amable y cálido. Fue la mayor sorpresa, su apacible autoridad. ¿Un santo?

¿Odio a Sharon Doubiago porque está buena y es guapa o porque no para de parlotear sobre ecofeminismo?

Entrevistas con alumnos:

– Bruce, el psiquiatra.
– Katie: poemas de amor e historia sobre el hermano esquizofrénico.

– Erica: maravillosa. Un placer.
– Vanessa: casi igual; tal vez no tan buena escritora, ni tan clara, pero es otra mente joven y rápida. Ambas tienen ya una voz propia, ambas preciosas y vivas. Vanessa es hija de una estrella de cine, lo lleva con ligereza.

Almuerzo con Otto. Charla seria, estupenda sobre escritores y cárcel. La cárcel es lo mejor que le ha pasado. Como en *El bote abierto* de Crane.
Bobbie en su mejor versión, la más alentadora y divertida. Me conmueve nuestra vieja amistad.

Mi lectura fue bien. Me encanta Claribel, la poeta salvadoreña.

Mario Trejo es un plomo.

Una respuesta de los alumnos gratificante, halagadora. Podría haber vendido el doble de libros. ¡Vino Jane! Mi amiga de belleza morena.

Echando la suerte con Jane. Jota de picas, cuatro de picas, siete de picas pero todos los ases. Nueve de corazones.

Vi las películas caseras de Bobbie. David bebé. Paul, Fred y Chausonette. Jane y Stan, desgarradores. Buddy y yo, tan jóvenes y guapos, pero no me puso triste. Kirsten me puso triste, y Jane.

Capullos: Joe Richey, Jim McNeil, Mario Trejo, Cherry.

Estrellas: Víctor Hernández Cruz, Anselm Hollo, Allen Ginsberg, Jerome Washington, Tree Bernstein, Kyle, Erica, Vanessa, yo.

Almuerzo con Ed y excursión hasta el pico Flagstaff. Un alivio seguir venerándolo, amándolo con todo mi corazón. Es el hombre más íntegro que he conocido. A Jenny la quiero mucho. Ambos son austeros, duros como el acero, afilados y claros: en su matrimonio, sus ideas y su amistad.

Bobbie es menos controladora ahora que es tan feliz y tiene el apoyo de los estudiantes y de Naropa. Sigue obsesionada con Bob [Creeley]. Le conté la historia de Bob diciéndome: «¿Ves ese árbol? *Sé ese árbol,* para tu hombre» cuando le mostré mis cuentos en 1959. Ahora es una anécdota muy divertida. Una visita entrañable de viejos amigos, a dos amigas que envejecen.

Coloquio. Sorprendida de que pudiese siquiera articular palabra. Un resultado del verdadero espíritu de comunidad que surgió durante la semana. Gran experiencia.

Lectura. Estaba muy nerviosa y sin aliento, pero aun así salió bien. A la gente le encantó. ¿Debo aceptar que estoy nerviosa y sin aliento o debo tomar clases de locución? Tanto Ann como Bobbie quieren enseñarme a «proyectar», son grandes intérpretes. Mi instinto me dice que mi pánico puede pasar por una profunda emoción. Sea como sea, la respuesta fue gratificante, especialmente por parte de los latinos y los estudiantes jóvenes.

Es una pena no estar dando clase. Se me da bien y es un placer.

Boulder es verde, un lugar hermoso y tranquilo, se parece a Austin en su buena fe. No creo que pudiera soportar vivir aquí: sin asperezas, sin problemas, sin Personas de Color.

Me gusta Sharon Doubiago (y cómo escribe) a pesar de su constante feminismo y ecofeminismo. Tiene agallas y es divertida, y dejará pasar todo eso para seguir siendo una voz fuerte de mujer.

Leyendo la autobiografía de Ondaatje. «El comienzo de todo fue el esqueleto brillante de un sueño al que apenas podía aferrarme». Si vengo aquí el próximo verano intentaré coincidir para conocerlo.

El poema de Allen era maravilloso, «respirando por todo el mundo».

Ed y Tom soltando mezquindades y pestes sobre Creeley, etcétera. Pero siempre se ponen así, como adolescentes sabiondos. Todavía los adoro. El énfasis en «todavía» es que temería la desilusión de los dos hombres que más admiro, que me siguen guiando.

Debo de haber oído a seis o siete mujeres de cierta edad insistiendo en que es genial vivir solas y no depender de nadie. Como lo he hecho tanto tiempo, probablemente nunca dejaré de estar sola, pero envidio a Ann, Claribel, Jane (Hollo), Joanne y Jenny. Ojalá hubiera un hombre que pudiera con mi historia. Conmigo es fácil llevarse bien.

En julio de 1990, Lucia visita Boulder, Colorado, como profesora invitada de Escritura creativa en el Instituto de Naropa. Da clases sobre el paisaje como protagonista y las reglas de Chéjov para el relato breve, y hace una lectura de «Perdidos», «Mi jockey» y «Punto de vista».

Diario de Cancún, 1991

Ahora mismo voy en un avión hacia Cancún para visitar a Molly.

Después de despegar en Guadalajara, el avión empezó a temblar de un modo horrible, sacudiéndose y dando bandazos. Luego paró, y después volvió a pasar de nuevo, peor. Alabeamos y por poco entramos en barrena. El piloto dijo que haríamos un aterrizaje de emergencia en Ciudad de México.

La verdad es que me sentía bien, con lo suicida que ando en los últimos tiempos. Ni siquiera me importa dejar este valle de lágrimas. Así que estaba relativamente tranquila, al lado de todas las parejas de luna de miel. Había una mujer dormida, con la cabeza apoyada en un cojín en el regazo de su marido, siguió durmiendo durante las turbulencias y el anuncio. El marido no la despertó. Le acarició el pelo mientras descendíamos a través de la niebla y la contaminación a «una zona remota del aeropuerto». ¿Con quién preferirías estar casada? ¿Un marido que te despertara y te dijera lo que pasa o uno que te dejara dormir?

No me asusté hasta que sacaron el carrito de los refrescos y vi la frente del auxiliar de vuelo perlada de sudor mientras me pasaba una Coca-Cola.

Esperamos durante horas en la pista de aterrizaje de Ciudad de México. Había muchos policías debajo de mi ventanilla. Me sentí mejor cuando uno se sentó en un remolque de equipajes y se puso a hacer un crucigrama.

Hablé con el aventurero bronceado que estaba a mi lado mientras esperábamos. Tiene mi edad pero está en plena forma, es esquiador, bucea, cuenta historias de Egipto y Grecia. Nos caímos muy bien, nos reímos, intercambiamos historias de aventuras mientras los demás estaban sudando, lloraban.

He perdido el atractivo sexual, me he hecho vieja sin remedio. Hace solo unos años, en este breve espacio de tiempo (joder, fueron horas) se habría gestado una complicidad, una cita.

Esperar. Un autobús monstruoso y un largo viaje hasta la terminal, esperar, luego otra hora sofocante en otro autobús monstruoso para llevarnos de vuelta al avión. Otra pareja de luna de miel, ella aún con el ramo en la mano, perdiendo agujas de pino, las orquídeas mustias, a casi cuarenta grados y sin aire. Ambos tenían los dedos tan hinchados que no podían quitarse la alianza. Eso la hizo llorar. Un clásico besazo. Mi amigo y yo sonreímos.

Lo mejor de estas situaciones es que son ideales para romper el hielo. Todo el mundo charló con sus vecinos el resto del viaje hasta Cancún.

Cancún. La casa del presidente en la playa, más parecida a un gran motel, con muchas habitaciones para convenciones. Victoria y Toti, amigas de Molly, también están aquí y se van mañana.

Tenemos habitaciones espaciosas con camas dobles. Piscina fuera y la playa a unos pasos. Silencio absoluto excepto por una increíble algarabía de pájaros. Los guardas rondan toda la noche, uno de ellos cantando. Antes del amanecer los jardineros están trabajando. Rastrillan, barren, retiran las hojas muertas de los árboles.

¡El sol *sale* del océano! Toda la vida solo he conocido el Pacífico, me he sentado en la playa y he visto ponerse el sol. Me desorienta.

Caminé por la playa y nadé. Es divino tener una playa privada. Celia, la cocinera, me hizo café. Trogones, mirlos cantores, sinsontes, papamoscas, oropéndolas.

Molly y yo hemos estado leyendo en la terraza. Iguanas tomando el sol, cazando moscas. Lagartos por todas partes, de todos los colores. Miguel, el mayordomo, contando historias sobre el embajador de Singapur, el consulado ruso, su perro. Toda la familia de Miguel, mujer e hijos, murieron en el huracán de 1989. El marido de Celia también.

Toti y Victoria salieron a bailar anoche y aún duermen (son las nueve). Los ocho o nueve jardineros han desaparecido: el jardín está deslumbrante, las baldosas de mármol relucientes, ni una hoja en la piscina.

Molly apenas se queja de náuseas o desmayos. Se alegra mucho de vernos, de ver a Victoria, que ha venido desde Argentina. Hermosa mujer, divertida y fuerte.

He pasado el día en el hotel Presidente, donde la playa es una larga franja de arena blanca con un espejo de agua turquesa. Hay peces transparentes nadando sobre el fondo de arena blanca: no los ves hasta que chocan contigo.

Un día dulce, Molly serenamente feliz, contenta de que Victoria, Toti y yo estuviéramos ahí.

Mónica llegó con historias de sus películas, amigos y cafés. Las cuatro nos quedamos tumbadas bajo una sombrilla de playa hechizadas por su belleza y su ingenio, como niñas. Causa ese efecto en todo el mundo: es guapísima, pero sin artificio. En cambio, derrocha arte: es divertida y encandila con una historia tras otra. Mágica.

Les eché las cartas a Toti y a Victoria. Las de Toti eran solo de dinero. Las de Victoria de soledad y tristeza. Victoria y yo hablamos con confianza mientras le echaba las cartas. Sabía que le preocupaba la muerte de Molly y la temía, así que le solté que eso quedaba muy lejos todavía.

En la primavera de 1991, Lucia hace un breve viaje a Cancún invitada por su hermana Molly.

Diario de Boulder/Berkeley
Primavera de 1991

Ed y Jennie siguen todavía en pie discutiendo cuando me despierto a las seis de la mañana. La trata con galantería y consideración, para diez minutos después lanzarle un ataque venenoso.

Bobbie se echó a llorar porque en el libro la tachaba de «mandona y entrometida». Luego, en el desayuno, les dice que deberían colocar las mesas al revés, y cambia de sitio la sal, la pimienta, el azúcar, etcétera, en nuestra mesa y en las mesas de al lado. Moja su servilleta y limpia las molduras de encima. Mientras desayuno me dice lo que tengo que hacer con mi vida.

Kipling, en la travesía del Atlántico, describió a una mujer que hablaba sin parar en la cantina: «Es el rostro del miedo». Bobbie me recuerda esa imagen.

Tom Clark, de Santa Bárbara: «Te compadezco, vas a estar tan sola».

Ninguno de los grandes hizo acto de presencia en mi lectura. La sala se llenó, de todos modos, y hasta había gente de pie. En clase también, la acogida fue genial.

Cuantos más logros alcanzaba de niña, más me alababa mi padre y más me odiaba mi madre.

En lugar de alegrarme por la acogida que recibí, me angustio por los celos de otros escritores.

287

Cómo temo Naropa. Bobbie cree que he seducido a todos sus alumnos... Y así es.

Camino junto al río con Peter —lo mismo que Bobbie—, habló y habló sin parar del alcoholismo de su primera esposa. En realidad quería hablar de que Marilyn le ha dejado.

Todas mis historias ya han quedado desfasadas, tienen una inocencia y una ausencia de cinismo que, desde esta guerra, nunca volverán a repetirse.

Jennie está furiosa porque «Fuego» vaya a salir en la revista de Tom. Temo la Conferencia Olson.

(Más tarde, Conferencia Olson: Berkeley, California).

Tom Clark flaco y desdentado, con un jersey multicolor y una gorra. Habló durante una hora y media. Brillante.

Mesa redonda. Tom, Ed Dorn, Michael McClure, una mujer, JoAnne Kyger, Ed Saunders...

Saunders estuvo genial. Tom se marchó de la mesa. Justo antes había pedido que abrieran las ventanas. Había cerezos en flor.

Ed estuvo muy conmovedor durante el poco tiempo (diez minutos) que habló, pero se fue y no volvió. Larry Eigner siguió hablando, interrumpiendo. La mayoría morralla, excepto Ed Saunders.

Como hay una guerra en marcha, todo el mundo hablaba de Poetas y Política. Larry Eigner (ininteligible a menos que estés muy cerca) soltando el rollo y recibiendo una ovación de pie como Bush. Una poetisa diciendo que los poemas son para los que cavan zanjas. Michael McClure fanfarroneando. Todo el tinglado dirigido por un tipo que parecía un vendedor de coches usados.

Mucho comadreo y fanfarroneo. Todos fueron a almorzar al Brennan. Yo me fui a casa y, por desgracia, volví a la lectura. JoAnne leyó de maravilla y sus poemas son preciosos. Ed Saunders estuvo bien. Ed Dorn leyó dos poemas breves, hizo un comentario bastante racista y se sentó. Todos se fueron al Durant. Yo me fui a casa.

A la mañana siguiente, los Dorn fueron a casa de Buddy. Llevé el desayuno; una visita dulce, relajada y divertida. Se lo pasaron genial.

Jenny no cuestiona nada de lo que hace Ed. Yo (cobarde de mí) le dije que ojalá no se hubiera marchado, que lo habría hecho llevadero, y se limitó a decir: «La mesa era muy divertida, pero me apetecía hablar con John Daley... Creo que era el único allí que realmente conocía a Olson».

Ya, claro, capullo.

(Semanas después).

Vale, puedo entender que Ricky Henderson esté cabreado porque Canseco dé más boletos que él..., pero, aun así, se niega a jugar a menos que le den seis millones. Igual que Ed Dorn... Mis héroes son tan groseros.

Mark aguanta a duras penas en la cuerda floja, se pelea con David y Josie. David y Josie también se pelean SIN PARAR. Ella se niega a buscar trabajo. Buddy no está en plan suicida, pero habla de suicidio cada cinco minutos. Danny liado con su boda en julio. Mis hijos me hacen sentir culpable y desgraciada (no adrede, todos están siendo muy dulces y cariñosos conmigo). Simplemente siento que lo hice fatal como madre, incluso aparte del alcoholismo.

Mis amigos van hasta el cuello de problemas. El trabajo es insoportable. El doctor B. está loco y drogado. Quiero huir de casa.

En la primavera de 1991, Lucia regresa a Boulder, Colorado, para una lectura de su libro *Homesick* en el Instituto de Naropa.

Apéndice biográfico

En un hilo temporal que condensa los momentos destacados y acontecimientos importantes de la vida de Lucia, he procurado incluir los detalles que pudieran calar en su escritura o arrojar luz sobre su proceso creativo. Se basa en mis propios recuerdos, respaldados por la investigación exhaustiva y la lectura (y transcripción) de los cientos de cartas que mi madre escribió a sus amigos y colegas. —J. B.

1936-1940 Lucia Barbara Brown, primera hija de Wendell Theodore (Ted) Brown y Mary Ella Magruder Brown, nace en Juneau, Alaska, el 12 de noviembre de 1936. Cinco meses después, el trabajo de Ted como ingeniero de minas los llevará primero a Wallace, Idaho, y de ahí a diversos destinos durante los cuatro años siguientes, saltando por todo el país a otros campamentos mineros en Idaho, Montana, Washington y Kentucky; volverán a menudo a El Paso, Texas, a pasar temporadas con los padres de Mary: el doctor H. A. Magruder y su esposa Mamie.

1941 La familia pasa seis meses en Helena, Montana, y luego regresa a Mullan, Idaho, donde Lucia conoce a su primer «mejor amigo», Kent Shreve. Mollie Keith Brown, la hermana de Lucia, nace el 6 de octubre de este año.

1942 En Mullan, Ted trabaja para la Federal Mining and Smelting Co. (Compañía Federal de Minería y Fundición) en la mina de Sunshine, hasta que se alista en la escuela de oficiales para enrolarse en la Marina. A Lucia le diagnostican escoliosis y le ponen un corsé para frenar la curvatura de la columna. Empieza a ir a la escuela, donde se sienta con «los niños pequeños».

1943 A Ted lo nombran teniente y parte hacia el Pacífico. La familia se va a vivir a El Paso, a la casa los padres de Mary en la avenida Upson. Lucia echa de menos a su padre y a su amigo Kent, pero pronto encontrará en Hope, una vecina siria, a su nueva mejor amiga.

1944–1945 A Lucia le cuesta encajar en la escuela, pero aprende a leer y se apasiona por los libros. John, el tío de Lucia, es una figura protectora que la reconforta, pero a menudo desaparece. Lucia pasa muchas horas leyendo en el porche, o en la casa de su amiga Hope. Como castigo por empujar a una profesora (sor Cecilia), a Lucia le toca ayudar a su abuelo por las tardes en el consultorio dental.

1946–1948 Ted regresa a casa y se muda con la familia a Patagonia, Arizona, donde supervisará la mina de Trench. Lucia comienza a escribir poesía y cuentos de aventuras. En 1948, a Ted le ofrecen un puesto bien remunerado en la sede chilena de la American Smelting Company (Compañía de Fundición Americana), en Santiago. Lucia fantasea con que su familia se marcha a Sudamérica sin ella y mueren todos en un terremoto.

1949–1953 Los Brown zarpan de Nueva York rumbo a Sudamérica el 9 de septiembre. Ted trabaja exportando mineral y el tren de vida de la familia mejora. Lucia va a estudiar la secundaria al Santiago College, donde rápidamente adquiere fluidez en español.

Estudia literatura y poesía francesas e inglesas, además de españolas. Ted la manda a pasar una temporada en el rancho de un socio importante, que viola a Lucia. La madre de Lucia, cada vez más aislada e infeliz, prácticamente se pasa el día en la cama, borracha. A Lucia le va bien en la escuela, es muy popular y hace amistades para toda la vida. Al parecer en esa época Ted trabajó también para la CIA, proporcionando información sobre la industria y el gobierno chilenos.

1954 Después de graduarse, Lucia se marcha a la universidad con la idea de estudiar Periodismo y Literatura española. Elige la Universidad de Nuevo México, en Albuquerque, donde imparte clase Ramón J. Sender, el autor de *Crónica del alba*, una de sus novelas románticas favoritas. Mientras trabaja de correctora en la gaceta universitaria (*The Lobo*), Lucia empieza a salir con un joven reportero y cronista deportivo, Lou Lash, que al cabo de un tiempo le pedirá que se case con él. Antes de que tome una decisión, alguien escribe a sus padres contándoles que estaba tonteando con «un mexicano», y enseguida se presentan allí. Cuando su padre intenta pagarle para que se olvide del tema, el joven se niega. En cualquier caso, Lucia no se siente preparada para casarse, así que Lou rompe con ella.

1955 Disgustados con sus devaneos amorosos, sus padres deciden que al final del semestre la sacarán de la universidad y se la llevarán a Europa. Entonces Lucia conoce al estudiante de escultura Paul Suttman, y se casan a toda prisa en agosto. Lucia no quería ir a Europa con sus padres, desde luego. Deja la carrera y consigue trabajo en una agencia de préstamos. A pesar de que es la mujer más hermosa que ha conocido, Paul nunca deja de intentar cambiarla, de controlar su apariencia, su estilo y su comportamiento. Por encima de todo le decepciona que por culpa de la escoliosis sea «asimétrica» y no le sirva de modelo. A Lucia lo que le resulta intolerable es su silencio.

1956 Lucia retoma los estudios, pero enseguida los abandona al descubrir que está embarazada. Paul se licencia en Bellas Artes en junio. El primer hijo de Lucia, Mark, nace el 30 de septiembre. Su vecino, un anciano con quien ella tenía amistad, muere tras desplomarse en el jardín mientras rastrillaba manzanas. Lucia se queda desconsolada, a Paul no le afecta en lo más mínimo.

1957 Paul recibe una beca para ir a la Academia de Cranbrook (Míchigan) en otoño, aunque se marcha con antelación para asistir a los cursos de verano. Entretanto, Lucia vuelve a estudiar: se apunta a un curso de escritura creativa para el que escribe sus primeros cuentos, «Manzanas» y «Las aves del templo». Cuando Paul regresa de visita y Lucia le informa de que está embarazada de nuevo, él le dice que aborte o no volverá. Ella viaja a México con la intención de interrumpir el embarazo, pero finalmente no se decide. Pide el divorcio en diciembre y no vuelve a ver a Suttman en quince años.

1958 Lucia se siente orgullosa de sus relatos y sigue escribiendo. Empieza a estudiar Magisterio. Conoce al músico Race Newton en un club nocturno donde él toca el piano. Al día siguiente, 26 de abril, da a luz a su segundo hijo, Jeff. Lucia pronto frecuenta a los amigos de Race: el músico, piloto de carreras y empresario Buddy Berlin, los poetas Robert Creeley y Ed Dorn, y un amplio círculo de escritores, artistas, músicos, bohemios y drogadictos, además de a sus mujeres e hijos. Race y Lucia se casan en junio y se mudan a un viejo rancho de adobe en la carretera de Corrales, sin electricidad ni agua corriente. Como parte del plan de estudios, Lucia hace prácticas en un instituto católico, y la experiencia la inspirará a escribir «El Tim». Race resulta ser un alcohólico huraño que trabaja prácticamente todas las noches y se tira casi todo el día durmiendo. Una vez más, lo peor que Lucia diría de él es que apenas hablaba con ella. Mientras tanto, Lucia y Buddy inician un romance y se enamoran perdidamente.

1959 Race consigue trabajo tocando el piano en el bar de Claude en Santa Fe, donde Ed Dorn también trabaja como camarero. Se mudan a casa de los Dorn en Canyon Road, donde Lucia intima con Ed y su mujer, Helene, a quienes une el amor por los libros y ciertos escritores. Lucia tiene entonces cuatro o cinco relatos terminados y trabaja en una novela titulada *Acacia*, un romance que gira alrededor de la violación que sufrió a manos del socio de su padre en Chile. Los Dorn son los únicos que la animan a seguir escribiendo. Lucia conoce a Ada Rutledge, una cazatalentos que manda sus relatos al agente literario Henry Volkening, a Nueva York. La familia regresa al viejo rancho de adobe de la carretera de Corrales, en Albuquerque. Lucia no tarda en confesarle a Race su aventura y se va a vivir sola con los niños, confiando en que Buddy deje a su mujer y acuda a rescatarla, pero no es el momento oportuno y Buddy tiene una vida complicada, así que será Race quien tome las riendas y se lleve a Lucia y a los chicos a Nueva York para empezar de cero: una nueva vida. Llegan en septiembre y se instalan en un quinto piso sin ascensor, «una vivienda cochambrosa», en el 106 de la calle Trece Oeste. Race trabaja por las noches en tugurios y clubes de striptease hasta que consigue entrar en el sindicato de músicos. Lucia conoce al agente Henry Volkening, que accede a representarla.

1960   A Race le empiezan a salir bolos en clubes de jazz de vez en cuando, aquí y allá. Volkening consigue que Lucia se reúna con el editor Peter Davison, de Little Brown, y le ofrecen la opción de publicar una novela basada en el borrador de *Acacia*. Durante el día, mientras Race duerme, Lucia y los chicos pasean por las calles, viajan en metro, en transbordador, van a los museos: cualquier actividad barata o gratuita imaginable para estar fuera de casa hasta que Race se despierte. Race le da tranquilizantes a Lucia para serenarla y que no esté tan parlanchina. Ella continúa escribiendo y acaba un relato titulado «Mamá y Papá». También hace otros trabajos esporádicos: envejece grabados para un anticuario, traduce obras de teatro y poesía españolas, y cose prendas de ropa sencilla para vender en boutiques. Lucia y Race conocen a los poetas Denise Levertov y Mitch Goodman y entablan amistad con ellos. Para entonces ella ya ha terminado el relato «El Tim» y ha escrito algunos capítulos de una nueva novela sobre sus años de juventud en El Paso. En verano se mudan al 277 de Greenwich Street. Lucia y Buddy hablan con frecuencia por teléfono y siguen siendo íntimos amigos, aunque Denise Levertov intenta convencerla para que ponga fin a ese idilio.

1961   Volkening vende el relato de Lucia, «El Tim», a la revista católica *The Critic*, y también coloca «Mamá y Papá» en la revista de Saul Bellow, *The Noble Savage*. Ella sigue trabajando en sus dos novelas y se plantea fusionarlas en una sola historia. Termina un relato neoyorkino titulado «Tiempo de cerezos en flor», que no entusiasma a su agente ni a su editor. Buddy se presenta de buenas a primeras en octubre y convence a Lucia para que vuelva con él a Nuevo México, pasando antes por Boston para conocer a su familia y por Acapulco de «luna de miel». Ahí será donde Lucia descubra que Buddy consume heroína, aunque él le asegura que no es un problema. Race, Denise y Mitch pierden la cabeza y entre los tres avisan a cualquiera que se les ocurre (los padres de Lucia, su exmarido, el agente literario, la policía de Albuquerque y el FBI) de que un drogadicto ha secuestrado a Lucia, y eso les dificulta salir del país y luego volver a entrar.

1962   Después de un viaje maravilloso, Lucia y Buddy se instalan en un antiguo complejo de adobe reformado, en el 5302 de Edith Boulevard de Albuquerque. Buddy es el presidente y director general de Imported Motors, un concesionario de coches que vende flamantes Volkswagen y Porsche. En mayo, la familia regresa a Acapulco en la avioneta de Buddy para visitar a los amigos del viaje anterior. Durante su estancia en México les roban sus pertenencias, entre las que se encuentran casi todos los manuscritos de Lucia. De vuelta a Albuquerque empieza a recrear esos relatos perdidos, aunque abandona la novela sudamericana, *Acacia*, y se concentra en las historias de El Paso, bajo el título provisional de *The Peaceable Kingdom* (El reino apacible). Lucia, de nuevo embarazada, se da cuenta de que Buddy tiene un serio problema con las drogas y se plantea marcharse, pero él la convence para que se quede y en abril se casan. Lucia sigue trabajando en su novela y escribe un nuevo relato en Nueva York titulado «Un día brumoso»; recibe otra tibia respuesta de su agente, que aun así vuelve a vender «Mamá y Papá», esta vez a una revista británica, *The New Strand*. Buddy adopta legalmente a Mark y Jeff, que siempre lo considerarán su verdadero padre. El 20 de septiembre de 1962 nace el tercer hijo de Lucia, David Jose Berlin. Lucia y David vuelan con Buddy a Seattle, donde él se somete a una carísima «cura milagrosa» de hemodiálisis con enzimoterapia para dejar la heroína, mientras madre e hijo asisten a la Exposición Universal. Buddy está «curado» hasta que regresan a Albuquerque y vuelve a consumir.

1963 La familia hace varios viajes en el pequeño avión de Buddy: Acapulco, Idaho, Puerto Vallarta, Boston... Cuando no viajan por aire, recorren por carretera lugares pintorescos de Nuevo México: Santa Fe, Taos, Abiquiú, y visitan muchos pueblos (Acoma, Santo Domingo, San Felipe, San Ildefonso, Zuni). En otoño Mark y Jeff empiezan la escuela y Lucia es miembro de la Asociación de Padres. Little Brown rechaza su novela *The Peaceable Kingdom*, pero ella envía un extracto de «Los joyeros musicales» a Ed Dorn, que lo publica en su revista, *Wild Dog*, n.º 6.

1964 Para alejarse del ambiente de las drogas en el que se mueve Buddy, apuestan por un cambio: irse a vivir a México. Alquilan la casa de Edith Boulevard, meten los bártulos en una caravana Volkswagen y conducen hasta Puerto Vallarta, donde pronto se instalan en un apartamento. Varios meses después, viajan recorriendo México y pasan el verano en Oaxaca.

Más tarde, de regreso a Albuquerque, se instalan en una casa en Fruit Avenue, donde permanecen el tiempo suficiente para que los niños vayan a la escuela y Buddy atienda sus negocios. Lucia, desanimada con la escritura, aparca sus proyectos para concentrarse en la familia. Buddy vende su avión, porque de hecho no puede usarlo en México.

1965 Regresan a México y se instalan en el pequeño pueblo pesquero de Yelapa, al que solo se puede llegar en barco desde Puerto Vallarta. Tras unos meses bastante idílicos, la estancia se ve truncada por urgencias médicas cuando Buddy se lesiona la espalda y Mark se rompe un brazo. Después de una mala experiencia reciente en el hospital de Guadalajara, donde le extirparon las amígdalas a Jeff, no querían pasar por lo mismo. Además, Lucia sospecha que está embarazada otra vez y se alegra de volver a Albuquerque, aunque al llegar encuentran la casa destrozada por los inquilinos y acaban acampando entre los escombros. Lucia vuelve a matricularse en los cursos de verano de la universidad y va a clases de Antropología y Escritura creativa avanzada. Buddy —que se recupera rápidamente de la operación de espalda— compra sobre planos una casa nueva y espaciosa en una parte bonita de Corrales, que se terminará al año siguiente. En octubre, durante un momento en que escasea la heroína en Albuquerque, y según explica Lucia en algunos de sus textos, Buddy y sus amigos traficantes se las ingenian para adquirir un buen alijo de droga a unos contactos en México. Como no disponen del avión de Buddy para cruzar la frontera en plena noche, necesitan a alguien que lleve la droga a través de la aduana y haga de «mula». Buddy convence a Lucia de que vaya, porque su embarazo será una buena tapadera, pero la transacción se complica y los traficantes la engañan, la estafan y la violan. Cuando regresa a casa, Buddy se enfurece y la golpea hasta que ella rompe aguas y se pone de parto. Buddy se mete un chute y pierde el conocimiento. Lucia piensa que ha sufrido una sobredosis y conduce sola hasta el hospital, donde nace su cuarto hijo, Daniel Saul Berlin, el 21 de octubre de 1965, varios meses antes de que ella salga de cuentas. Cuando vuelve del hospital está deprimida, angustiada y furiosa. Le dice a Buddy que, si no deja las drogas, se marchará y no volverá a ver a sus hijos, y él le promete que las cosas cambiarán. Daniel, un bebé prematuro, pasa aproximadamente un mes en el hospital, pero vuelve a casa sano y salvo. Todo el mundo está en vilo, esperando lo inevitable.

1966   Pensar en la casa nueva es una grata distracción para todos. La vida sigue, todo vuelve a la «normalidad» y se mudan al 592 de Dixon Road, en Corrales, a principios de verano, cuando terminan las obras. Los niños son felices, hacen nuevos amigos, hay fiestas, nuevas mascotas, reuniones familiares y demás, aunque en realidad no ha cambiado nada. Lucia ha pasado de beber para divertirse a beber para ahogar las penas, y sus hijos y amigos empiezan a darse cuenta. Una noche, Buddy se queda dormido al volante del Porsche, y siniestra el coche. A pesar de que él sale prácticamente ileso, Lucia cumple su promesa y poco después le pide que se marche. Con la esperanza de terminar la carrera y titularse en Magisterio, Lucia vuelve a estudiar y toma clases de Fonología española, Literatura hispanoamericana e Introducción a la astronomía. Comienza a ir a un psiquiatra que parece ayudarla hasta que el doctor muere en un accidente de coche. Se queda destrozada.

1967   Lucia pide el divorcio el 31 de enero. Se niega a contratar a un abogado y acepta sin negociar el primer acuerdo que le ofrece Buddy (y su abogado). Lucia no tenía buena mano para el dinero y tampoco se hacía a la idea de lo que Buddy (y ella) habían ahorrado o de lo que le correspondía. La única condición que le puso fue un fondo de cinco mil dólares para los estudios de cada uno de sus hijos. Buddy, en cambio, era muy mezquino y caprichoso en lo tocante al bolsillo: no le contaba nada de sus negocios y le hacía creer que siempre estaba al borde de la quiebra. Lucia se sentía culpable por el divorcio, que había sido decisión suya, y no quería ser vengativa; se sentía culpable incluso por el dinero perdido en aquel chanchullo de la droga que se fue al traste. Ella y los niños tendrían que mudarse, «Buddy no se lo podía permitir», no podrían quedarse con la casa. Le ofrecieron un pago de quince mil dólares, a tocateja, a partir de una (supuesta) estimación del precio de la venta. También recibiría ochocientos dólares al mes de manutención y una furgoneta camper Volkswagen. Con su parte de dinero por la casa le alcanza justo para comprar un ranchito destartalado a pocos kilómetros de allí, pero, en lugar de dar una entrada y seguir pagando el resto en mensualidades asequibles, compra la casa al contado y se lo gasta todo de golpe. Se mudan durante el invierno, y Lucia sigue con sus clases en la Universidad de Nuevo México, donde se licencia en Filología española en junio. En verano continúa con los cursos de posgrado, y en otoño, con la asignatura de Pedagogía, y trabajará como profesora auxiliar y sustituta en escuelas públicas de secundaria. Lucia y Mark se presentan a una audición para participar en un montaje en español de *La zapatera prodigiosa* de Federico García Lorca en el Old Town Studio, un teatro de vanguardia fundado por Crawford MacCallum, físico nuclear y dramaturgo. Mark consigue el papel de niño y Lucia interpretará a la vecina beata; en septiembre, las funciones reciben buenas críticas. La familia entabla amistad con MacCallum, su familia y toda la compañía de teatro. Lucia sugiere ideas para futuras producciones en español y a MacCallum le parece bien que ella dirija el montaje de algunas piezas breves de Cervantes la temporada siguiente. Buddy regresa de sus viajes y alquila una casa en Albuquerque justo delante de un parque donde a los chicos les gusta jugar. Lucia deja de ir a clase esa primavera, pero trabaja como profesora auxiliar en el Departamento de Lengua y hace sustituciones en centros de secundaria.

1968   En mayo hace las audiciones para el montaje de los entremeses cervantinos *El retablo de las maravillas*, *La cueva de Salamanca* y *El viejo celoso*, que se estrenarán en julio en el Old Town Studio, con Lucia a cargo de la dirección y la escenografía. En otoño retoma las clases de posgrado en Literatura española. Mantiene una relación pasajera con un vecino de dieciocho años, Mike, delincuente de poca monta que se lleva bien con los niños y a menudo hace de «canguro» cuando ella está ocupada. En julio, las funciones de la obra de Cervantes salen a pedir de boca, y Lucia y Crawford MacCallum se plantean futuros proyectos.

1969   A estas alturas, el rancho blanco necesita un pozo, bomba, instalación eléctrica, fontanería, calefacción y techos nuevos, que se vinieron abajo cuando las intensas nevadas llenaron de goteras el tejado. Los animales que han adoptado (patos, gallinas, conejos, cabra, poni) no prosperan, así que deciden mandar a los supervivientes a granjas de verdad. Lucia sigue con las clases de posgrado y como ayudante de cátedra en la universidad. En junio, sale a una fiesta para celebrar el fin de curso y deja a los chicos con el joven Mike. Por la tarde, Mike y los niños mayores se dan cuenta de que Daniel, que ahora tiene tres años, no aparece por ninguna parte. Temiendo que haya vuelto al río donde han estado jugando ese mismo día, llaman a la policía y organizan una partida de búsqueda. No pueden localizar a Lucia, porque nadie recuerda adónde iba. La casa se llena de policías, amigos, antiguos parientes y demás entrometidos bienintencionados que montan guardia hasta que Lucia aparece a primera hora de la mañana con Daniel, que se había quedado dormido en la parte trasera de la furgoneta Volkswagen y había seguido durmiendo toda la noche mientras ella estaba fuera. Corrales era el típico pueblo donde un episodio así resultó especialmente humillante. Cuando el padre de Mike le pide que se aleje de su hijo y le sugiere (de muy malos modos) que se vaya, Lucia decide marcharse. Se muda con los chicos a una casita de dos dormitorios cerca de la universidad, en Princeton Drive. Obtiene el título de profesora de secundaria para dar clase de inglés y español. Durante varios meses, mantiene una relación sentimental con un profesor de Antropología, Harrison. Viajan todos juntos explorando cuevas y buscando huesos y restos de vasijas por los alrededores. Suenan campanas de boda, hasta que Lucia les causa mala impresión a los padres de Harrison (por la bebida), y él la deja. Ella se queda hundida un tiempo y, cuando vuelve a escribir fugazmente, empieza el relato «La doncella» como ejercicio literario. Ahí inicia el hábito de escribir (y beber) hasta altas horas de la noche escuchando discos (a todo volumen) una y otra vez. Abandona los estudios y consigue un trabajo de media jornada como orientadora en Job Corps, un programa laboral destinado a mujeres jóvenes con bajos ingresos y en riesgo de exclusión social. Su tarea consiste principalmente en ayudar a un grupo de exprostitutas adolescentes, negras y descaradas, a encontrar salidas profesionales: cómo redactar un currículo, encarar una entrevista o vestirse adecuadamente para triunfar. Lucia empieza a salir con uno de los actores del grupo teatral, Charlie Driscoll, que además es un reputado abogado penalista. Driscoll está inmerso en un sonado caso de asesinato con la defensa de Pete García, un heroinómano que disparó al ayudante del sheriff mientras este le golpeaba durante su detención. Driscoll le pide a Lucia que le haga de intérprete con varios testigos hispanohablantes. Como parte del equipo jurídico, asiste a la mayoría de las sesiones del juicio y se hace buena amiga de los socios de Driscoll y del acusado. En noviembre Lucia organiza una lectura de la poesía de Pablo Neruda (traducida por ella misma) en el Old Town Studio, seguida en diciembre por la función especial de una versión libre del clásico de Dickens, *Un cuento de Navidad (a toda marcha)*, protagonizado por el elenco femenino de las chicas de Job Corps que no tenían dónde pasar la Nochebuena. El 12 de diciembre condenan a Pete García por delito de homicidio, pero queda en libertad bajo fianza a la espera de la apelación. Lucia y García se embarcan en un romance clandestino. Buddy viaja por México y se instala en Zihuatanejo, donde alquila un terreno en la playa de La Ropa y construye una enorme palapa rústica. Se hace amigo de una familia de buceadores en la playa de Las Gatas, cerca de allí, donde Lucia y los chicos mayores aprenden a bucear cuando van de vacaciones.

1970 Lucia deja Job Corps cuando se da cuenta de que
      ninguna de «sus chicas» ha conseguido nunca tra-
      bajo (ni siquiera una entrevista) y la mayoría sigue
      vagando por las calles mientras algunos de sus com-
      pañeros las chulean (y les venden droga). Pasa va-
      rios meses memorables dando clases en la escuela
      baptista de Bell View a adolescentes en el espectro
      autista o con necesidades especiales. Charlie Dris-
      coll y Pete García le sugieren que pida trabajo en un
      nuevo centro de tratamiento de la drogodependen-
      cia, Quebrar, donde a Pete le han ofrecido reciente-
      mente un (controvertido) puesto. El programa, que
      sigue el modelo de Alcohólicos Anónimos, se cen-
      tra sobre todo en formar y contratar a heroinóma-
      nos rehabilitados, pero la experiencia de Lucia en
      Job Corps y su dominio del español la hacen una
      candidata idónea para el puesto de coordinadora.
      La contratan con un sueldo de seiscientos dóla-
      res al mes y empieza a trabajar a jornada comple-
      ta inscribiendo, orientando y asesorando a los
      nuevos usuarios en el centro de día, en Broadway
      Boulevard.
          Lucia está a punto de echarse atrás cuando se en-
      tera de que los cabecillas del programa formaban
      parte de la turbia red de «amigos» de Buddy relacio-
      nados con el mundo del narcotráfico, y a los que
      tanto había acabado por detestar y temer, pero
      Charlie Driscoll y su socio Dan MacKinnon le ase-
      guran que Quebrar es un proyecto legítimo y que
      sus cabecillas se han encarrilado. Pete García tam-
      bién responde por ellos y, a pesar de que con sus an-
      tecedentes delictivos no era la mejor garantía, Lucia
      siente debilidad por él. Con ganas de un nuevo de-
      safío y arrastrada por el espíritu biempensante de la
      época, vence todos sus reparos y se entrega de lleno
      al proyecto.

En la casa de Princeton también se desmorona el techo por culpa de las goteras del tejado, acompañadas esta vez por el polvo del aislamiento de amianto, que dejará toses persistentes en la familia. Cuando Lucia va a reclamar al casero, los echa con la excusa de que ponen la música demasiado alta y otras quejas menores. Se mudan a una casa en Griegos Road, en la otra punta de la ciudad, y todos los chicos excepto Daniel han de cambiarse de escuela. Lucia tiene poco tiempo, pero sigue escribiendo (una nueva novela) y sigue poniendo la música a todo volumen.

El 25 de junio, tres individuos abren fuego contra la casa que comparten tres miembros del personal de Quebrar. No hay víctimas, pero poco después Wright desaparece y a finales de agosto descubren su cadáver en un barranco del desierto. La policía sospecha que se trata de un asesinato, pero no tienen pistas sólidas. Las pruebas toxicológicas revelan que hay restos de heroína en su organismo, y sus amigos y compañeros de trabajo culpan a los traficantes de la zona.

Con estos sucesos en las portadas de los periódicos de Albuquerque, Lucia vuelve a mostrarse escéptica, pero sigue trabajando en el centro.

1971   En primavera, accidentalmente, Lucia provoca un incendio en la casa de Griegos Road. Nadie resulta herido, pero ella pierde todo lo que ha escrito ese último tiempo y gran parte de su preciada colección de libros. Sus jefes le ofrecen alojarse con sus hijos en una de las casas reformadas de La Colonia, donde está ahora la sede (el número 21 de Lost Horizon Drive NW, en West Mesa, en el desierto a las afueras de Albuquerque). Cuando no están en el trabajo o en la escuela, toda la familia está obligada a colaborar en las tareas comunitarias y participar en los seminarios, sesiones de grupo, reuniones y comidas con los demás residentes, todos ellos drogadictos, delincuentes y exconvictos reincidentes. En abril, una productora cinematográfica rodará en el centro una película de ciencia ficción y zombis, *La resurrección de Zacarías Wheeler*, protagonizada por Leslie Nielsen y Angie Dickinson, y la atmósfera se enrarece aún más. La familia regresa a Griegos Road cuando la casa vuelve a estar en condiciones. Poco después, Lucia se da cuenta de que la mayoría de los responsables de Quebrar siguen traficando con drogas (y consumiéndolas), y han estado malversando el dinero del programa, que gracias a los fondos complementarios recibidos de organismos públicos contaba con un presupuesto de más de setecientos mil dólares. Olvidan que habla español y Lucia oye de lejos que algunos de ellos mencionan haber asesinado a alguien y, cuando les pide explicaciones, la secuestran, la drogan y le pegan, rompiéndole los dientes superiores. La retienen varios días mientras deciden qué hacer con ella, y por fin la abandonan en una carretera perdida en el desierto con la amenaza de que, si no se va de la ciudad, la matarán y también matarán a sus hijos. La policía la encuentra y la lleva a un hospital, y de ahí la trasladan al psiquiátrico de Nazareth, donde permanece dos semanas en observación. Buddy llega para llevarse a los niños a Yelapa a pasar el verano, y el padre de Lucia vuela desde Chile para ayudarla con la mudanza. Ella decide ir a Berkeley, California, donde tiene viejos amigos que la acogerán, y se muda allí con la ayuda de su padre (aunque a todos sus conocidos les dice que se muda a Perú). Se aloja con amigos mientras se arregla los dientes y busca un sitio de alquiler. Encuentra una casa barata de dos dormitorios en Russell Street, cerca de la zona de las escuelas, y tiene ganas de empezar de nuevo. Sola y sin un trabajo que consuma todo su tiempo, decide retomar la escritura y ser una buena madre. Al final del verano ha reescrito de memoria sus relatos «Tiempo de cerezos en flor», «Un día brumoso» y «La doncella», que se habían perdido en el incendio de Griegos Road. Lucia lee *Tarántula*, el libro que acaba de publicar Bob Dylan, y lo encuentra tan fascinante que la inspira a volver a escribir poesía. Al no tener a los Dorn ni a otros amigos íntimos con los que cartearse, comienza a escribir poemas inspirados en el flujo de conciencia de Dylan, diarios y «cartas a sí misma». Lucia visita a sus viejos amigos Robert Creeley y Bobbie Louise Hawkins, que viven cerca, en Bolinas, donde conoce a un amplio círculo de escritores, entre los que se encuentra Richard Brautigan. Como quiere trabajar solo media jornada, empieza a limpiar casas para ganar un dinero extra (veinte dólares al día). Lucia y los chicos van a Yelapa a ver a Buddy durante las vacaciones de invierno.

1972   Lucia consigue un trabajo de media jornada en el Concordia College de Oakland, un seminario luterano donde da clases de Escritura creativa y Literatura afroamericana a futuros sacerdotes, y donde cobra doscientos dólares al mes. Paul Suttman, su primer marido, retoma el contacto con la esperanza de conocer a sus hijos, y Lucia se enfrenta a la incómoda tesitura de explicarles a Mark y Jeff que había estado casada con otro hombre antes de Race, a quien ambos chicos recuerdan como su padre. Se lo toman con calma y se sorprenden de que haya sido capaz de mantenerlo tanto tiempo en secreto. Ninguno de los dos recuerda a Race con especial cariño ni sentimiento, así que es más fácil borrar la huella que les dejó. Suttman viene a visitarlos y quedan impresionados por sus obras de arte y las celebridades que nombra. Los chicos pasan el verano en Yelapa, mientras Lucia se dedica a afianzar su vida amorosa y su escritura. Comenta que está trabajando en un libro, pero, como trata sobre todo de su calvario en La Colonia, tiene que destruirlo en cuanto lo termina. Acaba un nuevo cuento situado en Albuquerque del que se siente muy satisfecha, «Lavandería Ángel», y se lo envía al editor Peter Davison, ahora en el *Atlantic Monthly*, quien para su sorpresa lo acepta y le paga cuatrocientos dólares por publicarlo. Que una revista de ese renombre aceptara una de las pocas piezas que tenía terminadas fue poco menos que extraordinario. Habían pasado once años desde que publicó sus primeros relatos en Nueva York. No la habían tomado en serio entonces, y ahora, con la vida entera patas arriba, volvía a ser una «escritora» de verdad. Nadie se sorprendió más que sus hijos, pero al mismo tiempo no fue ninguna sorpresa. «Os lo dije, chicos». En otoño, Lucia empieza a trabajar a tiempo completo en el instituto de Concordia, un centro pequeño adjunto que atiende principalmente a alumnos a quienes sus padres no quieren llevar a las deficientes escuelas públicas de Oakland, o a quienes estas ya no aceptan. Es una variopinta mezcla de estudiantes y profesores, y a Lucia le encanta. Sus alumnos la adoran. Da clases de poesía, escritura creativa, teatro y literatura con un abanico de lecturas muy diversas, desde Samuel Beckett hasta Malcolm X. Muchos de sus alumnos visitaron San Francisco por primera vez al ir de excursión al teatro para ver *Alguien voló sobre el nido del cuco* o la actuación del grupo cómico de improvisación The Commitee. Después de visitar la escuela, Jeff se matricula y se une a sus clases, y colabora con las cuotas de la escuela trabajando como ayudante del conserje.

1973   Durante la mayor parte del año, la vida es de lo más normal. Los chicos van bien y están contentos en la escuela, Lucia sigue ocupada dando clases. Tiene poco tiempo para escribir, se queda despierta hasta tarde bebiendo y corrigiendo trabajos, con la música a todo volumen. Mark viaja a Italia a visitar a Paul durante el verano mientras los demás hermanos van a Yelapa. En noviembre, Lucia se encariña (se enamora) del mejor amigo de Mark, Terry, que está de visita desde Albuquerque y que se ha dejado caer por allí a dormir en el suelo del salón. En un principio Terry solo iba a quedarse hasta finales de diciembre, cuando cumplía dieciocho años: entonces volvería a Albuquerque a cobrar los cinco mil dólares que había heredado de su abuelo, y de ahí se iría a Inglaterra a comprarse una moto y formar una banda de rock (su sueño). Esa temporada, Lucia monta con su clase de teatro otra función reinventada de *Cuento de Navidad* (la versión hippie) para la obra escolar. Un éxito inesperado.

1974   Terry cobra la herencia y vuelve a Berkeley para estar con Lucia. A todos sus hijos les cae bien Terry como amigo de Mark, pero la idea de que sea el novio de su madre les da grima y miedo. Que ella se comporte como una adolescente enamorada no ayuda, sobre todo porque Terry tiene ya un problema serio con la bebida, y Lucia es una influencia terrible. Mark, el mayor de los hermanos, se independiza y se va a vivir a una comuna con otros adolescentes liberados; Jeff abandona los estudios en décimo curso; y todos se atrincheran, esperando que el asunto estalle en pedazos. Al final, Terry se queda sin dinero y decide irse a Londres a perseguir los retazos de su sueño. Lucia lo acompaña al aeropuerto de San Francisco, donde ambos acaban detenidos por embriaguez y escándalo público, resistencia a la autoridad y varios cargos de agresión a agentes de la policía. Ni que decir tiene que el viaje a Inglaterra se cancela, sin derecho a reembolso. Lucia pierde su trabajo y sus credenciales docentes.

No pierde la custodia, sorprendentemente, pero sus hijos se van a México a pasar el verano como habían planeado, excepto Mark, que ahora trabaja como vendedor ambulante en Telegraph Avenue. A Lucia la desahucian de su casa, y se muda al hotel de Terry en la misma avenida de Oakland, mientras se preparan para el juicio. Bromean diciendo que ya no podrán acabar a tiros en medio de una lluvia de balas en el vertedero de Berkeley (como habían pactado), porque ninguno de los dos puede permitirse comprar una pistola. Ambos quedan absueltos de todos los cargos porque la policía los agredió con auténtica brutalidad durante el arresto. Lucia encuentra una casa de alquiler en la calle Richmond y Terry la ayuda con la mudanza, y los dos sufren intentando separarse. Se escriben cartas desgarradas el resto del verano hasta que, poco después de que sus hijos regresen de México, Lucia le deja a Terry un último poema en la puerta cuando está fuera. En plena noche, Terry clava el poema con sus iniciales en la puerta de Lucia y se cuelga de un árbol detrás de la casa. Lucia se queda desconsolada y en estado de shock. Durante meses cae en una espiral de culpa, remordimientos y depresión suicida espoleada por el alcohol. Además, está sin blanca, en paro y sin referencias. Jeff, David y Daniel, también en estado de shock, empiezan el curso en nuevas escuelas públicas de Oakland. Una noche, mientras conduce sola, Lucia pierde el conocimiento al volante y choca contra el lateral de una barbería. Nadie resulta herido, pero su coche queda destrozado y acaba detenida y multada por los daños del establecimiento. La mandan a un centro de desintoxicación y le piden que asista a sus primeras reuniones de Alcohólicos Anónimos. Lucia empieza a escribir de nuevo, más entregada que nunca, por muy borracha que esté. Escribe como una demente, como una posesa. Va dejando las páginas que termina encima de la mesa donde trabaja. Muchas mañanas la primera o la última página de la pila es una nota de suicidio. Jeff retira esas notas (por si acaso), y ella cada día tira la mayor parte del resto de lo que había escrito la noche anterior. Poco a poco vuelve a recuperar la funcionalidad, sale a limpiar casas para ganar dinero, y pide asistencia social y los cupones de comida. Sigue escribiendo, dice que está trabajando en una nueva novela titulada *Suicide Note* (Nota de suicidio).

1975   Continúa cinco o seis meses con esa vida de mujer de la limpieza agotada de día y escritora delirante de noche, hasta que decide que quiere volver a tener un trabajo de verdad y se lanza a buscar en los anuncios clasificados. Mark termina el instituto y se traslada para estudiar en la Universidad de California, Santa Cruz. Jeff, David y Dan pasan el verano en Yelapa. Lucia consigue empleo como operadora en la centralita en el Hospital Samuel Merritt, a pocas manzanas de su casa. Le gusta trabajar allí, y mantenerse ocupada la distrae y le sienta bien. Empieza a escribir un diario sobre la centralita, tomando notas para un futuro relato.

1976   Lucia sigue en la centralita y pasa a ser supervisora. *Atlantic Monthly* le comunica que en febrero publicarán ¡por fin! su cuento, «Lavandería Ángel», que le habían comprado en 1972. Aun tras cuatro años de espera, es un tremendo subidón de autoestima para Lucia, que se pone en contacto con Ed Dorn, su viejo amigo y mentor, y su segunda esposa, Jenny, para pedirles que lean el relato. Así se reaviva su amistad, y su correspondencia, que seguirá durante más de dos décadas. Ed lee el relato y se muestra impresionado, elogioso y alentador en su carta, a la que ella responde enviándole un extracto de la novela que tiene entre manos, *Suicide Note*. Vuelve a quedar impresionado y le pregunta si puede publicarlo en el número de la revista que está preparando, *Bean News*, n.º 2, y le sugiere también que el libro tal vez les interese a unos amigos editores, Holbrook Teeter y Michael Myers, de Zephyrus Image Press. Convencida de que es su propia «locura» la que la impulsa a beber, Lucia consigue que la ingresen dos semanas en el pabellón psiquiátrico del Hospital Herrick. No se cura, pero aprende cestería. Holbrook Teeter se compromete a editar una *plaquette* del extracto de *Suicide Note*, que ahora se titula «A Manual for Cleaning Ladies» (Manual para señoras de la limpieza), ilustrado por su socio, Michael Myers.

1977   Lucia cambia de empleo en el hospital y se traslada a Urgencias para trabajar como administrativa en el mostrador de ingresos. Jeff se va de casa y se instala en San Francisco. Desahuciada de nuevo, Lucia encuentra una casa grande en Alcatraz Avenue, Oakland, cerca de Berkeley. Sigue tomando notas en su nuevo trabajo y empieza a escribir «Apuntes de la sala de urgencias». Aparece el primer libro de Lucia, *A Manual for Cleaning Ladies*. Se trata de una edición no venal de veinte páginas y una tirada muy limitada que no llegará a las librerías, y por la que Lucia recibe muy pocos ejemplares y ningún dinero, aunque sí elogios y cierta repercusión en la modesta escena literaria del Área de la Bahía. Por sugerencia de Ed, envía también sus relatos a Bob Callahan, editor de un pequeño sello literario, Turtle Island Foundation, quien le dice que le gustaría publicarle una colección de relatos. A lo largo del año, Lucia pasa un tiempo en desintoxicación, rehabilitación y reuniones de Alcohólicos Anónimos. No la desahucian, pero su casera le pide que se marche.

1978 Lucia se muda a una preciosa casa en Bateman Street, Berkeley, propiedad de su nuevo padrino de Alcohólicos Anónimos, Mickey Phillips. Todavía sigue trabajando en el Hospital Samuel Merritt cuando termina el relato «Apuntes de la sala de urgencias» y lo manda a la revista *California Living*, que le paga doscientos cincuenta dólares y publica una versión muy editada. La invitan a un congreso de escritores en la estación de esquí de Squaw Valley, donde hace contactos con otros escritores, se cae de un altillo y se rompe el brazo, el codo y el coxis. Le colocan una placa de acero en el codo, tornillos en el brazo y pasa meses con una incómoda escayola. Mientras está de baja en el trabajo, usa una grabadora para dictar sus cuentos. Sigue trabajando en su novela, pero ahora la titula *Maggie May*, el apodo que le puso Terry, por la canción de Rod Stewart. Graba un capítulo, «Su primera desintoxicación», sobre una sala de desintoxicación, y comienza un relato independiente sobre las operadoras de la centralita de su antiguo puesto.

1979 En marzo está mejor del brazo y vuelve al trabajo. Escribe un breve capítulo para su novela titulado «El Pony Bar» y se lo envía a los Dorn. En agosto deja el hospital y trabaja limpiando casas, haciendo arreglos de jardinería y mudanzas para su casero y buen amigo Mickey, agente inmobiliario. Lucia se hace amiga también de la madre de Mickey, Arlene Slaughter, que además de ser agente inmobiliaria es una conocida activista por los derechos civiles en Oakland. La revista local *City Miner* publica una versión en bruto de «Apuntes de la sala de urgencias, 1977». Lucia pasa los últimos meses del año «dando tumbos entre pabellones psiquiátricos, salas de urgencias, centros de desintoxicación, la calle, la cárcel y playas de maniobras ferroviarias», que culminan en un mes de rehabilitación en The Lodge, en Marin.

1980   Lucia regresa a la casa de Bateman Street. Está sobria y esperanzada, pero sigue trabajando como mujer de la limpieza. Consigue trabajo de administrativa (recepcionista, telefonista y asesora de planificación familiar) en una clínica anónima donde cobra cuatro dólares y medio la hora. La clínica practica sobre todo abortos (y muchos), pero también ofrece cirugía podológica, bypass gástrico, fitness deportivo y desintoxicación del alcohol. Ella lo aborrece y a finales de año lo deja tras conseguir un nuevo empleo como recepcionista en un programa de rehabilitación de adicciones.

1981   Le gusta su trabajo en el centro de tratamiento de adicciones, incluso consigue un ascenso y un aumento, hasta que el programa se convierte en una clínica de abortos tardíos y la despiden. Cobra el paro por primera vez y se toma un tiempo para escribir. Su hijo David se va de casa, así que Lucia intercambia la vivienda con el casero y se muda a un apartamento más pequeño detrás de Bateman Street. En mayo Turtle Island Foundation publica su primera colección de relatos, *Angel's Laundromat* (Lavandería Ángel). Se trata de un pequeño volumen con sus cinco relatos publicados previamente y uno inédito, «Un día brumoso» (1965). No le pagan un anticipo por el libro y nunca recibe derechos de autor, y la mayoría de los ejemplares los comprará ella misma. El relato «Maggie May» (titulado originalmente «A Manual for Cleaning Ladies» en 1975) se publica en una revista local, *The Berkeley Monthly* (en mayo de 1981), por lo que recibe ciento cincuenta dólares. Lucia desarrolla un relato nuevo, «Legacy» (Legado, que más tarde se publicará con el título «Doctor H. A. Moynihan»), a partir de su novela abandonada, *The Peaceable Kingdom*, donde cuenta cómo ayudó a su abuelo a fabricarse una dentadura postiza. La historia le gusta y la manda a varias revistas. En julio consigue un trabajo de administrativa en la unidad de alto riesgo obstétrico del Hospital Alta Bates, a dos manzanas de su apartamento. Lucia termina «Su primera desintoxicación» y se lo envía a Joe Safdie, a Bolinas, para su revista *Zephyr*, y les manda otro cuento de desintoxicación titulado «El foso» a Ed y Jenny Dorn para su nueva gaceta *Rolling Stock*, pero ellos se deciden por publicar «Centralita». Lucia escribe para la revista *Quilt* de Ishmael Reed «El aperitivo», una respuesta a la exposición *La cena* de Judy Chicago.

1982 *Rolling Stock*, n.º 2 sale en enero con «Centralita» de Lucia. Sigue trabajando como administrativa en el Hospital Alta Bates, aunque con un horario flexible para poder centrarse más en la escritura. Ha renunciado por el momento a la novela *Suicide Note (Maggie May)*, para convertir el primer capítulo en un cuento, «Navidad, 1974». Escribe una obra de teatro en un acto sobre una conversación entre las dos exmujeres del mismo hombre, titulada «The Stronger» (La más fuerte), que se publica en la revista *Acts II*. Lucia visita a sus padres en San Clemente, California, para ver si puede ayudarlos. Su padre se encuentra en las primeras etapas de párkinson y alzhéimer, y su madre ha sufrido un derrame cerebral leve. Comparten muchos recuerdos del pasado, y eso inspira a Lucia a retomar el hilo de su primera novela, *Acacia*, en formato abreviado. En mayo escribe un relato de desintoxicación muy breve titulado «Día de lluvia». En junio, su relato «Legacy» aparece en una nueva revista, *The American Bystander*. «El Pony Bar, Oakland» se publica en *Giants Play Well in the Drizzle*; «Su primera desintoxicación» sale en *Zephyr*; y «Centralita», en la antología *City Country Miners*. Lucia y Michael Wolfe, de Tombouctou Books, acuerdan trabajar en una nueva colección de relatos. En agosto viaja de nuevo a San Clemente para ayudar a sus padres a resituarse. Alastair Johnston (Poltroon Press) se pone manos a la obra con una edición limitada artesanal del relato «Legacy».

1983   *The Berkeley Monthly* le pide a Lucia un cuento de una página y ella envía «Mi jockey», que se publicará en enero. Wolfe está trabajando en la nueva colección y la anima a escribir más relatos. Durante este periodo escribe «Toda luna, todo año», «Macadán», «Gamberro adolescente» y «Temps Perdu». Lucia traslada a su padre a una residencia de ancianos cercana de Berkeley y dedica mucho tiempo a atenderlo. Al cabo de unos meses su madre insiste en que quiere que su marido vuelva a San Clemente, así que Lucia y Jeff emprenden un engorroso viaje en tren para llevarlo de nuevo allí. Los últimos meses cuidando de su padre han hecho mella y Lucia sufre una crisis nerviosa. Pierde su trabajo en Alta Bates y pasa una temporada en un psiquiátrico. Al salir, se muda a un nuevo apartamento en la calle 65 de Oakland. Escribe «Dolor fantasma», sobre la temporada que pasó con su padre, y aparece publicado en *Rolling Stock*, n.º 6. Trabaja limpiando casas y oficinas para su amigo Mickey. La edición de Poltroon Press de *Legacy* se publica en sendas versiones de tapa dura y tapa blanda: una verdadera pieza de coleccionismo que la mayoría de amigos y familiares de Lucia no consiguieron encontrar ni pudieron permitirse comprar.

1984   El padre de Lucia muere el 1 de febrero. Ella va a San Clemente a ver a su madre, que le enseña un antiguo relato suyo sobre un viaje que hizo a México para visitar a su hermano John, titulado «My Vacation» (Mis vacaciones), junto con otros recuerdos escritos en los años cuarenta. En mayo sale la segunda colección de Lucia, *Phantom Pain* (Dolor fantasma; Tombouctou Books). Son quince relatos escritos o terminados entre 1977 y 1983, editados en tapa blanda y a un precio de siete dólares. Ed Dorn la invita a una fugaz gira de lecturas por Detroit, Búfalo y Albany, durante la que vuelve a beber, y al regresar a casa sufre otra recaída. Un hombre misterioso que ha conocido, un tal Richard, se ocupa de ella, la ingresa en un psiquiátrico y le paga una terapia regular. Se van juntos a una casa en el campo (Woodland, California), pero las cosas no funcionan y ella vuelve a Oakland a finales de julio. Se queda un tiempo con unos amigos antes de mudarse a un apartamentito oscuro en Regent Street. Inicia una correspondencia con Jane Wodening, otra escritora a la que había conocido en la gira. Le salen varias lecturas y presentaciones en la zona, mientras limpia casas, arregla jardines y hace apaños para ganarse la vida. Sufre una nueva recaída después de Acción de Gracias e ingresa en un programa de rehabilitación de cuarenta y cinco días en la Residencia Cronin, de Hayward.

1985   Después de la rehabilitación se queda en el apartamento de Regent Street, donde ahora vive David, y sigue buscando trabajo. En primavera, empieza a trabajar como jefa de administración en una clínica de nefrología de Oakland dirigida por el doctor Beallo, y se muda a un pisito en Dimond Avenue. El relato «Carpe Diem» se publica en el primer número de la revista *Zyzzyva*; «Atracción sexual» (basado en su prima Sis) aparece en *Rolling Stock*, n.º 9, y «Mi vida es un libro abierto» (ambientado en el rancho blanco de Corrales) sale en el cuarto número de *Zyzzyva*. Gana el Premio Jack London de relato breve con «Mi jockey», de apenas una página, y escribe dos nuevos cuentos: «Perdidos» (ambientado en la colonia de Quebrar) e «Itinerario» (sobre cuando abandona Chile para ir a la universidad). En el trabajo, Lucia comete un grave error en la facturación del seguro, que puede costarle miles de dólares al doctor Beallo, y la despiden en el acto solo para recontratarla de inmediato y ordenarle que lo solucione, lo cual le lleva varios meses. Termina el romance gótico sudamericano *Andado* (reescrito a partir de su novela *Acacia*) y escribe dos relatos inspirados en la clínica: «Hijas», un retrato del lugar de trabajo, y «La belleza está en el interior», un cuento de una página que le encarga la minirrevista *Infolio*. Un día al salir de trabajar, la atracan y le roban quinientos dólares en efectivo y el depósito del doctor Beallo para el banco (quince mil dólares en cheques). Cuando Lucia denuncia el robo, la policía comprueba sus antecedentes penales y la detienen y la interrogan de malas maneras antes de ponerla en libertad.

1986 Sigue trabajando para el doctor Beallo, que le parece «grotesco, pero extrañamente divertido». Lucia tiene el gesto de editar el relato que había escrito su madre, «My Vacation», y enviarlo a la revista *Zyzzyva*, que acepta publicarlo y paga a Mary Ella Magruder Brown cien dólares. Lucia les manda además un relato propio, «Coche eléctrico, El Paso», pero lo rechazan comentando que su madre escribe mejor, para gran alegría de esta. En mayo se traslada al 505 de Alcatraz Avenue, Oakland. El relato «Hijas» se publica en *Rolling Stock*, n.º 11. Su madre muere el 28 de octubre y Lucia, desconsolada, pasa un tiempo en un centro de desintoxicación y en un psiquiátrico antes de volver a San Clemente a arreglar los asuntos pendientes. Pierde el trabajo, pero continúa un tiempo para formar a la nueva empleada. Lucia y Alastair Johnston, de Poltroon Press, pactan la publicación de una colección de relatos, *Safe & Sound* (Sana y salva), con ilustraciones de Frances Butler. Lucia lamenta la decisión, porque sabe que será una tirada mínima, que el libro será caro y que en realidad no tendrá distribución. Sin embargo, con la esperanza de conseguir al menos algunos ejemplares para ella, sigue adelante con el proyecto. «Itinerario» se publica en *Rolling Stock*, n.º 12. Lucia progresa con la rehabilitación, va a las reuniones de Alcohólicos Anónimos y acude al psiquiatra con regularidad, pero recae durante las vacaciones y acaba de nuevo en un centro de desintoxicación.

1987 De vuelta a casa revisa el correo y encuentra una carta de la Fundación Nacional para las Artes donde le anuncian la concesión de una beca junto con un cheque de veinte mil dólares. Se lo tomará como un permiso para dedicarse en exclusiva a la escritura. Ya se ha puesto de acuerdo con Alastair Johnston para encargarse de componer su libro en la linotipia, y pronto empezará a trabajar con él tres tardes a la semana. «Coche eléctrico, El Paso» se publica en *Rolling Stock*, n.º 13, y «Paso» (un relato de desintoxicación, drásticamente reescrito a partir de «El foso») aparece en la revista *Volition*. Lucia escribe un relato sobre una reunión familiar en El Paso titulado «Navidad. Texas. 1956». Entra en quirófano para reparar por fin el nervio cubital de la muñeca que lleva tres años molestándola, y pide a los cirujanos que, «ya que están», le quiten un tatuaje que tiene en la muñeca. En marzo, Lucia visita a su hermana, Molly (convaleciente de una mastectomía), para pasar unas breves vacaciones en Zihuatanejo y Ciudad de México. Continúa en Poltroon Press componiendo «La Vie en Rose» para completar el libro *Safe & Sound*. En junio tiene otra recaída, pasa una semana bebiendo y acaba de nuevo en el hospital. Después de ese desliz permanecería sobria el resto de su vida. En agosto visita Mazatlán y escribe el relato «*Luna nueva*». En octubre viaja dos semanas a París con una amiga sueca y escribe un diario sobre el viaje. En *Rolling Stock*, n.º 14 aparece un nuevo relato, «Polvo al polvo», también escrito para el libro en marcha.

1988   Andrea, una de las sobrinas de Lucia, llega para una estadía de seis meses en una escuela de danza en Berkeley. Poltroon Press publica *Safe & Sound* en julio. La factura del libro es exquisita, pero resulta demasiado caro y exclusivo para venderlo en librerías, como Lucia se temía, y tiene que adquirir varios ejemplares para enviarlos a sus amigos. Convence a Poltroon Press para que haga una versión en rústica que cualquiera (ella) pueda permitirse comprar. En octubre, cuando se le está acabando el dinero de la beca, comienza a trabajar como profesora de Escritura creativa en la cárcel del condado de San Francisco, en San Bruno, y vuelve a limpiar casas y a trabajar de jardinera. La revista *Fine Print* le pide un artículo sobre cómo hizo la composición tipográfica de *Safe & Sound*. En la revista *Zyzzyva*, n.º 18 aparece un relato sobre la época de Albuquerque, «La casa de adobe con el tejado de chapa». Visita a su hijo David, que vive en Yelapa.

1989 Con sus alumnos de la cárcel edita una pequeña revista, *Through a Cat's Eye*. Durante el verano, cuando acaban las clases, empieza a trabajar con el programa para la tercera edad de Mount Zion, transcribiendo testimonios orales de octogenarios y nonagenarios. Seguirá hasta agosto, cuando vuelve a buscar trabajo y a dar clases un día a la semana en la cárcel. Consigue un puesto como auxiliar de un grupo de cirujanos en el Hospital Infantil de Oakland. John Martin, de Black Sparrow Press, se pone en contacto con ella para hacer una recopilación de sus relatos previos, junto con los inéditos. Comienza a escribir nuevos relatos para el libro, que se titulará *Homesick*. «La Vie en Rose» y «Punto de vista» aparecen en la revista *Peninsula*, de Joe Safdie, y «Perdidos» y «Paso» se publican en *In This Corner*, n.ᵒˢ 11/12.

1990 Continúa trabajando en cirugía pediátrica. Firma el contrato de *Homesick* con Black Sparrow y recibe un anticipo de setecientos cincuenta dólares. Un nuevo relato sobre Yelapa, «*La barca de la ilusión*», se publica en *Rolling Stock*, n.º 17/18. En julio visita Boulder, Colorado, como profesora invitada de Escritura creativa en el Instituto de Naropa. Uno de los perfiles que transcribió como parte de los testimonios orales se convierte en un breve relato titulado «Nuestro faro». La entrevistan para la revista *Gargoyle*, n.ᵒˢ 37/38, que publica además su relato «Navidad. Texas. 1956». En diciembre visita a su hermana, que está luchando contra el cáncer, y decide volver más adelante ese mismo año para acompañarla. Se publica *Homesick: New and Selected Stories* (Nostalgia: relatos escogidos y nuevos cuentos); contiene veintinueve relatos, entre los que están la mayoría de los recopilados anteriormente (excepto diez de *Safe & Sound*), y siete nuevos. En diciembre viaja a Boulder para hacer una lectura en el Instituto de Naropa.

1991 Se publica en *Rolling Stock*, n.ᵒ 19/20 el cuento «Luto», basado en su experiencia limpiando casas para su amiga Arlene. En primavera, Jeff y Lucia viajan a Nueva York, a la gala de los American Book Awards, donde Lucia recibe un premio por *Homesick*. La gala de celebración no es digna de recordar, pero se reúnen allí con Molly y pasan una semana divertida y memorable redescubriendo Manhattan. No mucho tiempo después, Lucia hace un viaje breve a Cancún invitada por Molly, luego vuelve como profesora invitada a Naropa, donde da una lectura e imparte un taller sobre la diferencia entre relato breve y poema en prosa. El cuento «Lead Street, Albuquerque» aparece en la revista del Instituto de Naropa, *Bombay Gin*. En agosto, Lucia deja su trabajo en la consulta, abandona su domicilio del 505 en Alcatraz Avenue (después de más de cinco años) y se marcha a Ciudad de México para estar con su hermana Molly, su sobrino Ticho y sus sobrinas Andrea y Mónica en su piso de la calle Amores 857. Se instala y pronto se ve involucrada en la complicada y sensible situación familiar. Pasa la mayor parte del tiempo cuidando a su hermana y ocupándose de la casa, y encuentra tiempo para ir a los toros con su sobrina Mónica, que es una gran aficionada. Tiene poca energía (o intimidad) para escribir, pero le regalan un ordenador y empieza un diario de esa temporada en México.

1992   Durante su estancia en México termina tres relatos, «*Sombra*», «Una aventura amorosa» y «Hasta la vista»; este último aparece en *Zyzzyva*, n.º 31. Molly muere en junio y Lucia regresa a California poco después. Tras alojarse temporalmente en su antiguo apartamento del 3424 de Dimond, se muda a un estudio en el 6363 de Christie Avenue, en Emeryville, el mismo edificio donde ahora vive Buddy. Aparece su relato «Fuego» en la revista *Gas*. Firma un contrato con John Martin, de Black Sparrow Press, para publicar otra colección de cuentos, *So Long*, que incluirá seis relatos de *Safe & Sound* y varios otros inéditos, por la que recibe un nuevo anticipo de setecientos cincuenta dólares. Retoma la escritura, empezando por la historia sobre una visita previa a Molly, «Penas». En la revista *Jejune* se publica «Buenos y malos», un relato basado en sus años de juventud en Chile.

1993   En abril aparece el nuevo libro de Black Sparrow, *So Long: Stories 1987-1992* (Hasta la vista: Relatos 1987-1992). Cuatro de los relatos («Inmanejable», «Melina», «Bonetes azules» y «*Sombra*») se publican también en la revista *The New Censorship*, n.º 12, junto con «Una aventura amorosa». Ese mismo mes, Paul Suttman muere de insuficiencia cardiaca. De vuelta al trabajo como ayudante de los cirujanos pediátricos del Hospital Infantil, Lucia se muda a un pequeño apartamento detrás de la casa de su hijo David, en la calle 61 de Emeryville. En noviembre vuelve al Instituto de Naropa para el ciclo de lecturas «Historias que no funcionan». Durante su estancia en Naropa, Lucia conoce al poeta Kenward Elmslie, con quien hará amistad y mantendrá correspondencia durante los diez años siguientes. Ed Dorn le pregunta a Lucia si estaría interesada en trabajar para la Universidad de Colorado.

1994   Lucia recibe una oferta oficial para dar clases de Escritura creativa durante un año en la Universidad de Colorado. La entrevistan para la revista de Jenny Dorn *Sniper Logic*, n.º 2, y publican su pieza breve «Suicidio». Los relatos «Querida Conchi» y «Romance» aparecen en la revista *First Intensity*, n.º 3. En julio, Lucia se traslada al 402 de Maxwell Street, en Boulder, para abrir una nueva etapa como docente universitaria a partir del otoño: impartirá talleres de escritura narrativa (nivel intermedio y avanzado) durante los seis años siguientes. Con la altitud de Colorado siente que le falta el oxígeno, porque a la presión que ejerce la columna vertebral desviada en los pulmones se suma que es una fumadora empedernida. Publica el relato «Una nueva vida» en la revista *Exquisite Corpse*, n.º 50. A pesar de que a menudo proclama que no va a «volver a escribir nunca más» (la sigla I. W. N. W. A. aparece en sus cartas: *I will never write again*), sigue escribiendo.

1995   Lucia pasa un tiempo en el hospital debido a una perforación pulmonar derivada de su escoliosis. Se recupera, pero deberá llevar a cuestas una botella de oxígeno el resto de su vida. Escribe otro relato inspirado en el testimonio oral de otra anciana, titulado «Vida de Elsa», que se publica en *Sniper Logic*, n.º 3. Debe adaptarse al trabajo de profesora, que considera «un regalo del cielo» y al mismo tiempo agotador, pero le prorrogan el contrato un segundo año. Su relato «Mamá» aparece en *New American Writing*, n.º 13. Buddy Berlin muere el 19 de septiembre. John Martin, de Black Sparrow Press, se compromete con Lucia a sacar otro libro en cuanto reúna suficientes relatos.

1996   Cuando no está dando clases, Lucia intenta dedicar un par de días a la semana a escribir. A lo largo de este año escribe «*Del gozo al pozo*», «A veces en verano», «Y llegó el sábado», «Una noche en el paraíso», «502» y «Carmen». También retoma el material de *Suicide Note* y comienza un relato sobre su juicio con Terry en 1974 titulado «A ver esa sonrisa». Al final del curso le piden que se quede dando clases como profesora asociada. «*Del gozo al pozo*» se publica en *Sniper Logic*, n.º 4.

1997   Durante este año escribe «Silencio», «Espera un momento», «Volver a casa» y «*Mijito*». En otoño, además de los talleres de narrativa, imparte un curso sobre novela negra. También se publican este año «A veces en verano» en la revista *Gas*, «Y llegó el sábado» en *First Intensity*, n.º 8, «Una noche en el paraíso» en *Sniper Logic*, n.º 5, y «502» en *Barnabe Mountain Review*, n.º 3.

1998   De año sabático hasta finales de agosto, sigue escribiendo y termina «Perdida en el Louvre» y «Las (ex) mujeres», una versión narrativa de su obra de 1982 «The Stronger». Durante este año publica «Silencio» en *Fourteen Hills Journal*, «Espera un momento» en *Sniper Logic*, n.º 6, «Volver a casa» y «*Mijito*» en *The New Censorship*, n.º 3, «Perdida en el Louvre» en *Brick* y «Carmen» (en inglés y español) en la revista *helicoptero*. Se mantiene ocupada leyendo los manuscritos de sus alumnos y escribiendo cartas de recomendación. El 16 de noviembre firma un contrato con John Martin, de Black Sparrow Press, para publicar otra recopilación de cuentos, *Where I Live Now*, que incluirá los relatos escritos desde el último volumen y los que incorpore, por lo que recibe un anticipo de quinientos dólares.

1999   Black Sparrow publica la colección *Where I Live Now: Stories 1993-1998* (Donde ahora vivo: Relatos 1993-1998), y Lucia promete de nuevo «no volver a escribir nunca más». En otoño, escribe para *Rain Taxi* un texto de homenaje tras la muerte de su amigo Paul Metcalf. Durante las vacaciones de primavera, se somete a una operación de columna que no sirve de mucho y le provoca una trombosis en la rodilla que hace que caminar le resulte muy doloroso. Le administran anticoagulantes para tratar la trombosis y sufre hemorragias nasales incontrolables, por lo que acaba hospitalizada y con transfusiones de sangre. Ed Dorn, su viejo amigo y mentor, muere el 10 de diciembre. Lucia empieza a escribir la historia de un asesino en serie inspirada en un extraño vecino nuevo, pero la abandona cuando se da cuenta de que en el fondo (tal vez) resulta ser un buen tipo.

2000   Al final del semestre de primavera, Lucia se retira de la Universidad de Colorado por su precario estado de salud. Tras seis años en Maxwell Street (la temporada más larga que ha vivido en el mismo sitio), se muda a una casita en el 3003 de Valmont Road, y escribe a su amigo Kenward: «¡Soy feliz!». Cobra sus primeros derechos de autor, un cheque de novecientos ochenta dólares de Black Sparrow. Comienza a escribir un recuerdo de su viaje en el barco de vapor de Grace Line a Valparaíso, pero lo abandona y poco después empieza una nueva novela, «unas memorias disparatadas» sobre México en la década de 1960.

2001   Como no quiere escribir sobre «gringos desenfrenados en sus correrías por el tercer mundo hasta arriba de ácido», abandona la novela. En una carta dice: «Y, si resulta que no vuelvo a escribir, no voy a intentar escribir. Solo funciona cuando una historia viene y me atrapa». Poco después escribe su último cuento, «B. F. y yo», sobre la experiencia de cambiar el suelo del cuarto de baño, que se publicó en *Sniper Logic*, n.º 9. Empieza a escribir bocetos de los distintos lugares donde ha vivido, con la idea de que sean capítulos de una novela que se titularía *Bienvenida a casa*. Profundamente afectada por los atentados del 11-S, y después de que le diagnostiquen cáncer de pulmón, Lucia decide irse a vivir más cerca de la familia. En diciembre se muda a casa de su hijo Dan, en el 8018 de Croyden Avenue, Los Ángeles. Vive en un anexo independiente al fondo del jardín, junto a la piscina. Su hijo Mark también se muda a Los Ángeles, cerca de allí, a la antigua casa de Dan en Venice.

2002   La mujer de Dan le regala a Lucia una gatita, que originalmente se llamaba Luna, pero a la que pronto le cambia el nombre a Eminemma (MNMA). Lucia continúa escribiendo capítulos de *Bienvenida a casa*, y comenta: «Soy la prueba de otra teoría chejoviana: ¡se puede escribir acerca de nada!». Va a visitar a un oncólogo que le programa un tratamiento que incluirá biopsias, radiología y quimioterapia. En abril la entrevistan para una grabación en vídeo patrocinada por su amigo Kenward Elmslie. Lee los cuentos «Mamá», «La Vie en Rose», «Inmanejable» y «Mi jockey», y habla sobre su vida. En junio se somete a sesiones diarias de radioterapia durante más de un mes. Su hijo Jeff también se traslada a Los Ángeles, irá a vivir con Mark a Venice. Lucia va cada día a nadar y cuida un jardincito lleno de flores, recibe muchas visitas y mantiene correspondencia regular con numerosos colegas y alumnos. David R. Godine Publishers adquiere Black Sparrow, su editorial, y le pagan 14,41 dólares por las regalías de ese año de sus tres títulos.

2003   Los primeros nueve capítulos de *Bienvenida a casa* aparecen publicados en la revista *Square One*. Dan se separa de su mujer y se ve obligado a vender la casa. En diciembre, Lucia se muda a un estudio en el 415 de Washington Boulevard, Marina Del Rey. Tras instalarse, escribe:

> Luna llena mágica en el torreón de Rapunzel. Sábado, cinco de la madrugada. Una luna de alabastro equívoca. No sabía si era la luna o el sol, si salía o se ponía. Resplandecía como si fuese de día —Los Ángeles resplandecía— cuando era de noche. Y entonces salió el sol. En Westchester no se apreciaban estos ciclos fantásticos. Ahora mismo, por ejemplo, acabo de contemplar una vasta extensión de ciudad bañada en coral. El tecnicolor de las viejas películas, con la estridente puesta de sol naranja sobre el Pacífico. Y ahora las nubes trémulas se estrellan arrastradas por los vientos de Santa Ana en suaves tonos rosas y coral [...]. ¡Las palmeras centelleantes con densos destellos amarillos y rosas, como cohetes del Cuatro de Julio!

2004   Cansada de escribir sobre los traumas de su vida, el trabajo de *Bienvenida a casa* se va postergando. Se encuentra mejor y respira sin tanta dificultad, a pesar de que el cáncer no remite después de los diversos tratamientos y de que sigue asediada por un creciente dolor de espalda y por la artritis de manos y rodillas. Lucia muere el día de su cumpleaños, el 12 de noviembre.

Este libro se terminó
de imprimir en
Móstoles, Madrid,
en el mes de
octubre de 2023

«Para viajar lejos no hay mejor nave que un libro».

EMILY DICKINSON

Gracias por tu lectura de este libro.

En **penguinlibros.club** encontrarás las mejores
recomendaciones de lectura.

Únete a nuestra comunidad y viaja con nosotros.

penguinlibros.club

 penguinlibros